渡辺京二

万象の訪れ

わが思索

弦書房

装丁＝柄澤齊
カバー装画『夢に棲むもの』
（絵＝柄澤齊、裂＝志村洋子）

目次

1 交感

2 回想

3 師友

4　書物その他

5　わが主題

6　地方

中扉・装画＝石牟礼道子

1

交感

万象の訪れ

三浦哲郎の短篇に『わくらば』というのがある。仕事場にしている山荘のまわりを散歩しているときに、背中に何か冷たいものがはいった。妻に取り出してもらったら、黄ばんだ一枚の葉っぱであった。白樺の病葉である。「そこには、練達の図案家が丁寧に仕上げたようなきわめて巧緻な模様があらわれていた。たかが木の葉が、こんなにも美しく変相するとは知らなかった」。

この木の葉の模様によく似たものを、以前どこかで確かに見たことがある。思い出そうとしてもなかなか思い出せない。それが何であったか。この「短篇」の読みどころがこの一点にかかっているのは明白である。それは結局、老いた父の背中のしみの模様に似ているのであった。

文学で暮しを立てようとしてからだを壊し、故郷の家に帰って静養したことが若い頃あった。風呂好きの父とよく銭湯に行ったが、背中を流してやると「黄色いしみが濃淡のまだら模様を作っている」あたりに、「ほんの束の間、髪の毛ほどにも細い紫色の血管が葉脈のような線条を描いて走る」。その模様が白樺の病葉の葉脈と重なったのだ。

話は当然この父親の一生に及ぶ。体格のいい人で、呉服屋のひとり娘に婿入りしたのはいいのだが、ある夜寝物語に「東京へいって相撲取りになりたい」と言い出した。その顚末も味わい深いけれども、それはもうよろしい。この短篇は、主人公が生きて来たうちに目にしたふたつの図象が、あるときぴたりと結びついたというだけのことにすべてがかかっていて、あとのことはそれがどんなに味わい深くとも、どうでもよろしいのである。

普通はこのふたつの模様が相似していたというのは、父に関する思い出を導き出すための枕であって、相撲取りになりに家出した若き父が、その後どんなふうに呉服屋の主人に収まったかという話の方が、小説の本体とみなされるのだろう。しかし、違うのである。一枚のタブローにたとえるなら、父の一生は額縁であって、画面に描かれているのは葉脈とも血脈とも見える一箇の図柄なのである。白樺の落葉の葉脈と、老いさらばえた父の背中の血脈が結びついたとき、この短篇は語るべきことをすべて語っていたのである。

このふたつの図象の相似に理屈をつける必要はない。何らかの暗示とか黙示を読みとるに及ばない。関係がないものがただ似ていただけでよい。われわれの生は、数えきれぬ図象との出逢いで成り立っていて、ある図象が何の根拠もなく他の図象を想起させることが、われわれが途方もない豊穣のうちに生きている証拠なのだ。生命のいとなみが絶えずある図象となって露呈し、何の意味があるのか知らないが、その露呈との出逢いが心に刻印したものが、遠く木魂しあいながら私の心のうちに眠っている。ひとつの図象が私たちの心の深いところで何かを呼び起こす作用には、どこか根源的な郷愁のようなものがある。

そのようなことは、いわゆる人生という物語とは何の関わりもないことなのである。幼時の環境、通った学校、就職、恋愛、結婚などが作り出す、千差万別のひとりひとりの人生、それはそれとして尽きることのない興味の種であり、同時に小説の種である。しかし、それと並行して、何ら「物語」をなすことのない形象たち、ものたちの形や影や動きが、私たちの生には溢れかえっているのだ。それはある日、雲の重なる空のはたてに塗られた一刷毛の藍でもよいし、ビル街の谷間にさしこんだ一条の斜光でもよい。それは束の間に消え、しかも永遠である。私たちはこういう万象の訪れの中に生きている。それはどういう意味でも「人生」ではありえない。しかし、私たちの心に深い蔭をおとす「小説」のほんとうのパン種はそこにあるのではなかろうか。何よりも、パステルナークの『ドクトル・ジヴァゴ』の例が示してくれるように。

木蓮の約束

年々歳々花は開くけれども、それを観る人はおなじではない。この言い古された言の端について私の思うことは、むしろ毎年樹々の花が開くことの不思議さである。

桜はもうよろしい。この頃、毎年待たれるのは梅と木蓮とこぶしの開花である。むろんそれに侘助やぼけの花を添えてもよい。だが私がいま言いたいのは、そういった花々の風情やそれを待ち望む自分の心ではなく、あくまで樹々が毎年きまった頃に間違えようもなく花を開かせることの不思議さなのだ。だって、それに引き換え人の場合、開花を青春に喩えるならば、それは一生に一度のことではないか。

樹木というものは一年が一生で、生れては死んでゆく過程を年々繰り返す存在なのではなかろうか。むろん一本の樹には寿命があって、ひこばえから若木となり、ついには老木となって朽ち果てるのが一生であろうけれども、その一生というのはわれわれ人間からすれば随分と長いものであるので、私どもには一本の樹の生涯などは眼に映らず、樹木とは儚いひとの一生の前に生死を超えて常在するもののように思えるのだ。そのかわりに彼らは、一年のうちに生れて死んでみせる過程を毎年繰り返す不思議な生きものであるかのように立ち顕われるのである。

樹々たちは新たな年の到来とともにまず花を咲かせ、やがて淡《あわ》々とした若葉となり、夏には重苦しいほどの繁りを見せ、命の最後の燃えあがりのような紅葉、黄葉を経て、すべての命の証しを振り棄てて、裸木となって冬の風に晒される。この樹々たちの変貌を日ごと目撃するうちに、私たち人間の一年がまた過ぎる。思えば私の一生は年々歳々、おなじ彼らの花と出遭うための一生であった。私の愛する木蓮や桐の花との一年ごとの出遭いがまた一年生きたということであった。もちろん、運悪しく彼らの花の盛りを見過す年もありはしたけれど。

一年を通して装いを変えてゆく樹々が連想させるものは女たちである。彼女らの四季に応じた装いのうつろいを見るのは、あるときまで街歩きの楽しみのひとつだった。とくに学び舎を出て、大人の装いで街歩きを始めてまだ何年にもならぬような若い女たちの、四季を通じて変化する姿は、街が街であるためになくてはならぬ景物のように感じられた。しかしあるとき、彼女らは四、五年もすれば全部入れ替っているのだと気づいた。それまで私は、おなじ木が毎年咲かせる花のように、つまりある種の永遠のように彼女らの存在を思いなしていたのだった。そう気づいたときが私の若さとの別れであったのか。風俗も心映えも変り果てたいま、老残の私の目には、彼女らはブーツを履いた生ぐさいけもののようにしか見えない。

花々にせよ女たちにせよ、あるいは遠く連らなる山なみや頭上を流れさるひとひらの雲にせよ、あるいはまた、普段見慣れた街並みを雲間から洩れた光が照らし出す一瞬にせよ、世界の、あるいは私ども自身の生の、何か神聖なしるしであるかに思われる刻があったからこそ、私はいままで生きてこれた。四年ほど前植木市で、形のよろしさに思わず見とれて買い求めた木蓮が、今年もみごとな花を開いた。

われわれの生がどんなに愚劣で残酷であろうと、この木は今年も律義に約束を守って、世界とは私ども人間にとって何であるのか、束の間啓示してくれるのである。

樹々の約束

うかうかと八〇歳を過ぎたが、この歳になってますます、樹木というものの不思議さを思う。毎年毎年、春になると裸木に花をつけ若芽を出す。とくに、歳によって早い遅いはあっても、まるで人間との約束を果たすように、時が来れば花を開くのが不思議だ。人間と違って、けっして約束をたがえることがない。

季節が来れば花が咲くのは当たり前だ、などとおっしゃらないでいただきたい。実に律儀なものだとお思いになりませんか。花木はむかしから美しいと感じてはいたが、花木のそれぞれの開花期を心待ちにするようになったのは、やはり年老いてからのことだ。ちょうど、女は素敵な生きものだとむかしから承知していたが、その不思議さが本当にわかるようになったのが、老年になってからなのとおなじだ、といえば不謹慎か。

近年は別して、こぶしと木蓮の開花が待たれる。異境の入り口に立つような花である。だが、花期が短いのと、散り際に汚らしくなるのが欠点。次いでは桐と山藤。白秋の『桐の花』を愛唱していた少年のころは、実物など知りもしなかったが、三〇年ほど前、友人の車に乗せられて訪れたある村で、桐の花盛りに出会って、芸者さんのように粋だと思った。ただし桐は巨木になるし、花は梢のほうにしかつかないので、首をうんとそらして見上げねばならぬのが、これまた欠点。

だが、ほんとうは夏椿。その風情といったら、桜なんぞ目じゃない。別名は沙羅。「沙羅のみず枝に花さけば／かなしき人の目ぞ見ゆる」と龍之介が唄ったあの花である。熊本市には立田山という標高一〇〇メートルちょっとの丘陵があるが、そこに一箇所夏椿の群落がある。場所は内緒。

桜の悪口をいったが、私が感心しないのは染井吉野で、ひかん桜なら大好きだ。これは私の知るかぎりでは、立田山に一本だけある。場所はおなじく内緒。

花木にかぎらずとも、樹木というのはつねに信じるに値する友だった。奴らは私のきれいな気持ちも卑しい心も知っていた。

小学四年の春、北京から大連へ引っ越した。「出る杭は打たれる」と知らなかった生意気な私は、作文に思った通りのことを書いて、クラスの支配グループに憎まれた。この小学校は大連の上流階級が住む街に立地していて、クラスは七、八人の有力者の子弟に支配されていた。転校したその年のうちに級長にされた私は、彼らのボイコットに直面した。

担任の先生がどこそこにクラスをあつめておけと私に命じても、私の命令にクラスが従わない。従わないように、ブルジョワの息子グループが手を廻しているのだ。それが一学期続いた。もっとも通過儀礼のようなもので、それが過ぎたら、その後また私が級長にされても、ボイコットされることはなかった。

いまでいうといじめに会ったわけだが、私はそのことを一言も家ではいわなかった。母はそんなことが私にあったとは、死ぬまで知らなかったはずである。

相当にこたえた。しかし、ベソをかいて帰宅する訳にはいかぬから、帰途いつも小さな公園に立ち寄って心を静めた。そこには巨きな樹々が立っていた。彼らは何かを私に語りかけたのだと思う。男の意地を教えてくれたし、哀しみの甘美さもさとらせてくれた。

一八のとき結核で療養所に入った。毎朝、おなじ歳ごろの看護婦たちが脈搏を計りにくる。当方は小学三年のとき女子と別組になって以来、女の子とはろくに話もしたことがない。中学生（旧制）になって、街で女学校の生徒と立ち話をしているところを見つかりでもすれば、教師や上級生に撲られる。化粧して、白衣の胸が盛り上がった娘が、寝台の脇に立って私の手首に触っている。「あら、渡辺さん、脈が速いわね」。私は赤面する。当たり前だ、女に手をとられるなんて初体験なんだぞ、とはいえはしない。そのうち、起こるべきことも起こり、悲傷という感情も知った。そういうとき、私の悲傷とも鳴りをしてくれたのは、またしても樹木たちだった。

療養所は広大なくぬぎ林で取りかこまれていた。療養所の前には道路をへだてて、これまた広大な農事試験場が拡がり、檜の防風林が威容を誇っていた。

くぬぎという木は木の芽どきがすばらしい。とくに林となると、一歩足を踏み入れたら、空間一面にわかみどりの点々が散らばる。しかも黄葉がよろしい。真っ赤な紅葉の幽玄はいうまでもないとしても、くぬぎの茶色がかった黄葉には燃え立つ豪奢さがある。林ともなれば壮観で、終わることない夢を歌っていた。

精神を病んでいまは病院にいるひとのことを思って、くぬぎ林をさまよっていると、まだ大人になりきっていなかった私のひとりよがりな悲傷に、樹々は気が狂いそうな豪奢な黄褐色の燃え上がりで、唱和してくれているように思えた。林は歌っていたし、いま思えば私のおさなさを笑ってもいた。

いまはそのくぬぎ林は伐採されて姿を消し、農事試験場のみごとな防風林も規模を縮小し、隙間だらけのみじめな姿になった。御代志野と名のついたその高原は、住宅が建てこんでむかしを偲ぶよすがはない。

しかし、あの樹木たちが私の生の実質の一部だったことは、消えようのない事実である。実際、樹木というのは何と奇蹟的な進化の産物であることだろう。しかも、その美しい勁い生きものが、いつもおまえのそばに居るよと約束してくれるとは。

まなざしと時

歳のせいか、時と自然というものが、いよいよ身にしみるようになった。この地上に在ることのできる時間が有限だとは小児にもわかる理屈だが、それはもはや、私にとって理屈ではなく現実である。私には若い頃から、たとえばふだん通りつけない路地を歩いたりすると、この路を歩むのも生涯でこれきりのことではないか、といったふうに感じる癖があった。旅先などではなおのことで、この場所に死ぬまで二度と立つことはないだろうと思うと、それがまたたいそう不思議なことに感じられた。

時の経過にも、幼ない頃から敏感だった気がする。過去を忘れるということがこわかった。もっとも断わっておかねばならないが、私は、これは無責任で極楽とんぼ的な性分から来ていると思うが、自分の過去は都合よく忘れてしまうほうで、あのときあんたはこう言ったとなじられてもさっぱり思い出せず、相手を口惜しがらせることがしょっちゅうである。昔のことは、今ではほとんど忘れてしまった。第一、若い頃の自分は、いまの自分と関係のない別人のような気さえする。

過去を忘れるのがこわいというのは、一種の記録者本能で、自己執着とは別のもののようだ。こういう本能がどこから生れたのか知らないが、自分のであれ世界のであれ、いつも時の経過を計って生きて来た気がする。私が人にすぐ生年を聞くのは、その人の中で流れて来た時間が気になってしょうがないからだ。ある人と知り合うと、知り合う以前のその人の時間、つまり私がともにすることの出来なかった時間を何とかして感知したくなる。私がずっと日記をつけているのも、この人とともにする時間の経過に、何か指のあいだからさらさらこぼれ落ちてしまうもののはかなさを覚えるからだろうか。

少し恰好よく言えば、私たちの生はたえず消滅する瞬間から成り立っていて、推移こそ私たちの実体である。それはまた、絶え間ない出会いでもある。その推移と出会いを、私はつねに知覚していたいのだと思う。

ある人が自分の視圏にはいって来るというのは、驚くべきことではなかろうか。ふと気づいてみると、その人が私の眼の前にいる。その人はずっと前から生きており、私の眼にもはいっていた。いや、言葉さえ一度ならず交した。それなのに、いま存在するようには私の前に存在しなかったのである。その人の生きている時間は、私にとって存在しないのとひとしかったのである。

しかし、その人がはっきり見えて来るやいなや、彼あるいは彼女の生の持続が、澄んだ川音のように私の耳のはたで鳴りはじめる。ともに生きている時間がそのとき生れる。こうして生れ、そして過ぎて行く時間の正体が、何となやましく感じられることか。

風景にしてもおなじことだ。車に乗っていて、ふと山裾が目にはいる。車道から村落、村落から畑、畑から森とだんだん土地が高まって行って、その上はやさしい草の生えた稜線の連なりになっているのだが、その黒々と続く山裾の森にぽっかり切れ目がはいって、あたりは白茶けた草地になっている。そのはるかな山裾の草地が理由もなしに網膜に焼きつく、ある夜の夢のひとこまのように。

私がこの先、その草地に一度もねころがることがないのは確実なことだ。いや、ふたたびこの道を車で通ることがあるとしても、この森の切れ目の小草地をそれと識別することさえ不可能であるにちがいない。それはたった一度だけ姿を現して、私の生を照らし出したのだ。

私が見るまで、その草地は私にとって存在しなかった。たった一度のまなざしで、それは私の中に生きることになった。おまえはなぜ生きているうちにここに来ないのだ、来てこのしとねによこたわらないのだと、問いかけながら。

私がこの地上から消滅しても、私が見た自然は存在しつづける。それはたとえようもない不思議だ。だが、私の偶然のまなざしが向かなかったなら、あの草地は現れなかった。あれを生命あらしめたのは私の視線ではなかったのか。ちょうど、私の関心あえていえば好意が、彼もしくは彼女を私にとって生ける人たらしめたように。

ある風景が、そしてある人柄が美しいものであるのは、それを美しいと見るまなざしの働きがあるからだ。私が死んでも自然は美しくあり続けるのではない。それを美しいと見る私のまなざしがあればこそ、自然は私の死後も美しくあり続けるのだ。事実、私のいなくなったあと、私が愛した人びとは、自然を美しいものと見続けて行くだろう。私のまなざしは彼らのまなざしなのだ。そして彼らが死ねば、彼らの愛したものたちがまた。

晴れた日に

雨が朝のうちにあがって、午後からは雲ひとつない晴天となった。街歩きに出ると、遠くの山なみがくっきりと見え、樹木や建物の影が濃い。空気が澄んでいるのだ。

乾いた満洲で育った私は、こういう、もののかげが鮮やかな一日に出会うと、ほとんど泣きたいようななつかしさに襲われる。すべてに霞がかかっているような、日本の風景をいとうというのではないが、私はやはり、こういう透明な空気のなかで死にたい。

ものの輪郭が鮮やかなこんな秋の日は、やはりおそい午後がよくて、夕光がすべてのものをなごませ、解き放っている風景のなかを、あてもなく歩き続けられるのは、この世の数少ない浄福のひとつである。だが、私には妙な観念連合があって、豪奢な光をあびて葉を落としている並木のもとなどを歩いていると、この日が、大戦のまえの最後の平和な一日のように思えて来たりする。

そういう妄想は毎度のことだが、このたびは、日ごろ思いもつかぬ考えが浮かんだ。こういう清朗な日ばかりなら、人生はさぞ美しかろうが、それでは農業は成り立たぬなあ、というとんまな感想が胸をよぎったのだ。

風の日も雨の日も、酷暑の日もあってこそ、生命は循環して行く。人生に、しあわせな少数の日と、憂鬱な、これも少数の日と、何ということはない多くの日があるのも、おなじ理屈かな、とまで考えて、こういう思考が、すべての東洋的諦念の根っこなのだと気づいた。

犬猫のおしえ

私たちが犬や猫、ひと昔前なら馬や牛に、特殊な心のきずなを感じてきたのは、彼らが私たちに時折示すいのちの切なさのせいではあるまいか。

私の家は猫がすんでいなかった時期がほとんどなくて、死を見送った猫はそれこそ何十匹にのぼることやら、勘定もできない。だからその死やら失踪やらに、いちいち心を動かしてはいられないのだけれど、それでも忘れられぬケースがいくつかある。

わが家に迷い込んできた子猫が数カ月して美しい毛並みの立派な若雄になったある日のこと、ひと晩帰って来ないと思ったら、あくる日の早朝、玄関のドアの前で耳から血を流して死んでいた。むろん車にはねられたのであろう。

よくある災難にすぎないが、はねられて、それでも必死にわが家の前まで帰りついて死んだという事実が胸にこたえた。猫の心のレベルを人間に擬しても仕方がないとは思うものの、彼にしてみれば、苦痛と惑乱のなかで、とにかくももっとも安全なところ、なつかしいところ、あえていえば自分を愛してくれる者の居るところへたどりつこうとしたのだ。

猫にしろ人間にしろ、生きることはさびしさの極みであって、それゆえにこそ愛慕の衝動を断ちがたい。そういういのちの原型をみせつけられるようでたえがたかった。

最近長女から、昔飼っていた猫の話を聞いた。彼女がまだ小学生のころ、これも迷い込みの少々おつむの弱い雌の子猫がいて、学校から帰ると必ず膝に乗りに来る。これがジステンパーにかかったらしく、いろいろ手当てをしてもよくならない。とうとう雨の夜、家を出て行って帰らなかった。

あまり外へ出たがるので、長女が仕方なく玄関のドアを開けてやると、子猫ははなみずをぐちゃぐちゃに垂らした顔で見上げて、ひと声鳴いて闇の中に姿を消したという。雨の中、どこをうろついて、どこで死んだのであろう。はなみずまみれの最後の顔が忘れられないという長女の話であった。

その話を聞いて、私は子どもたちの幼かったころを思い出した。長女は手のかからない子で、あまり勉強を見てやったこともなかったが、まだ小学一年生のころ、ノートの仕方か何か教えていたら、しくしく泣きだしたことがあった。その姿とはなみず猫の姿が重なってしまい、私は吐息をついた。

人間は独りぼっちで、悲しくさびしくおそろしい思いをしなければならぬ生きもののさだめを、日ごろは忘れたつもりで暮らしている。救いがない孤絶から、必死になにかに慕いよろうとする心の叫び声をおし隠して、なに喰わぬ顔で生きている。そんな生命の切ない原型を露出してしまったら、たがいにやりきれないし、第一それでどうなるものでもない。だから芭蕉は捨て子に、わが身の拙さに泣けと、一見非情な言葉を吐きすてたのだろう。

しかし、そういう日ごろ私たちが忘れた振りをしているいのちの切ない原型を、けものや鳥は時折垣間見させてくれる。犬がひっくり返って、腹を見せてくんくんいっている姿からも、救いのない愛慕の情を見せつけられて私たちはぎょっとする。

　そして、学問芸術であれ、あるいはこの世のさまざまな勤労であれ、一切の人間の営みはこのようないのちの切なさを見すえてこそ、まともなものでありうるのだと、彼ら人間のきょうだいから教えられるのである。

偏執

私は自分のことを、わりと偏執の少ない人間だと思っている。好悪は激しいのかも知れないが、ものごとについて、とくにこうでなければならぬ、という思いこみは少ない。裏を返せば、事象と独自なかかわりかたをもてぬわけで、つまりは常識的な人間ということになる。だから、出来ごとや風景に、独特な偏執を示す人を見ると、尊敬してしまう。その敬意には、いくらか揶揄の思いも交じっているのだが、それはいうまい。ところが最近、自分のなかにも、偏執めいたものがないでもないのに気づいた。

わが家に猫がいる。子猫のときに迷いこんで、早くもはじめての子を孕んでいるのだが、そいつが私の寝床に入って来て、気が立っているのか、ときどき爪を立てる。叱ると、生意気にも歯向かおうとするので、一発頭にお見舞いした。撲られつけていない彼女は、一瞬驚愕のおももち。さらに腕を振りあげておどすと、なんと、前脚で顔をかばうようにして立ち上がったかと思うとそのままうしろにひっくり返った。

私は、自分がラスコーリニコフになったような気がした。もちろん、わが牝猫氏は、彼から手斧で撲殺されたリザヴェータである。世の中に、悪意というものがあるのを知らぬ存在ほど、たまらないものはない。生命どうしの関係の、祖型のようなものを見せられた思いで、何日もその姿にとらわれていた。私のささやかな偏執と、いえるかどうか。

犬と猫

犬と猫なら、私は猫のほうがいい。犬は、わけもわからずに吠え立てるのが、かなわない。それに、くさい。

子どもの頃は、そうではなかった。犬が好きで、猫はずるい奴ときめていた。チルチル・ミチルのお話の影響かも知れない。かなりの犬好きだった私が、犬という奴がほとほといやになったについては、一巻の物語がある。それは「犬と私の闘争史」と題してよい、聞くも涙の物語なのだが、なかでも印象深いのは、私が夜中、自分の部屋で身動きするごとに、隣家の庭から、ワンとひと声吠えずにはいられなかったおかしな老犬である。こいつとは暗闇の中で、かけひきにみちた追いかけごっこをずいぶんやった。

猫はけっして、通説のように人に冷淡ではない。過剰なほど人の情も求める。ただ、その求めかたが肥後弁でいえば「わが勝手」であるから、こちらの負担にはならぬのである。猫には結構ユーモアがある。そのユーモアも、こいつらが手前勝手で、人間の事情など、ぜんぜん意に介していないところから来ている。

ところが犬は、人間に対して真剣だ。あきらかに人と相互理解をしたがっていて、しかもその理解がトンチンカンだからやりきれない。犬が人間とじゃれて満足の意を表すのは、猫のように一方的に愛撫されたい要求からではない。こいつは、相互的オルガスムを求めているのだ。人間からおさえつけられて、腹を出して喜んでいる犬を見ると、人間のいちばん深い衝動を見るようで、つらくなる。

お犬様と私

小さい頃は、人並に犬好きだった気がする。

小学校にあがる前後、熊本市の上林町というところに住んでいた。母と兄、姉二人の五人暮しで、父は大連にいた。家には猫と犬がそれぞれ一匹ずついて、犬の方が新参者だった記憶がある。猫はサンという名で、子ども心にも女中みたいな変な名だと思っていた。熊本中学に通っていた、ずっと歳の離れた兄がつけた名で、ずいぶんあとになって、ははぁ sun だったのだなと悟った。兄は中学を卒業すると父に呼ばれて大連へ行き、母・姉たちと四人暮しになったあと、犬のサリーがやって来たのだと思う。犬種は今となってはおぼえていない。小型犬だった。

父は北京へ行って光陸という映画館の支配人になり、昭和十三年の春私たちを呼び寄せた。私は小学校の一年生を了えたばかりだった。サリーは近くに住んでいた母の姉の家に引きとられた。私たちが北京へ去ったあと、毎日かつてのわが家の玄関の前へ行って座っていると、叔母の手紙にあった。それが今でも記憶に残っているのは、やはり哀切な思いがあったのだろう。しかし、サリーについてそれ以上の深い記憶はない。

父は支配人として大いに手腕を発揮したらしく、光陸は連日大入満員だった。光陸の名は当時北京に住んでいた竹内好の日記にも出てくる。私たちの住まいは映画館の構内の別棟だった。館主は映画館の本体の二階に住んでいて、経営は父に任せっ切りだった。北京中学に通っている息子がいて、小学二年生だった私を可愛がったり、いたぶったりした。秀才の上には天才というのがいるんだと私に教えてくれたのはこの息子である。

私の小学二、三年はこの映画館内の住人で過ぎた。従って毎日映画館の裏口からはいりこんで、最前列に席を占め、一週間ごとに入れ替る映画を片っ端から観た。友だちが遊びに来ると、そいつらも裏口から入れて一緒に観た。昭和十三年春から十五年春にかけての二年間の邦画を、私はほとんど観ているはずである。

父が友人からシェパードの仔犬をもらったのもこの頃である。私の胸に抱けるほどの小ささで、現にそうしている私と姉の写真が残っている。父はライカを持っていて、私たちの写真を撮りまくっていた。サリーの記憶は淡くて、犬の可愛さはこのシェパードで初めて知ったのだと思う。しかし、名をおぼえていないのは何としたことか、この犬は成犬になりかかった頃、ちょっと通りに出た折に車にはねられて死んだ。父は泣いてその夜一升壜を空けた。

結局その犬も飼われていた時期は短くて、しかも散歩させるなど世話をしたおぼえは一切ないから、私の犬への親しみは前のサリーのときと同様かなり薄かったようだ。それでも私は犬と猫とでは、犬の味方のつもりだった。これはちょうどその頃、兄が買ってくれたメーテルリンクの『青い鳥』のせいに違いない。ご承知のようにこの劇に登場する犬は善玉なのに対して猫は小ずるい役柄に設定されている。

昭和十五年、小学四年生の新学期から大連へ移った。狭いアパートだったから、犬などは飼えない。猫は敗戦の翌年飼った。すばしこい仔猫で、柱を伝って神棚に登りちょこなんと坐っている。信心屋の父が激怒した。だが、私はこの仔猫の可愛らしさに溺れた。机に向って椅子に座っている私の腿にとび乗って来てねむりこむ。その可憐な重さはこの地球上で最も尊いもののひとつのように思えた。まだ幼いうちに中耳炎にかかって死に、姉と遺体を大連神社の境内に埋めに行った。猫との深い関係はこのとき初めて出来て、以来今日まで切れたことがない。

さて、問題は犬である。私は少年の日、二葉亭四迷の『平凡』を読んで、取柄といって何ひとつない駄犬の仔犬を拾って来て、父親の眼を盗んでひそかに育てる少年のよろこびが痛いほどわかった。駄犬だからこそ可愛いいのである。実際に自分で世話して育てたことはなかったにせよ、犬には大いに好意を持っていたのだ。それが結核療養所に四年いた間にすっかりひっくり返った。

中学四年を修了した昭和二十二年の春、熊本へ引き揚げて来て、翌年の夏には結核が発病、二十四年の春熊本市郊外の結核療養所へはいった。ここはもと傷痍軍人療養所、つまり結核にかかった兵隊のために戦時中に建てられた施設で、はいってみるとまわりは兵隊あがりだらけ。ある日、軽症で元気のよい患者たちが手に手に棒を持って、かけ声をあげながら病棟の外庭を走り廻っている。野犬をつかまえて、鍋にして喰うつもりだという。そら床下にもぐったぞ、などとその喧しいこと。むろん、だから犬が嫌いになったわけではない。

犬に深い反感を持つようになったのは、手術を受けて個室にはいっていた、忘れもしない冬のある夜のこと。折角眠りこんでいたのに、けたたましい犬どもの鳴き声に目がさめた。ひどく嬉しそうである。

こちらは死の翳の谷をひとりひっそりと通り過ぎている気分なのに、何がそんなに嬉しいのか。眠りを破られた腹立ちまぎれに窓の外をのぞくと、皎々たる月光のもと、母犬らしいのと仔犬数匹が地の上の白いものを引っぱり合ってはしゃいでいる。物干棹に干されていたシーツを引きおろして、おもちゃ代りにしているのだ。野郎ども、としんから腹が立った。実に理不尽な奴らである。というより愚昧である。度しがたい奴である。てめえらだけが面白ければいいのか。放っておけば、あんたも一緒に遊ぼうよ、なんて誘いかねない。何をか言わんや、であった。

犬はわが家の前を通る人間にいちいち吠えかかる。当方は公道を歩いているので、おまえの家に侵入しているのではない。そんなこともわからぬのか。犬がだんだん嫌になったのは、そんな経験の積み重ねもあったかと思う。しかもこいつらは、自分のしていることを自覚していない。あるとき、わが家の床下で野良犬が仔を産んだらしい。グスグス言ったり、キャンキャン鳴く声が夜通し床下から聞える。さなきだに不眠症の私はたまらない。朝方、睡眠不足でぼおっと縁側に腰かけていると、床下からころころ這い出した奴がいる。こいつこそ私を眠らせなかった張本人なのだ。当方の悪意などまったく気づかず、そいつはよちよちと私に這い寄ろうとする。つかみあげて、頭に軽く一発喰らわせる。キャイーン。床下に逃げこんだ奴に私は説教する。「世の中に善意ばかりがあると思うなよ」。

妻子を郷里に置いて東京に出ていた頃の話。夜、下宿の近くまで帰りついて角を曲ったとたん、犬から脚に喰いつかれた。数匹集まって何やら騒いでいたところに、突然私が現われたので、おどろいての反射行動だったのだと思う。下宿の自分の部屋に帰ってみると、ズボンが鍵裂きに喰い破られている。勃然と腹が立って来た。はき替えのズボンなど持っていなかった。うぬ、どうしてくれる。外に出て石をつかみ、噛みついた奴を探しに出かけたが、見つかるはずもない。破れたズボンはたぶん自分で糸と針で縫いつくろったのだと思う。

　東京暮しを切り上げて、また熊本で所帯を持ったときのこと。隣家はボーリング屋で、小型犬を飼っている。そいつが、夜中私が自分の部屋で身動きするとワンと吠える。実に訳のわからぬ奴である。自分の家に誰かはいって来たのなら吠えて当然。他人が他人の家の中で動いたからといって、なぜ吠えねばならぬ。犬というのはこんなふうに、当然わかるべき理屈がわからぬやからなのだ。ボーリング屋は自分の庭が狭いものだから、軽トラックをわが家添いの路にとめる。夏の夜、くだんの犬が車の下に這いこんで眠る。私は音のせぬようにそっと玄関の戸をあけ、小石をつかんで、車の下に寝ているそいつめがけて投げる。最初は成功してスッとしたが、二度とは成功しなかった。

　私が家へ帰ろうと露路を曲ってくると、ボーリング屋が自分の家の門口に立ってタバコを吹かしている。脇に例の犬がチョコンと座って、平然と私を見上げる。ふだんは顔を合わせたとたん逃げる奴が動じもしない。明らかに「どうだ。手が出せまい」と言っているのだ。殺してやりたいと思った。裏山の立田山までだまして連れこんで、木にぶらさげてやればどんなに気の晴れることだろう。

　犬に対する私の悪意はだんだんと募った。その後新たに越した家で、夜ふけ庭で仔犬の鳴き声がする。雨戸を繰ってのぞくと、月光のもと、わが家の庭の草の臥処で、さも感銘にたえかねたように隣家のスピッツが「月に吠え」ている。クソ、起こしやがって。鳴くなら自分の家の庭で鳴け。つかみあげると、掌に噛みついてきた。そのまま隣家の庭にほうり投げる。大袈裟な悲鳴とともに、隣家の娘たちが起き出してくる気配。犬という奴はどうして自分の分を守っておれぬのか。

犬だって、自分に悪意を持つ人間はわかるらしい。私は大いに犬どもから嫌われるようになった。一度はある家の前を通っただけで、その家の犬がとび出して来てズボンに噛みついたことがある。庭で主人と遊んでいた奴が、横目でちょっと私を捉えただけで走り出して来たのである。距離は優に一〇メートルはあった。主人は平謝り。犬どものおのれの敵を発見する嗅覚にはおどろくべきものがある。あるゆきつけのカフェで、庭に出ると犬がいた。客の一人がそこにつないでいたらしい。私と目が合っただけで唸り出す。表情は兇悪で、いまにもとびかからんばかり。飼い主が出て来てなだめた。そして言うことが腹が立つではないか。「犬に好かれん人が居りますもんなア」。

街頭で行きずりに犬と目が合うと、たいていがギョッとしたような表情になって唸り出す。こうなると、自分に犬をおそれさせるような何かがあると悟らざるをえない。何か兇悪なもの、あるいは異形のものを私のうちに認めているらしい。犬だけではない。長距離バスで女の人が乗りこんで来て、私の隣席があいているのを見て座ろうとする。そのとき目が合う。すると彼女はギョッとして、座るのをやめてうしろへ行ってしまう。私はさる予備校で教えていて、女生徒に「先生のようなきれいな目をした大人の人に初めて逢いました」と、自慢じゃないが言われたことがある。私の目のどこが悪いのだ。犬どもよ、教えてくれ。

最近、詩人の伊藤比呂美さんから『犬心』という本をいただいた。比呂美さんが飼われたジャーマン・シェパードの話だが、一読して、こうなると犬とのつきあいも壮烈極まりない大事業だなと感銘を受けた。言い換えれば、犬って奴はそれほど人間に対して真剣なのである。もっともこのことは、私の敬愛するコンラッド・ローレンツ先生から教わっていた。また、犬の功徳もオーデンのある文章で知っていた。

オーデンの友人の文学者に同性愛者がいて、老人になっても夜な夜な美青年をあさらずにはおれぬ。そのことが我ながらあさましく苦しい。ところが犬を飼ったら、一発で美青年あさりが収まった。比呂美さんによると、メス犬は恰好よい男に大いに媚を呈するそうである。メス犬と男の飼主の間には異種婚姻譚ならぬ異種愛が成り立つらしい。オーデンの紹介する例がメス犬だったかどうか、もう調べるのはめんどくさい。

二十年ほど前になろうか。私の近所の家で黒犬を飼っていた。目が赤く耳が長く垂れていて、まるでメフィストフェレスが化けたようである。なぜかこいつが気に入って、車庫につながれているそいつの頭を、通りかかる度に撫でるようになった。犬は上から手を出されるのを嫌うというから、わざわざ正面にしゃがみこんで目線が水平になるようにして撫でる。「おじさん、危いよ。そいつは噛むよ」とまわりの子どもたち。でも、一度も噛まれはしなかった。数ある犬の中でも、こいつだけは私を嫌わなかったのだ。五、六年もすると犬の姿を見なくなった。そのうち女房から、その家の奥さんが「ご主人がいつも可愛がって下さっていた犬が死にました」と挨拶なさったと聞いた。

いとし子の夭折

わが子の夭折というのは、悲しむべきことの多いこの人生においても、とくにたえがたい悲嘆のひとつであろう。

私の知人にも、女児を幼いうちになくした人がいて、仏壇の棚に、その子が生前大事にしていたおもちゃや小物が飾ってあるのが、見るたびにいたましかった。

いや知人どころか、私自身、旧制中学二年生のときにひとつ違いの姉を失っている。彼女は学校でいえば私の二級上で、この世を去ったのは、女学校四年生になったばかりの昭和十九年春のことだった。美人だった。

上の姉と併せて、ずっと三人姉弟でやって来たのに、長姉と二人きりになってしまったさびしさは今もって忘れがたい。粟粒《ぞくりゅう》結核という当時は手の打ちようのない難病で、ひと月余りの入院の末に死んだが、臨終の際に、だれも教えないのに胸の上で合掌した。そして私に向かって言ったひとこと。「京ちゃん、意地悪してごめんね」。意地悪をするような人では絶えてなかったのに。

しかし私はまだ少年だったたし、きょうだいであって親ではなかった。今になって、母の苦しみはいかばかりだったか、胸中が思いやられる。

ところで、親が子どもの夭折を深く悲しむようになったのは近代においてだというのは、歴史学や文化人類学の近年の定説である。前近代においては、洋の東西を問わず幼児死亡率がはなはだしく高かったので、わが子の死は神仏によって召されたものと諦め、それほど悲嘆することはなかったというのだ。なるほど、たとえば江戸期の文献を調べてみると、ある人物のきょうだいに早死にした者が多いことにおどろかされるし、日記に子どもの死を記してあっても、現代人からするとあまりに淡々としている場合がほとんどである。

だが、それは乳幼児の死亡の場合で、もう少し歳のいった子に死なれた場合の嘆き悲しみが、近代人にくらべて浅いということはけっしてなかったはずだ。いや、早死を免れてせっかく成長した子どもであるだけに、それを失う悲しみはいっそう切実だったのではなかろうか。

小林秀雄や保田與重郎の言及によって有名になった名古屋・熱田の裁断橋の銘文の例を見ても、子を失った母の悲しみは古今を通じて易らぬものと承知すべきだろう。わが子の三十三回忌の供養にこの橋をかけた堀尾金助の母は「小田原への御陣に、十八になりたる子をたたせてより、またふた目とも見えざる悲しさのあまり」と記しているのである。

とは言っても、昔の人にとって、わが子に死なれる悲しみが、救いようのない絶対性において現れることはなかったようだ。というのは、昔は生き抜くということが最優先の課題であって、わが子の死にいつまでもかかずらうゆとりがなかったし、さらには、何事もめぐりあわせと諦める哲学が人びとの心にしみこんでいたからである。

私の母も姉の死の直後は、何も手につかぬような有様だったが、やがて救いが訪れた。翌年の日本の敗戦によって、彼女は生きるためになりふり構わず奮闘せねばならなくなったのだ。戦後の混乱が収まったころには、母にとって亡き娘の姿は、すでに穏やかな光に包まれていたのではなかったか。母は昔の人だから、むろん運命も来世も信じていた。

今のわれわれはむろん、自分の心をのぞきこむ暇がある上に、めぐりあわせなどという納得の仕方も忘れ果てている。むずかしいことになったものだ。

死生観を問われて

高校を出たばかりの人から、つい最近手紙をもらった。

保育園へ通っていたころ、自分がいつか死ぬことを考えて、ひどく恐ろしくなった。自分が死ぬばかりでなく、父も母もやがて自分より早く死ぬのである。悲しくなって、ひとり階段に腰かけて泣いていた。

長じるに従って、そんな恐怖におびやかされることはなくなったが、このごろになって、幼いころの不安がまた頭をもたげてきて、苦しくてたまらない。あなたは死をどう考えているのか。いろいろと経験も積み、知識もお持ちのようだから、死生観を聞かせてくれというのだ。

なるほど私は物書きのはしくれには違いないが、いまだかつて人生論や哲学を語ったことはない。たまに読者から便りをいただくこともあるけれども、こんな手紙は初めてである。私はおのずと粛然たらざるをえなかった。

この青年と同様に、私も幼いころから死ぬのが恐ろしかった人間である。その不安をどう処理して来たかというと、ただ目前の多忙やら快楽やらにかまけて、やりすごして来ただけだ。語るべき死生観などあるはずがない。死を思うと心がうち沈むことにおいて、この青年といい勝負なのである。しかも私の場合、死はもうそこに立ちはだかっているのだ。

もちろん、死は大昔から人間の根本課題だった。私が小智をめぐらしても仕方がないようなものだが、ただ思いつくことがひとつある。死はひとつもこわくない、明日死んだって構わないという人に、これまで私は三人逢っている。

特別な信仰を持っているわけでもなさそうだが、ただその人たちには、何か共通するものがあるような気がする。すなわち、自分を愛する心がどうも薄いようなのだ。自分の人生に過大な期待や願望を抱かず、所与のものとしてそれを受けいれるいさぎよさと言ってもいい。

死を極度に恐れ隠蔽しようとする現代人からすれば、明日死んだってひとつも構わないというのは、実に怪しからぬいい草のように思えるけれども、実は、かつての日本人の大多数はこういう人たちだった。

もちろん前近代の日本人だって、生きているうちは、死ぬなど当然ご免だったのである。しかし、いったん死なねばならぬとさとれば、実にあっさりとそれを受けいれた。いわば覚悟がすわっていたのである。そのことは幕末来日した西洋人のおどろきだったばかりではない。早くも十六世紀のオランダ人の記録に、日本人は女ですら死を恐れないと書かれている。

しかし、これは日本人だけのことではなかった。フィリップ・アリエスによれば、ヨーロッパの中世人は死に直面した場合、関心はただ、死を迎える正しい手続をまもることに集中したという。すなわち彼らもまた、いたってあっさりと死を受けいれたのである。

前近代の人間はおそらく、自分が宇宙に充満する光に照らされているような感覚で生きていたのではなかろうか。その光が失われるにつれて、代償のように出現したのが、個性尊重・自己完成という近代の理想、つまりは自愛心の近代的形態である。死が恐ろしい相貌を帯び始めたのはそのときであった。だとすれば、近代の迷路に行き暮れる今日、死はふたたび新しい変貌のときを迎えてよいのかもしれない。青年の手紙はそんなことを私に考えさせてくれた。

宇宙に友はいるか

カンブリア紀生物の研究者サイモン・コンウェイ＝モリスは、銀河系は生命にみちていて、進んだ文明が数十から数百存在するという一般的な予測に対して、「しかし、われわれは一人ぼっちかもしれないというもう一つの提案にも真剣に耳を傾けてみる価値があるだろう」と言う（『カンブリア紀の怪物たち』＝講談社現代新書）。「生物の基本的化合物が合成できても、生命そのものが宿命的、必然的に誕生するということにはならない」からだ。「複製する細胞というはっきりした形をとった生命という現象は、とてつもなく稀な出来事の結果生じた」。また彼は、その生命のうちでも、とくに人間という生物が生まれたのも類い稀なことだと言う。だとすれば広大な宇宙のなかで、人間はこの地球上でだけ「一人ぼっち」で生きているわけである。全宇宙に友はいない。

何という孤独であることか。こういう孤独感は宇宙科学と生物科学の今日的な進展が生み出したもので、そこに神の摂理が働いていようがいまいが、この地球を世界のすべてとし、太陽や月や惑星や恒星も、完結した地球という中心の背景と感じていた人びとの、まったく与り知らぬ感覚であったろう。

だが生命、とくに人間という特殊なありかたをする生命は、まったくの偶然によって、何億とあるサイコロの目がまぐれ当りしたことによって生まれたとはいえまい。そのことはコンウェイ＝モリス自身が認めるところだ。生物進化のプロセスをカンブリア紀まで巻き戻して、もう一度やり直させるとすると、出現する生態系は今日のそれとまったく異なったものだろう、つまり、今日の生態系は偶然の積み重ねとして出現したのだというＳ・Ｊ・グールドの考えに対して、コンウェイ＝モリスは進化のありかたの誤解だと批判するのである。

進化には無数の可能な道筋があるが、実際の可能性の幅、つまり最終産物の種類はだいぶ限定されるというのが彼の考えである。たとえば、全然違う先祖から進化してきたのに、生物がたがいに似てくるという現象、生物学上「収斂」といわれる現象がある。収斂現象が生じるのは、生物のつくることができるデザインは可能性として無限のようにみえても、実際は環境の物理化学的条件に強く制約されて、一定のデザインに限定されてくる。つまり、何億という目をもつサイコロを転がしているわけではないのだ。

生命の誕生は必然的なものではなく、いくつかの条件が同時にみたされることが必要で、そのような同時的条件成立は偶然のチャンスによるというのはその通りであろう。しかし、無数の各条件が揃うのはどんなに稀な偶然であろうとも、いったん偶然にも揃ってしまえば必ず生命は誕生するのである。これは必然であって、しかも偶然を通して発現する必然なのである。進化についてもおなじことが言えるはずだ。

だとすれば、この地球上の生命はその一部である人間も含めて、偶然を通して発現する必然であって、決してサイコロの目のような偶然ではなく、出現すべくして出現し、存在すべくして存在していることになる。銀河系には地球にしか生命は存在しないのかもしれない。ましてや人間となればそうなのかもしれない。仮にそうだとしても、生命が発生すべき理路は銀河系全体にみちみちているのだ。その生命の一種たる人間も存在すべくして存在しているのだ。

むろんこれは生物的存在というにとどまる。その先、人間がいかなる特性を発揮するかということは、その生物的規定性を蒙ると同時に、それを超えてゆく人間の自覚自体による。だが、一切はまずはこの地球上に生物としての存在を享けたということから始まる以上、この生存がルーレットの偶然ではなく宇宙の理路の発現であると信じうるのは何と心強いことか。

銀河系でわれわれは一人ぼっちなのかもしれない。しかし銀河系は、われわれの友を生む普遍的な理路を内包している世界なのである。

自分の家

自分の家を建てるというのは、大変はずかしいことではなかろうか。

私はもともと、建物というやつが好きな性分であるらしい。きびしかった夏が過ぎて、また私の散歩の季節が始まったけれど、私が好んで、自宅から一里四方あたりの範囲を歩きまわるのは、他人様の住まいを拝見する楽しみもあるようだ。私が散歩するのは熊本市の東郊で、住宅がたち始めたのはこの十年ばかりのことなのだが、いまでも街は東へ東へとのびていて、区画によっては、半年も足を踏みいれないでいると、すっかり変貌してしまったりする。

そういう新興住宅地を歩いていると、一軒一軒の家がそれぞれ住み手の工夫や好みをあらわしていて、何ともいえずおもしろい。一生に一度しか建てられない家だから、たとえ乏しい資金をやりくりしたものであっても、住み手の生に関する切ない夢があらわれているのだ。その正直さはおそろしいほどで、家というものは、こんなふうにその人の内部を、白日のもとにさらけ出してしまうのだなあ、と思ってしまう。

むかしの日本の家は、ひとつの様式で建てられていて、こんな具合に、住み手の内部を露出してしまうことはなかっただろう。様式が失われた現代では、てんでに創意工夫をこらして、自分の家のかたちをでっちあげるほかない。それにしても、家が自分の貌をしてたっているというのは、ぎょっとするほどはずかしい。

男の鼻鬚

私の知り合いに、中年の電機商がいる。一年に二度ほど現れて、世間話をして行く。本気で世の中のためになりたい人で、町内会の世話などもしているのだが、その人の話にこんなのがあった。

「渡辺さん。男は何で転ぶと思いますか。そりゃ金でしょう。女もあるでしょうなあ。でも、どんなにかたい男でも、これで誘うと一発てのがあります。それはこれです」。そういって彼は両手の人差し指で、鼻の下に、ピンとカイゼル鬚を描いてみせた。

「どんな人格者だって、内心はこの一心です」という彼の言葉が忘れられなかったのは、それに反応する経験が、私にもあったからだろう。私には、知識や思想を語るものに、社会的ステータスについてのこだわりがあろうとは、ながいこと信じられなかった。だが知人の例を見て、男にとって何とか部長といった肩書が、じつは意外に大切な意味をもっているらしいことに、やっと近頃気づくのである。

でも電機屋さんによると、男が地位をほしがるのは、ひとに尊敬されたい一心からだという。「何もいばらないでもいいんですよ。ただ、人と生まれて尊敬されないじゃ、みじめですからなあ」。なるほど、それはみじめであるにちがいない。省みれば、私だって鼻ヒゲピンの欲望がゼロではなかった。ただ、嫌悪と放棄の思いが多かっただけだった。そしていまは、その放棄の意志さえ、ステータスへのある種のこだわりであったと思い当たる。

2

回想

連嶺の夢想

私は一九四七年に大連という当時の植民地から引き揚げて来て以来、その間しばらく東京で暮した以外、ずっと熊本市に住んでいる。好んで住んだわけではない。引き揚げて来たとき一六歳の私は何というところにやって来たのかと思った。当時の熊本市はまだ人口二〇万人くらいの地方都市で、私が育った北京・大連とあまりに違いすぎた。

熊本へ帰ったのは母の縁者を頼ったからである。父は知人の多い東京へ引き揚げるつもりで、あとあとまで「オレの言う通りにしなかったからこの始末だ」とぼやいていた。母の縁者は空襲で焼け出されてお寺の片隅に寄寓している有様で、私たちはそこへ転がりこむしかなかった。

それでも順調にゆけば、転校先の旧制中学校での友人たちとおなじく、東京の学校へ進み、熊本との縁は切れるはずだった。そうならなかったのは私が大喀血して熊本市近郊のサナトリウムで四年半も過ごす羽目になったからだ。東京へはずいぶん遅く出た。もう女房子どもがいた。その東京からまた熊本市へ舞い戻ったのは、このまま東京に居続けたら一家心中だと観念したからである。熊本へ帰れば親族友人がいるし、何とかなるだろう。一九六五年のことで、以来私はずっとここに住んでいる。

私は十代から左翼系の文学運動をやっていて、雑誌を出したり潰したりしてきた。その間、むろん友人・仲間ができた。熊本へ帰ったのも彼らとのえにしが切れなかったからだ。今はもうなくなってしまったが、当時は熊本にも地方文化界があり地方名士がいた。だが私たち若者は、そんなものに見向きもしなかったし、無名で満足していた。それよりもようやく明らかになりつつあった左翼政治の実態に、どう対処して行く手を見出すのかが大事で、そういう格闘の中で育った友情が私を熊本につなぎとめてきた。熊本という街が好きなのでも、熊本人の人情が身にしみたのでもない。課題をともにする仲間がいただけである。

熊本市くらいの規模の街は、そういう仲間を形づくるにはもってこいなのだ。しじゅう往き来ができる。どこかに集まるにも手数も時間もかからない。その点、東京は広すぎて折角集まっても、終電の心配ばかりせねばならぬ。熊本なら議論して深夜まで飲める。一二時？　何だまだ宵の口じゃないかという次第だ。

むろん、そういう青春、四〇代五〇代まで続いた長すぎる青春は終った。彼らの大部分はこの世を去り、私ひとり意地悪く生き残っている。議論ももう空しい。仲間なんて幻想でもともとひとりだったのだとも思う。でも、私を熊本へつなぎとめたのが彼らだったことを誰が否定できよう。この春の熊本市古書展に、私たちが出したガリ版雑誌『炎の眼』全一二冊が出品された。五万六百円。当時誰も注目してくれなかった雑誌だ。早速申込んだところ、熊本近代文学館に先を越されていた。

もともと人はおのれの棲みかを選びとったのではない。何かの事情でたまたまそこに住みついた。どうしてもそこが合わぬというのなら、住まねばならぬ事情が解消し次第、より気に入ったところへ移ればよい。だが、たいていの人が余儀なく住んだ場所と折り合ってゆくのは、その場所で自分なりの生息圏を構築しているからだ。おなじ熊本市に住んでいても住居から勤め先から、行きつけの店から違う以上、AさんとBさんはまったく違うトポスの住人なのだ。私は熊本市で自分なりに交遊圏を築くことで、私だけの熊本市地図を作りあげて来たのだと思う。だからこの街に、たとえ「あいつは熊本人じゃない。UFOでやって来たエイリアンだ」と言われながら、長く住み続けることができたのだと思う。

人生の幸わせは、人のよい夫婦の営む美味なレストランやコーヒーショップを知っているか、よく歩く街並みの風景が気に入っているか、本揃えのたしかな書店、とくに古書店があるかといったことに関わっている。それが自分なりの生息圏なのだ。もちろん友人もいる。しかし人間は、互いに許し合うしかない哀れな存在である。

人が自分の住む場所を好みによって選べないのは、自分の一生を選べないのとおなじことだと思う。もちろん選択の自由は常にある。だが、その自由の幅は狭く、選択のよしあしも保証されぬとあれば、与えられた環境の中で自分にふさう生息圏を作るしかあるまい。と言っても、老いても夢は尽きぬ。私の夢は阿蘇の南郷谷に住むことである。それも五岳と真向う外輪山の斜面がよろしい。病院で死にたくないなどと言えば、覚悟の悪さをなじられるのが落ちだろうが、ほんとうは南郷谷の林の中で私は死にたい。野垂れ死、結構。伊東静雄が歌ったように、「連嶺の夢想」はその日のために白雪を消さずにいてくれるだろう。

大連への帰還

私には、繰返して訪れる夢のパターンが、いくつかある。そのうちでもっともしつこいのが、私の命名では〈大連への帰還〉、あるいは〈大連再訪〉というべきパターンで、ひょっとすればこれは私の潜在意識中の、至上至高のテーマなのかも知れない。

遼東半島の尖端にある大連という港町は、私が七年間の少年期を過ごしたところで、もちろんその頃は日本の植民地であった。ロシア人が建設し、日本人があとを継いで完成し、しかも住民の過半数が中国人であるというこの都会の、いかなる日本「内地」の街にも見られない特異な雰囲気は、清岡卓行氏の『アカシアの大連』に描破されている。この人は私の学んだ大連一中の八級先輩である。

私がどんなふうにこの街が気に入っていたか、それはこんな小文でとても尽くせはしない。私はもともとは京都の生まれで、それまで熊本市、北京と渡り歩いていたが、大連へ来てはじめて〈わが街〉にめぐり会った、という思いがした。敗戦で帰国して来て以来、私はずっと〈大連のような街〉を探し求めていた気がする。だが、そんな街はなかった。

ひとくちでいって、大連は街歩きが快楽であるような都会だった。落葉が敷きつめている石だたみの通りがあって、そこを歩いていれば、自分が何にも属さない自由な個人であるかのような気持ちになれる、いわばそういう街だった。突き抜けるように青い空を宰領しているのは、たしかに深い寂莫にはちがいなかったが、それはまた自由の別名でもあった。

だが、これは一面コロン（植民者）の街でもあった。私たちは小学生のときは、「土にぬかづけ、われらが土に」という歌をうたわされた。関東州の土地は方一尺といえども、日清日露の勇者の血が浸みこんでいる、というのである。また中学生になってうたわされた応援歌の冒頭は、「渤海湾頭帝国が植民拓土の策源地」というのであった。

敗戦ののち、こういうコロンたちが新生中国によって本国に追い返されたのは、当然のことにすぎない。今日大連という市街は残っていても、それはもはや、中国人を主人とするまったく別な都会と考えるべきだろう。つまり、あの独自な雰囲気をもっていた植民都市大連は、ひとつの歴史的な過去として、この地上から消え去ったのである。私がこの街と別れたのは、いまどきの数えかたでいうと十六のときだった。

私にはいまでも忘れられないひとつのイメージがある。事情あって私は両親を先に帰国させ、姉とふたりで最後の引揚船が出るまで、この街にとどまっていた。もはや人間らしい食物もなく、ストーブにくべる石炭も尽きはてた酷烈な冬であった。引き揚げも大詰めに来ていて、街には日本人の姿はほとんど見られなくなっていた。私は熱を出して火の気もない部屋に、ひとり寝こんでいた。窓から隣りのビルの灰色の壁が見えていて、それにまた他の建物の投げる深い影が映っていた。私はとつぜん恐怖を感じた。その影はたぶん私に、終末というものの具体的な手ざわりを教えたのであったろう。

大連という街は、私にとってひとつの喪われたものの象徴というだけではない。私はこの街との別れを通じて、〈終末〉というものの存在に絡められたのだと思う。もちろん私はまだ子どもで、こののちいろいろな夢を思い描いた。だがこの頃になって、この終末の風景こそ、自分がそれを振り切ろうとして、ついに振り切れずに還って行く原風景であることに思い当たる。

私の大連に関する夢は、かならず自分がこの街へ、何らかのかたちで帰還するところから始まる。いいあわせたように滞在時間はいつも僅少で、私は息せききって、もっともなつかしい場所へ、愛着のとどまっている場所へと急がねばならない。だがいつも街は無残に変形している。こんなのじゃなかったが、そう呟きながら、私は夢から醒めるのである。

夢の大連

大連を再訪するというのは、長い間繰り返し見る夢のテーマだった。夢といっても夢想のことではない。睡眠中に見る本当の夢である。定番のように何度でも見るので、現実の大連とはまた違う夢の中の大連の街並みがいつの間にかできあがってしまった。

むろん船からあがるのである。引き揚げからもうずいぶん月日が経っているので、私の知った街並みはいたるところ姿が変わっている。それでも昔在った建物も認められて、「ああ、在った」と感動する。場所は大広場の近くが多い。私の住んでいたのが、大広場に近い天神町だったからであろう。

夢のハイライトは南山麓である。私は南山麓小学校の出で、一時桜町広場に面したアパートに住んでいた。北京から移住してきて、四年生から南山麓小の生徒となった。昭和十五年の春のことである。洋館の立ち並ぶ街を何と美しい街だろうと思った。ところが夢の中では、その懐かしい南山麓へはとうとう行き着かない。ホテルかなにかに泊っていて、明日は南山麓を訪ねようと思う。そして明日は南山麓の街並みが見られるというのがなにか信じられぬ奇蹟のようで、魂は宙に飛びそうである。しかし夢はたいていそこで終わってしまう。

そういった夢も老衰のせいか見なくなって久しい。引き揚げ後、私は一度も大連を訪うたことはない。ただ夢の中でだけ昔の恋人と再会し、その面変わりを悲しんで来た。

大連一中時代、下校するときは小村公園の角を出て常盤橋へ向かう。下り坂になって壮麗な電車通りがひらける。左は連鎖街、右には三越、明治屋のビルが並ぶ。電車軌道の両脇に樹木のグリーンベルトを設け、車道があってさらにその外側に並木があり歩道となる。広い広い街路で常盤橋の先は登り坂となって西広場へ続く。小村公園の角から見下ろすと、空には高い雲があった。引き揚げ以来、こんな街景色に出会ったことはない。まさに言葉にたがわぬ夢の街であった。

六〇年前後を法政で過ごして

私は一九六二年、法政の社会学部応用経済学科を卒業した。そのことに間違いはない。だが、私は甚だ変則的な学生であって、今もちゃんと大学を出たという気がしない。旧制高校へ入ったばかりの夏休みに喀血し、四年半、結核療養所で過ごした。その間、同級生はとっくに大学を卒業してしまっていた。もう文章を書き始めていたし、療養所を出たからといって、今更大学へ行く気など起きず、仲間と雑誌を出していた。昭和二十年代の終わり、ところは熊本である。そんな私が大学へ行く気になったのは、婚約者の親から大学は出てくれと懇請されたからだが、といって金はなし、結核もよくなりきってはいない。そこで、法政の通信教育を受けることにした。しかし、「通信教育で大学を出たって何の免状にもならない。三年から全日制の学部に移りなさい」と周りは言う。

一九五九年の春、上京して社会学部の学生となった。同級生より八歳年長で、廊下ですれ違う学生が教師と間違えて私にお辞儀した。すでに私には妻も子もいた。しかし、翌年の春、結核が再発して休学。この年は熊本で病院暮しだった。翌六一年の春、上京して四年生の科目登録を済ませるとすぐ帰郷。東京で暮らす金もなく、身体の自信もなかったので、一切授業に出ることなく熊本で過ごし、六二年の初め、定期試験を受けに上京して、そのまま卒業した。要するに私は、一年間しか通学せずに法政大学を「卒業」したのである。九年遅れて、しかも結核という爆弾を抱えて学部を卒業したって、何かの「免状」になるわけもなく、その意味では法政を出たのは全くの徒労だった。しかし、たった一年通った法政大学はなかなか良い学校で、今も懐かしい。

というのは、まず同級生たちが良かった。当時の法政は偏差値的にいうと、今よりかなりレベルが低かったと思うけれど、学生は人柄が良かった。変にひねた秀才などはいなくて、素直であたたかな人物が多かった。背伸びせず、変な屈折もなく、自分は自分だよとまっすぐ示せる人たちだった気がする。当時の私は歳の違いもあり、また心は常に妻子と雑誌仲間のいる熊本に飛んでいて、彼らとそんなに親しんだわけではないが、彼らのことを想うと今でも快い。

それに教室が立派だった。中央線の電車から見ると五三年館（大学院校舎）に Hosei University と大きな看板が読めるが、「あれは Hotel University の間違いだ」なんて言われたものである。五五年館などまだピカピカだった。敷地が狭いのもコンパクトでよろしく、何より神田の古本街が近かった。指導教官は北川隆吉先生。先生方の中には私と歳の違わない方もいて、気を遣われるのか、渡辺君と呼ぶかと思えば渡辺さんになったりして、かえって居心地が悪かったけれど、北川先生は歳は一つしか違わないのに、一貫して堂々と「渡辺君」。これには大変気持が落ち着いた。

授業の圧巻は何と言っても、宇野弘蔵さんの「経済学特殊講義」だった。宇野さんの講義を聴けただけで法政へ行った甲斐があった気がする。「さん」呼ばわりを妙に思う人がいるかも知れぬが、昔、旧制高校生は皆、先生をさんづけで呼び、それはそれで尊称だったのである。宇野先生の「特殊講義」は、宮川実の『資本論入門』をテキストにして、それを逐一批判する形で行われた。やんわりした口調ながら、批評は壊滅的で、毎回、マルクス経済学は科学であり、社会主義という思想と区別すべきだという先生の持論が明快に展開された。思想と科学をこのように両断する論理にいささか不満で、質問を試みたこともあったが、その度に先生から軽くいなされてしまった。それにしても、本当の大学の講義とはこういうものだという感動があった。

藤田省三氏の講義は法学部の講義で単位にはならなかったが、もぐって聴いた。陸奥宗光の『蹇蹇録』の分析で、さすがに聴くに値した。結核再発で二回ほどしか聴けなかったのが残念である。その藤田氏も、ついこの間逝かれた。全ては遠い過去である。

法政の思い出

拙著『黒船前夜』が大佛次郎賞を受けたことについて、受賞の弁を書けとのご依頼ですが、受賞はたまたまの成り行きで、それよりも、私の「法政卒業」のいきさつについて書かせていただきましょう。

私は確かに昭和三十七年の春、法政大学社会学部を卒業したのですが、そのとき同期生より九歳年長の三十一歳でした。在学中は北川隆吉先生のゼミに属しておりましたが、先生は私よりわずか一歳上であられたのです。

そもそも私は、最初は通信教育部に入ったのです。というのは、結核で長い間療養所におりましたし、退所したのちも完治はしていなかったからです。東京で暮らす自信はとてもありませんでした。

三年生になるときにやっと上京して、社会学部の学生になりましたが、すでに妻もあり、長女も生まれておりました。二人を郷里熊本に置いて、単身東京で暮らしたのです。北川先生にご指導いただき、社会学研究会というサークルに属して、若い学友といくらかおつきあいしたのは、この昭和三十四年春から、翌年の春までのたった一年のことです。

翌三十五年の五月に結核が再発し、郷里へ帰って入院生活を送ることになりました。つまり一年間休学したのです。

　さて昭和三十六年、最後の第四学年を了えねばなりませんが、東京で無理な暮らしをしたのでは、また再発しかねません。春に上京して受講科目を登録し、すぐ熊本へ帰って、その年は一度も授業を受けずに、翌三十七年上京して、試験だけ受けて卒業したのです。

　ですから、私が法政で学生生活を送ったのは、わずか一年のことなのです。私が法政を出ましたと、大きな顔をして言いにくいのは、そんなわけなのです。それにしても、女房子どもを郷里に置いて、下宿の三畳のせまい部屋で寝起きしながら、市ケ谷の校舎へ通った一年間は、思い起こすとなんだか切ないものがあります。

　北川先生はじめ何人かの先生がたからは親切にしていただいて、いまでもありがたく思い返されます。何よりも感謝すべきなのは、宇野弘蔵先生の「経済原論」と「経済学特殊講義」を聴講できたことでありました。同級生とは歳が違いましたし、東京へは遊びに来ていたわけじゃないのだから、教室以外でつきあうこともありませんでした。しかし、当時の法大生はのびやかで、人の好いボンボンが多くて、そのなかにいて、私は幸せであったと思います。

　卒業後『日本読書新聞』に入りましたので、仕事で市ケ谷の校舎を訪ねることもありましたが、昭和四十年に帰郷して熊本ですごすことになり、法政の思い出も遠いものになりました。一九八〇年代に、出京ついでに市ケ谷の校舎を一度のぞいてみましたが、大変貌して、昔の様子を思い出すのに苦労しました。

　まったく変則的な卒業生である私ですが、この際改めてご縁をいただいたことに感謝いたします。

故旧忘れ得べき

昭和二十八年十一月、再春荘を退所したとき、私はたしかに、そこで過ごされた四年半の恥多い青春を埋葬したかったのだと思います。

二十四年五月に入所したとき、私はまだ十八歳でしたが、すでに共産党員でありました。再春荘は私にとって、療養生活を送るところである以前に、党員として活動しなければならぬ場であったのです。今から思えば滑稽なことですが、私は党活動をするために四年半療養所にいたようなものです。

むろんそれは生き甲斐でもありましたが、一面では苦しみの種でありました。内向的でありながら角の多い性分のために、党員としての義務を果たしていくことが、とほうもない重荷に感じられました。細胞中最少年であるくせに責任ある部署につかねばならず、そのために人を責め人を傷つけ、そして自分も満身創痍になるような日々の連続でした。そのなかで様々の醜態もさらさねばなりませんでした。

そしてまた、再春荘は私が初めて女人というものにふれたところでした。私はそこで正しいみのりのある恋をすることができませんでした。ひとつは相手の人に対して申し訳ないことを犯し、もうひとつは天をのろうしかないようなつらいことを経験したのだと、自分では思っていました。

再春荘を出るとき、私はそういう苦しい過去と訣別したい一心だったようです。退所後、親しかった友人ともだんだん疎遠になるにつれて、再春荘での四年半は、なつかしいけれど今の自分とは縁の遠い囲いこまれた記憶となってゆきました。

ところが、再春荘での時間は妙な方角から、ふたたびなまなましく甦って来ました。二十二歳で死んだ最初の人と、ゆき違いに終わって人の妻となった二人目の人が、しばしば夢に出て来るようになったのです。なつかしくてならずに、しまいこんでいた四十年前の日記をひらいて読み返してみました。忘れていたことの何と多かったことでしょう。あの頃の時間がそっくりまるごと生き返って来て、おぼれそうになりました。おどろいたことに、日記にとどめられている私の青春はけっしてみじめでも恥ずべきものでもありませんでした。美しい自然、真剣なよき友、そして心美しい女人、私の再春荘での青春はめぐまれていたのでした。

思い立って今年（一九八九年）の四月、ひとりで再春荘を訪れてみました。菊池電車に乗ったときから、私の心は波立ってふつうではありませんでした。再春荘は、裏の広大なくぬぎ林も壊滅し、昔日の姿は求めるべくもありませんでした。しかし、雲を浮かべた淡青の天と、めぐる気流と、木々の唄声はむかしのままの再春荘でした。むかし看護婦寄宿舎のあったあたりに、こぶしの花が真白に咲いていました。在りし日の人びとの面影がいちどによみがえりおし寄せて来て、幻がうつつになったような不思議な時間の中に私はいました。

再春荘での四年半の思い出を語れば、それこそきりはありません。いまはただ、何人かの人の名を挙げておきたいと思います。四十年の歳月が経つと、当時わかっていなかったよき人のことが、ほんとうにわかるような気がするのです。

私の主治医は深水真吾先生でした。先日、熊本市内科医会の総会に招かれ話をさせられましたが、深水先生の名を出すとみなさんよくご存知でした。先生には私はとくにご迷惑をかけたほうです。在荘中、私は二度警察の捜査を受けましたが、警察官と大喧嘩をやっているかたわらで、先生はしづかに瞑目して立ち会っておられました。党活動に熱中して無断外出はするは、会議で外気小屋に泊って病棟に朝帰りはするはの私を見かねて、詰所に呼んで説諭なさったこともありました。先生がいくら患者としての心得を説かれても、こちらは確信犯ですから、いささかも行いを改めるつもりはありません。むろん反抗はせず、嵐が通りすぎるのを待つつもりで頭を下げているのですが、その面従腹背の性根がおわかりだったのでしょう。「君はー」と悲しげに叫んで絶句されました。今思うと、まことにもったいない申訳ないことです。先生には、退所後二回再発したときにもお世話になりました。今日まで命ながらえることが出来たのは、母や姉のおかげは言うに及ばず、先生のおかげだと思っています。

当時、外部の人たちからもよくいわれましたが、共産党の仲間はまるで兄弟のようにつき合ったものでした。なかでも吉野勇さんと川原直治さんはもっとも信じ合える友でした。周囲のシンパの人々も含めて、ああいう年齢、職業、地位をこえたへだてない純粋な友だちづきあいは、その後経験したことがありません。

なつかしい人々が大勢いらっしゃるなかで（桔梗輝良さん、荒牧卓雄さん、西山要さん、その他名は挙げきれません）、何といっても忘れがたいのは、いまは亡き人々です。堀之内康明さん、山本精一さん、栄木良子さんと思い起こしてゆけば、やはりいい人間は先に逝くのかと、感慨なきをえません。なかでも園田照繁さんのことは、これまでことあるたびに思い出して来ました。

園田さんは私が西三病棟六号室に入所したとき、隣りのベッドにおられた方です。熊本商業学校の出で、たぶん軍隊で発病なさったのだと思いますが、当時すでに相当の重症でした。年齢は私より十ばかり上であったでしょう。入所したての私に「ここの患者はみな諦念をもっていますよ」といわれたのが、今でも記憶に残っています。園田さんにはお母さんが居られて、ごくたまに見舞いに来ておられました。園田さんは病状が悪いこともあって、いくらかひねくれ者のように周りから思われており、看護婦も敬遠して近寄らないような気むずかしいところもありましたが、お母さんに対する時は少年のようにはにかんだ風情で、この人の正直な美しい人柄があらわれ、そういう彼が私は好きでした。戦争という苦難の日々を生きながらえ、ひそかに肩を寄せあっている母子の姿は、一幅の絵のように私の記憶の片隅にとどまっています。

彼と私が親しくなったのは、入所後二年ほどして、サークル誌『わだち』を通じてであったと思います。私が退院するとき、彼はヘーゲルの『小論理学』（岩波文庫の二冊本）を贈ってくれました。青鉛筆で線のひかれた手沢本です。彼は私の退所後しばらくして共産党に入りました。自分の性格の欠点からみんなからとり残されてしまって苦しんでいる、という手紙をいただいたこともあります。亡くなったのは二十九年だったと記憶します。

私は彼よりも十も歳下でした。坊ちゃんインテリで、彼のような経歴の人からみれば苦々しいばかりの存在だったはずです。それなのにどうして彼は、私とまったく同年輩のように交わってくれ、死ぬ最期まで信愛を寄せてくれたのでしょう。心のきれいな人だったと思わずには居られません。

西三で同室になった人には岩下さんという故人もおられます。色の黒い無口な農村青年で、正直実直を絵に描いたような人でした。この人もなぜか私にやさしくしてくださいました。黙って生き黙って死んで行った人です。園田さんや岩下さんのような存在の意味がわかって来たのは、ずっと後年のことです。あえていえば私の思想的な原点はここにあります。

いま強く感じることですが、あの頃の日本人は何とまじめで純粋だったことでしょう。ごくふつうの人でもよく本を読んでいました。何かを求める気持ちがあり、おのれを省みる心がありました。いまのわが国を思うとき隔世の感にたえません。

私はこの春、四十年ぶりに歌なるものを作りました。腰折れながらお笑い草まで三首披露してこの稿を了えます。

遠き日の恋を嘆かひゆく原に木々は喩のごとき姿して立つ

わが妹の魂のごとくに咲き出でしこぶしがもとに死なむとおもふ

時は還りゆめは現つにあらはるる光り透けゆく療園の午後

3

師友

恥を知る人

三多の死後、あるいいようのない感じがずっと残ったままだ。死がいつもあわただしくやって来て、ほんとうはずっしりと重い一度きりの別れなのに、そんな心の澄ましようなど嗤いとばすようにばたばたと去ってゆくのを、これまで知らないではなかった。だが、今度ほど、その感を深くしたことはない。

病床も何度か見舞ったが、あれが別れといってよいものなのか。私は三多と別れた気がしていない。仕事の関係で福岡にはしじゅう出向いているが、三多のいない福岡の街はもうまったく見知らぬ街だ。三多は私のなかにいる。形見にいただいたマフラーをして、三多に語りかけながら街をゆく。いまおれたちはいっしょに歩いているんだぜと。

彼との間にはご多分に洩れず山もあり谷もあったが、最後の五年は人交ぜせぬふたりだけのいい刻がもてた。それは思想とか事業とか、それまでふたりを結びつけていた空しいものを見切って、真に思想と呼び事業と呼ぶに値いするものが何か、それを見据えたいという地点に、二人が立てたからだと思う。三多は、私同様、人に思いいれをしすぎる欠点の持主だった。その思いいれのほとんどが裏切られたとき、三多は初めてしあわせになれた。最後の数年、表面は失意のように見えても、彼はしあわせであった、と私は信じる。

三多には野心もあり山っ気もあったが、その人柄の底にいつも光っていたのは真情だった。この高貴な心情をこの人ほど恵まれた人はいない。それをほとんど幼児にちかいきよらかさで、私を感動させずにはおかなかった。この世には、われこそ業師と思っている人間は珍しくない。三多も多少は業師だったかも知れぬが、かの軽い吃音と結びついた真情には人を粛然とさせるものがあった。もちろんその真情とは、町内会的な面倒の見合いなどとは何のかんけいもない。

三多はいちばん大事なことは口にせぬ人だった。恥を知っていたからである。だから私は勝手に、彼との間に黙契を交わしたと思って来た。彼がどもりがちに表白しようとしたことを大切にしたいと思って来た。私が苦しいときに黙って支えてくれたこの友に、私がむくいられるのは、この黙契の思いしかない。三多は私の日本近代史の述作を心待ちにしていてくれた。彼にそれを捧げられる日もさほど遠くはあるまい。

新聞から追悼文を頼まれたとき一切断った。三多の業績はすでに世に認められている。人柄を追慕する知人、友人にもこと欠かない。しょせんそれは世事である。私はただ三多とふたりはるかな山野に立っていたかった。

＊三多＝久本三多、一九四六～九四、葦書房創業者。

本田啓吉さんを悼む

本田啓吉さんと初めて会ったのは一九五四年のことである。場所は新屋敷のご自宅の二階、後年「水俣病を告発する会」の寄り合い場となったなつかしい六畳間だった。

私は前年末療養所から出て来て、「新日本文学会熊本支部」を再建し、機関誌『新熊本文学』を月刊化したばかりだった。高校教師で詩を書く人がいると聞いて訪ねたのだが、本田さんは初対面の私の誘いを快諾し、「きくなが・りん」という筆名で、すぐれた詩を機関誌に寄せて下さるようになった。

それ以来、「新熊本文学会」「炎の眼の会」「新文化集団」といった具合に、本田さんは戦後熊本の左翼系文学運動における、私のもっとも力強い僚友であり続けて下さった。一九六九年、水俣病患者が初めて法廷に出訴した際、熊本市に支援組織を作ってほしいと石牟礼道子さんから要請を受けて、まず念頭に浮かんだのが本田さんであったのは、私にとってゆえなきことではなかったのだ。

「水俣病を告発する会」は七〇年の厚生省補償処理委員会の会場占拠から、七一〜七三年のチッソ東京本社での座りこみにいたるまで、水俣病闘争のもっともつきつめた局面を創り出して行ったが、ひと癖もふた癖もある連中の、会員名簿も規約ももたぬルースな結合であった「告発する会」が、空中分解もせずに結束し通すことができたのは、ひとえに代表本田啓吉の透明無私な人格のたまものだったのである。「告発する会」の歳月は本田さんにとっても輝ける日々だったに違いない。彼はイデオロギーの人ではなかった。「義によって助太刀致す」と、機関紙『告発』に書いた彼の言葉が、「告発する会」の活動に中核的理念として浸透したとき、本田さんは戦後のおのれの思想的模索が、初めてこの国の庶民の魂と触れあうよろこびを感じられたのではなかろうか。本田さんは第一次訴訟派の患者たちのよき友であり、そのことを心の支えにもしておられた。

本田さんは「告発する会」の名代表であったばかりでなく、すぐれた国語科教師であり、高教組の活動家でもあった。その方面のことは直接には知らぬけれど、第一高校での教え子の何人かが水俣病の運動との関わりをいまでも保っていることをとっても、ひとの生きかたに影響を与える希有な教師であられたことが推察できる。

本田さんは私より六歳年長で、特攻隊世代に属する方である。鹿本中学から明治専門学校へ進まれたが、エントロピーがわからなくなって五高文科にはいり直したとは、ある日の笑い話だった。京都大学国文科を出て高校教師になられたのは、おそらく戦争で死んだ同世代への深い思いがおありだったからではなかろうか。

本田さんは寛闊無碍な親分というのではなかったし、むしろ、へそが曲れば梃子でも動かぬ頑固なところさえあった。ただ名誉欲のまったくない高潔の士であり、すべての責任をひとりでかぶって動じない勇者であり、さらにこの人なくして世は立ち行かずとソルジェニーツィンが言う義の人であった。もう長くは生きていない私だが、生ある限り、この人のありし日の姿に鞭うたれ続けることだろう。

義の人の思い出

本田さんと初めて会ったのが昭和二十九年だったというのは確かな記憶だ。日記を調べてみると果せるかな記載されていた、六月二十日（日曜日）である。「朝松山氏宅でショスタコヴィチの第五を久しぶりで聞く。後、一川さんと協議会の件で堀内、本田両先生宅を訪問。両氏とも初対面」。そのあと「本田という人は評価できる」とえらそうに書いているのがはずかしい。このとき私は二十三歳、本田さんは私より六つ年長だから二十九歳であったはずである。第一高校に勤めておられて、お宅は今と変らぬ新屋敷にあった。そのお宅を訪ねた記憶に間違いはない。

私は前年の十一月に、四年半をすごした結核療養所を出て、新日本文学会熊本支部を再建、機関誌『新熊本文学』を月刊化したばかりだった。私は昭和二十三年の秋、新日本文学会に入会していたのだが、五年の空白ののち、当時の支部を訪ねてみたら、正式の会員は戦前からのプロレタリア詩人舛添勇氏ただひとり、あとは昭和二十五年の共産党分裂のさい国際派として除名された文学とはあまり縁のない人びとの集まりになっていた。

『新熊本文学』を月刊化するには書き手がいる。すでに熱田猛という同志がいた。吉良敏雄、今村尚夫、上村希美雄、中畠文雄（椿俊作）、深沢烈子といった人びとと知り合い、彼らに参加してもらうことで、『新熊本文学』は活況を呈した。私が本田さんを訪ねたのも、『新熊本文学』のために有力な書き手を求める気持からであったに違いない。

松山さんというのは松山秀雄さんのことで、戦前からの労働運動経験者であり、当時は子飼で孔版印刷（ガリ版）屋さんをなさっていて、そこが『新熊本文学』の発行所になっていた。一川君というのは再建された支部に出入りしていた熊本大学の学生たちのひとり。協議会の件というのは、当時いくつか出ていたサークル誌を束ねた連合組織を作ろうとしていて、そのことではこの年私は谷川雁さんとも初めて会っている。堀内という人のことは今となってはまったく記憶がない。先生とあるからには、本田さんとおなじく高校教師だったのだろう。

本田さんのことは誰から聞いたのであったか。てっきり当時熊大生ですぐれた詩を書いていた徳丸達也さんからと思っていたが、このあいだ数十年ぶりに会ったら、自分ではない、『新熊本文学』は本田さんから紹介されたとおっしゃる。彼は山鹿高校時代の本田さんの教え子である。とにかく訪ねた時には、この人が詩を書かれること、日本文学協会の会員であることは承知していたと思う。日本文学協会というのは西郷信綱、広末保など左翼系の国文学者の団体で、そういう人なら脈があると思って訪ねたのか。「評価できる」なんて不遜なことを書いているのは、いっしょにやってくださる確かな手応えを感じたからだろう。

本田さんは『新熊本文学』に詩を寄せるようになり、それが新熊本文学会の発行に変わって活版化されると、中心的な存在となって活動して下さった。堅実で無私な人柄がみんなの信望を集めたのだと思う。私はそのうち新熊本文学会の既成左翼的なあいまいさがいやになって、上村希美雄、熱田猛、藤川治水らと『炎の眼』という雑誌を出し始めたのだが、本田さんは私の誘いにもかかわらず参加されなかった。私の変り身の早さへの不信であったのかもしれない。本田さんの頑固さにはその後も度々出会ったけれども、そのたび私のこの人への敬意は深まったと思う。そういう本田さんの新熊本文学会は間もなく解散したが、残った負債は本田さんが責任者となって処理された。

しかし、本田さんはその後数年を出ぬうちに『炎の眼』に参加してくださり、これはほんとうに嬉しかった。以後、県庁の『蒼林』グループとの合同による新文化集団の発足から、「水俣病を告発する会」の結成にいたるまで、本田さんは一貫して私と行をともにしてくださったのである。この人はすぐれた詩を書き、優秀な国語科教師であり、知的関心も広かったけれども、文学や知識に淫するところや、自分を売り出したり際立たせようとするところは、まったくなかった。人びととともにまっとうに生きるのみという姿勢が底光りしていた。そういうところを私は敬い信じたのだと思う。

本田さんはありがたいことに、年少で矯激な私を笑みをうかべつつひいきにして下さったようだ。長女の暁美さんの英語補習を私にゆだねられたし、主宰なさっている高校教師連帯の会にも度々私を呼んで下さった。もっともその度に私は、左翼アタマの教師たちとの喧嘩をひき起こしたのだけれども。本田さんは高教組の活動家でもあったが、その方面のことはほとんど知らない。あるとき電話で高教組の書記長と喧嘩して、余憤収まらず高教組会館に乗りこんだが、副委員長をしていた本田さんが「何事ですか」とニヤニヤしながら出てこられたのには閉口した。奥様のお話では、書記長時代本田さんは県下の全支部に足を運んで、組合員の声を聞かれたようである。ストライキに二の足を踏む組合員たちが、本田さんがいうのならと納得したというのもさもありなんと心にしみる。

昭和四十四年、水俣病患者がはじめてチッソを法廷に訴え、石牟礼道子さんから熊本市に支援組織を作ってほしいと要請があったとき、私の念頭にまずうかんだのが本田さんであったのはゆえなきことではなかった。告発する会のことはくだくだしくは書かない。私はむかしのことは片っ端から忘れる性分で、母から「お前はバカだ」といわれたことすらある。だが本田さんを代表にいただいたからこそ、あの会はあれほどときもちのよい会でありえたのだし、またあれほどの結束を示すことができたのだということだけはいっておきたい。思えば私は本田さんからいろいろとしていただくばかりで、何のお返しもできなかった。だがただひとつ、告発する会の代表になってもらったことだけは、本田さんに対していいことをしたと思っている。というのは、本田さんは代表として実にいきいきとしておられたばかりでなく、そういう役割を得てご自分の人間的全力量を発揮なさったと思うからである。それだけではない。戦後、さまざまに思想的な模索をしてきたものの一人として、水俣病患者との触れあいは本田さんにとって、長いあいだ求めていた真の思想的主題との出会いではなかったか。

会に関係したものはみな、本田さんの輝いていた姿を心の底に刻みつけているだろう。裁判が終わったあと、水俣に患者支援センターを作ってそれを相思社と名づけたのも本田さんだった。志の持続する人であったのである。持ち前の頑固さを発揮されることもないではなかった。会議のさい、いやだといい出すと梃子でも動かない。まさにヘソが曲るというにふさわしかった。さてどうやって翻意してもらうか、私はしばしば思案したものである。

その反面、おみこしに担がれて動じないところがあった。告発する会は県総評を中心とする水俣病県民会議にも加入していて、代表の本田さんが会議に出ることになるのだが、その前に「どういおうか」と私に相談なさる。「こぎゃんこぎゃん、いいなはりまっせ」というと、「こぎゃん言われたときには？」とのおたずね。「そんときゃ、こぎゃんこたえなはりまっせ」「うん、うん。」この調子であった。親分の大度量というのではない。無私にして冷朧たること、珠のごとくであったのである。

最後は自分が一切責任をとるという態度であった。職をかけておられたのだと思う。会は相当に激しいこともやったが、どんなに切迫した状況でも平静で笑みが絶えなかった。勇猛心の人でもあったのである。しかし最も尊いのは、この人の無私平凡に徹しようとした覚悟である。名誉や名声を求める構えはかけらたりとてなかった。無名に徹することこそ信条ではなかったのか。死後自分のために碑を建てるなと奥様につねづね言い置かれたというのもこの人らしい。水俣病判決後、運動は分裂を含む苦しい状況に置かれたが、ひと言も愚痴を洩らされなかった。威張る気など一切ない、自分の才を表す欲もまったくない。私が見たかぎりでのもっとも美しい人柄であられたと思う。

ソルジェニーツィンは『マトリョーナの家』の終りに「一人の義人なくして村は立ちゆかず」という諺を引用し、「都だとてもおなじこと、われらの地球全体だとて」と書き添えている。今にして思う、本田啓吉とはまさにそのような義人だったのだ。

おなじフロントで

小川さんとは一九七六年に、『評伝　宮崎滔天』を出してもらって以来のつきあいである。実はその前、彼が七三年に石牟礼道子さんの『流民の都』を手がけたときに知りあったのだからもう四〇年に近い。当時彼は大和書房にいて、まだはたち代だった。

編集者には書き手にいろいろ口を出すタイプと、出さぬタイプとがあるが、小川さんは後者だと思った。書きあげた原稿が長すぎたので、五〇枚ほどだったか、削ってくれという注文はあったが、内容についても文章についても用語についても、何のチェックもクレームもない。私が書きおろしたままに受け取ってくれた。

その反面、読みたい資料・文献は、探し廻ってそろえてくれた。手間ひま惜しまぬ支援ぶりといってよい。だから本になるまで、癇癪が起きることがひとつもなかった。これは私としては珍しいことである。口を出すタイプの編集者と当たると、本になるまでが隠忍の日々となる。小川さんとはまったくそういうことがなく、私はしあわせであった。

『評伝　宮崎滔天』が出たとき、彼は、この本は三〇年はもつと言ってくれた。二〇〇六年に書肆心水から再版がでたから、予言は当たったのである。

小川さんとのつきあいはその後ずっと空白があって、昨年（二〇一〇年）『黒船前夜』を洋泉社から出してくれたのが、二度目のつきあいである。すでに新聞に発表されたものということもあったのかも知れぬが、このときも内容・文章・用語に何の注文もなかった。小川さんの仕事のスタイルは変わっていないなと思ったことだった。

今年、『黒船前夜』で賞をもらうことになって東京へ行った際、三五年ぶりに小川さんと会った。さすがに白髪はまじっているものの、童顔はまったく変わっていない。酔ったせいもあったのか、その際彼は自分がいかに人に嫌われてきたか、私ににじり寄るようにして力説した。私は面妖な気分だった。どこが嫌われるのか。さっぱりわからなかったのである。

要するに、彼は編集者生活を送るうちに、喧嘩せねばならぬときは徹底的に喧嘩してきたらしい。それを嫌われたと言っているらしい。でも、それなら私とおなじことではないか。私はこの人が異様に熱っぽい人であることに、改めて気づいた。著者について熱っぽい思いを抱き、その人の書いたものを本にするに当たって、徹底的に闘う人であることが納得された。編集者としてみごとなありかたである。信ずべき編集者である、小川哲生という人はと思った。

あの機関銃のような早口、いくらか舌っ足らずのような巻き舌で喋る熱気、それが何ともいえず可愛い。というと失礼だが、私は彼より一六歳年長なのだから、そう言っても許されるだろう。しかし、私が敬意をおぼえるのは、かれが編集者としてひとつの思想的立場を貫き、成長させてきたことだ。これは彼がたんなる職業的編集者ではなく、同時代と格闘する思索者であり続けたことを証している。歳は違っても、君は私とおなじフロントで闘ってくれたのだ。ありがとう、小川さん。今後ともよろしく。

次元の深み

初めて吉本隆明さんの講演を聞いたのは、たしか昭和三十七年のことではなかったか。後方の会というのがあった。谷川雁さんの大正炭鉱での活動を支援するという趣旨で、雁さんの末弟の吉田公彦さんが肝煎っておられたので、私もほんの少しだが関わりがあった。その後方の会が開いた講演会ではなかったかと思う。場所は新橋。谷川さんや、現代思潮社の石井恭二さんの講演とセットだったと記憶する。私の記憶はあてにならぬので、あるいは混線しているかもしれない。

そのとき、吉本さんと石井さんがやり合って、吉本さんの口調は身も蓋もないというか、忌憚がないというか、一言で斬って捨てる趣きがあった。毒舌というのではない。ダメなものはダメという、まるで科学者の客観的な論断のようで、ものそのもののごとき無愛想な響きが私の耳に残った。

初めて聞いた吉本さんの話ぶりは、お世辞にも上手とはいえなかった。まだそんなに、講演というものに慣れておられなかったのだろう。むしろ咄々という具合に聞えた。しかし口下手というのではない。骨組みががっしりしており、展開も緻密、そして独特の次元の深みがあった。ただ何といっても、風貌、たたずまいを含めて武骨であった。ああ、こんな武骨な人なのだなと、念頭に氏の文章のデリケートさを置いて、私は何となく納得していたようだ。

最後に吉本さんの話を聞いたのは、小倉の金榮堂という書店主催の講演会においてだ。昭和五十六年のことではなかったか。論題は「〈アジア的〉ということ」。熊本から友人たちと聞きに行ったが、吉本さんの話がまだ始まるか始まらないかなのに、最前列で私の横に座っている石牟礼道子さんがこっくりし出したのには冷汗が出た。理屈を超越した睡魔というのはあるものなのだ。講演が終って挨拶に行ったら、吉本さんが石牟礼さんにとてもやさしくなさったことが記憶にとどまっている。

吉本さんの講演の真髄は、その夜よくわかった気がする。空間に一本の梁がするすると伸びて来て、ひとつの次元をかたちづくると、それと交叉するように、思いもかけぬ方角からまた別な梁が現われて、そこに次元の深みが築きあげられる。話しぶりには以前のままの武骨さをとどめながら、思索の次元とでもいうべきものが幾層にも立体的に構築されていく。それはほとんど芸術であった。

熱田猛の死を悲しむ

『朝霧の中から』の作者熱田猛の死をわれわれは大きな悲しみをもって報告せねばならぬ。十月二十七日午前三時、心臓発作のために彼は死んだ。ところは宮崎県美々津療養所である。大方の読者にとって、彼の急逝はある有望な新人の死以上の意味をもつまい。それはあまりにも当然であるが、それ故にこそわれわれは彼の生と死の姿をいささかなりともここに照らし出し、きしり声をあげて進む歴史の蔭に消えて行くひとつの無名の死をわずかに記念したい思いにかられる。

熱田猛は一九三一年熊本浜町に生れた。成人したのは宮崎県高千穂町である。彼の文学活動は一九五三年に始まっているが、それ迄の生涯の重要な契機として三つの体験があげられる。心臓弁膜症、カソリックの信仰、結核がそれである。死因となった弁膜症は幼時からの宿痾で、中学の時罹病し高校在学中再発した結核の治療もその合併症故に甚だ困難であった。病気が彼に人生への絶望と反抗を教えた。彼の生涯の戦いはその絶望と反抗の克服にかけられていたと云っても過言ではない。カソリックの信仰は中学時代のもので数年で脱した。がこの体験は後に彼の創作の重要な主題を形成する。五三年熊本大学病院で療養中の彼はサークル運動に接触、わだち、くすの木、文学ノート、新日本文学友の会などを経て五四年暮には新日本文学会員となった。彼は小説を書いた。病状は極めて重かったのに彼の制作はまさに精力的で「新熊本文学」創作欄は殆んど毎号彼の作品を掲げた。五五年夏彼は宮崎県日向市の家に帰り、以後死直前まで自宅で闘病しつつ創作に没頭した。日向市細島は小さな漁港である。文学的空気は皆無、一人の友人にも恵まれぬ環境で、喀血と不眠と後に心臓発作と判った自称「神経痛」とに悩まされ、更に生への虚無感と将来への焦慮に苦しめられながら、彼はひたすら小説を書いた。この悪闘が命を削ったことは今では疑いない。予期せぬ心臓機能悪化が九月中旬急激に訪れ、ひと月の入院生活の後二十六歳の生涯を終えた。

彼は十二の小説と一つの戯曲を書いている。彼の創作上の努力は私小説伝統の克服とリアリズムの現代的定着に向けられた。「朝霧の中から」を頂点に業績として評価しうるいくつかの作品を産みはしたものの、これからほんとうに小説を書こうとしまた書ける地点に彼は立っていた。古い無原則な「民主主義文学運動」の破産の中から創造的な方法論を求めて共に戦って来たわれわれにとって、これはかえらぬ無限の悔いである。

確かに彼は自分の命を疎略にした。彼は愚かであり、それを許したわれわれは愚かであった。だが彼は文学に憑かれて死んだのでは断じてない。彼が自分の命を疎略にせねばならなかった悲しさを人々は判ってくれるであろう。現実に働きかけ閉された生と戦うのに彼は文学以外に武器を持たなかった。われわれの一人がうたったように、猛は「苦しみの根源に向けて書」き、「霧氷のとりでで死ぬにも死にきれず」死んだのである。

熱田猛遺作集『朝霧の中から』

熱田猛君が逝ったのは一九五七年、二十六歳であった。部落問題を扱った小説『朝霧の中から』が『新日本文学』の巻頭を飾り、当時定評のあった平野謙の「文芸時評」で、その月のベストスリーに選ばれて、作家として門出に立ったばかりであったのに、何とも痛ましい夭折というほかはない。

彼は私と齢も同じ、そして何よりも文学上、思想上もっとも大切な友のひとりだった。結核という同じ病を抱えながら、いっしょに雑誌を創ったりつぶしたりして、戦後革命と文学の課題を語り合った仲だった。それなのに、歳月とともに熱田猛の存在が忘却の淵に沈むのをずるずると見送ってきたのは、われながらいったいどういう根性だったのだろうか。

若くして死んだ者への負い目は深い。この度、猛君の長兄熱田美憲氏の熱意、大阪在住の研究家秦重雄氏の尽力により、それに私も多少のお手伝いができて、熱田猛遺作集『朝霧の中から』が刊行されたのは、私にとって喜びというより救いに近いことであった。

熱田猛は一九三一年、熊本県矢部町に生まれ、宮崎県高千穂町で育った。日向中学在学中、結核発病、その後高千穂高校に復学したが、再発して熊本大学医学部付属病院に入院、熊本の民主主義文学運動に接触して小説を発表し始め、宮崎県日向市の自宅に帰って療養中死去するまで筆をとり続けて、生涯十篇（発表されたもののみ）の小説を遺した。『朝霧の中から』は代表作であり、最長篇である。

この履歴からも察せられるように、彼は戦後の民主主義的改革の雰囲気の中で青春を形成し、新日本文学会を中心とするいわゆる民主主義文学運動とのかかわりで作家となった人であって、その作品はいずれも強い社会的関心のもとに書かれている。

この度の遺作集に収められた五篇も、『朝霧の中から』は被差別部落問題、『片隅の記憶』『小さな事件』は警察の権力的体質、『学用患者』は医療体制のゆがみ、『少女』は原爆被災といったふうに、敗戦後の社会問題の縮図ともいうべき作品群となっていて、熱田猛を戦後の社会派作家のひとりと印象づけるのに十分であるかに思われないでもない。

だが、彼の作品が当時の社会的暗部の諸相をシャープにえぐっただけのものであったとするなら、それはそれなりの価値は認められるにせよ、しょせん歴史的価値にとどまり、思想的問題点も文明論的構図も、さらには世相も大きく変わった今日、読者に深い感銘を与えるには程遠いということになろう。

私が遺作集の刊行によろこびばかりでなく救いをおぼえたのは、むろん私個人の猛君への思いのなせる業であったけれど、そればかりでなく、各篇を校正のため三度読み返してみて、これが文学特有の永遠の輝きをもつ、今日読んでなおみずみずしい作品群であることに強い確信をもてたからである。

私は猛君はえらいと思った。二十三歳から五歳の間に、これだけの作品を書いたのである。どうしてそんなことができたのかと言えば、彼が生まれついての作家だったからと答えるしかない。

生まれついての作家とは何か。自分とは違うひとりの人間が、何とかしてよりよい生を生きたいともがく心奥に深くはいりこみ、それを自分自身の問題として組み立て直して描出する能力、それをもつのが真の作家であって、彼はそういう本物の小説家だったのだ。

私が感心するのは、猛君が諸人物に変身する能力である。登場人物がみな生きているのには驚くほかないが、それも視線が大人びていて行き届くというだけでなく、その人物になり変わってしまう彼の能力の表れだろう。それに挿話の作り方が抜群にうまく、彼が天成のストーリーテラーであったことを物語る。

しかも、『朝霧の中から』が示すように、彼には、他者との関係においておのれの心を深く掘り下げてゆく内省、すなわち倫理性があった。この作品は隠微な差別に苦しむ部落出身女性の手記の形をとっているが、読みどころは精神的彷徨の末にたどりついた愛、そしてその愛の不可能に絶望した女の悲恋物語なのである。

熱田猛は二十六歳にして、すでに完成したスタイルと自覚をもつひとりの作家だった。時代を超えた青春の輝きを放つ彼の遺業を、ひろく世に知らせる機縁がこの度開かれたことを心から喜びたい。

4 書物その他

命のリズムを読む

読むのに自覚的であったことはない。小学校へあがる前から字が読めていたので、周囲にあるものを手当り次第、といってもご多分に洩れず、『幼年倶楽部』『少年倶楽部』といった読み物を手始めに、暇があれば、いや暇がなくても、何かものを読んでいなくては間がもたぬ習性が身について、この齢まで続いているだけである。

文章など読まずにすむ人生というものを考えてみたことはある。綱渡りめいた暮らしかたをして来たから、「蔵書」も何度か根こそぎ売り払ったことがあり、その都度、身辺に本のない爽快さを味わったが、それも束の間、覚えぬうちにまたぞろ埃りよろしく、まわりは本で埋まっている始末。

何で本を読むのかと考えてみたこともあまりないけれど、省みれば、音楽や絵が好きという人とおなじく、文章というものが好きなのだと思う。「読む」というのは、文章を読むのだと思う。何を当り前なというなかれ。読むのは内容じゃなくて文だと言っているのだ。むろんこれは誇張の言たるを免れない。しかし、どの程度のことを言っているかは、その言うことがどの程度の文になっているかということに、ほぼ正確に照応しているのである。

というのは、経験から言って、「読む」とは、その読む文のリズムが自分のからだに染みつくことだからだ。それがなければ、とても文など読めはしない。自分のからだに、おなじことだが自分のこころに、ある場合には心地よい、ある場合には戦くような反応が生じてきて、自分自身の生を一瞬照らし出し、拡張したり凝縮させたりする。一度そういうふうに文に心身を奪われた経験をもてば、生涯文の呪縛から抜けられない。

「山の向うは海だった。広い広い海だった」。「汝長大にして好んで剣を帯ぶ」。「ああ多年の苦心は遂に酬いられたり」。「梅一輪、ほのかに白し」。みな小学校『国語読本』の記憶に残る一節である。記憶するに足るから憶えていたのではない。ただ、酒を飲み干したあとの滓のように、酒盃の底に残ったのだ。そして、その滓みたいなものが、これまでの自分の感性と倫理を作ってきた。

数年前『モンテ・クリスト伯』を読み返して、異様な経験をした。牢獄島から脱出するくだりで、少年の日、講談社の『世界名作物語』の一冊で読んだときの記憶がまざまざと甦った。情景やストーリーが、ではない。文そのものが甦ったのである。私がむかし読んだのは子ども向けの再話だが、さわりの部分は忠実な訳文になっていたらしい。ずっとむかし、子どもの日に確かに読んで心に刻みつけられ、しかしいつとはなしに忘れ去られていた文章が、往時とまったくおなじリズムで記憶の暗闇から甦ってきた。

これはおどろくべき経験で、そのとき私は悟った。読むというのは他者の生命のリズムを自分のからだに刻印されることなのだ。だからそこには受容と同時に拒否も生じ、自分の魂のなかを他人の魂が通過して行った痕跡、つまり抗体のごときものが形成され、多かれ少なかれ、その後の生はその抗体の働きに左右されることになる。

そういう文章の毒にひとはどう対処するのか。ひとは結局、自分の生命のリズムでしか他人の文章を読まぬのである。亡妻が少女時代の笑い話として語ったことがある。彼女の同級生が教室で『陶工柿右衛門』の朗読を指名されて、先に引いた一節を「ああたあねんの苦心は遂に酬いられたり」と読んで、爆笑を呼んだというのだ。無知ではない。彼女は「多年」を「たあねん」と読むことで、この一文を自分の生命のリズムに同化したのである。

私は若い頃から誇大妄想の気味があって、二十代の半ばに、哲学・思想・経済学から歴史・文学に及ぶ膨大な読書プランを作ったことがある。べつに大教養人になろうと考えたわけではなくて、これまでの人類の知を総括しなくては、確乎たる基礎に立つ論文が書けぬと思っただけである。むろんこんな計画はリストアップしている間が楽しいだけで、実行の段になると半年も続かなかったのは言うまでもない。

読んだ本の中身を片っ端から忘れてゆく今となっては、何と空しいことを考えたものかと苦笑させられる。歳とったから忘れるのではない。若いとき読んだからといっておなじことだろう。知識、いまどきの言い方をすると情報は、コンピュータじゃないから忘れる。忘れても、必要なときにデータバンクから取り出せばいい。

忘れようとしても忘れられぬのが文である。忘れたと思っても、それはすでに自分の一部となっている。文とは限りある人格をもって限りない世界を総括しようとするものである。だからそれは志である。『三河物語』の全挿話を忘れても、「子ども、よく聞け」というリフレーンは忘れない。ここで筆者は世界と向き合っているからだ。たとえそれが小さな己の捉えた歪んだ世界だったとしても。

本との別れ

幼稚なものであれ、ライブラリという観念が自分のなかに芽生えたのは、小学校四、五年のころだったと思う。中味は講談社が出していた少年読物などにすぎなかったが、それでも平田晋策あたりは『海軍読本』までふくめて子ども向きのものはみなそろえていて、母が買ってくれた本箱にそういった〝蔵書〟を幾度もならべかえては楽しんでいた。

それから、古本屋で本を買うのに交換の本をもって行かなくては売ってくれないという時期があって、敗戦の年、私は中学三年生だった。大連の街頭にいっせいに露店の本屋が出現した光景はいまでも忘れられない。日本人の売り喰いが始まったわけで、何のことはない、わが家の蔵書を街頭にもち出したというだけの〝本屋〟にすぎないのだが、ちょうど文学少年（自分では青年のつもりだったが）になりたての私にとって、それはまぶしいほどの眺めだった。ご多分に洩れず、私の家も売り喰いをしていたにちがいないのに、そういう本を買いまくる私の小遣いがどこから出て来たのか、今もって不思議だ。買いまくるとは大げさだが、子どもの実感としてはまさに買いまくったのである。「蔵書」という自覚はもうたしかにあった。

だがそのうち私は悲しいことに気づいた。私はいずれ親とともに日本へ引き揚げねばならない。肩に担ぎ両手に提げるだけの荷しか持って帰れないのであるから、本などは沙汰のかぎりである。私の〝蔵書〟の運命は一、二年なのである。それでも私の買い漁りはやまなかった。今の私にはわかる。いずれは訪れる時が無限の先にあるように錯覚される、それが青春というものだったのだ。

帰国の間際に私は大量の本を売った。買い手は朝鮮人で、彼らはそれを自分たちの母国に持ちこんで商なうのだという話だった。それでも私はなおいくらかの愛蔵書は残していて、その中には豪華本仕立ての『海潮音』があったことを思いだす。しかしソ連兵の検閲でそのわずかな本もはねられてしまった。長く弧を曳いて長身のソ連兵の背後に消えて行く私の本、そのイメージは私のなかに身体の痛みのような感覚としていつまでも残った。

私にはいくつか繰り返して見る夢があって、そのひとつのタイプはこのときの〝蔵書〟とのわかれにかかわっている。あるとき私は露店で本を買おうとしていて、ふと「どうせ持って帰れはしないのに」と気づく。あるいは行きつけの店をのぞいてみて、書棚が荒涼としているのにぞっとするような終末感をおぼえる。ここもやがて店じまいなのだ、引き揚げが始まったのだからな。またあるとき私は荷造りをしている。急がなければ船に間に合わない。それなのに本は荷箱からはみ出て散らばっている。

それから三十年がたち、そのあいだには集めた本をまたもやみんな金にかえねばならぬことがあって、自分なりのライブラリをもつなどという夢はいつしか消えた。気づいてみると私の周囲には、仕事の必要やそのときどきの娯しみのために、またぞろ埃りのように本がたまりかけているけれど、四十も半ばを越えてはこの本どもが自分の〝蔵書〟だとはどうしても思えない。手許にあるのは自分が死ぬまでのことじゃないか、それはもうほんの一瞬の時間じゃないかという思いが先に立つ。しかし、この空しい仮の〝蔵書〟という感覚は、おそらく私の老いから来ているのではなくて、あの少年の日の本とのわかれが、利きのおそい毒薬のように、今ごろになって記憶としての意味をあきらかにして来ているように思えるのである。

白昼夢

本についての思い出は尽きない。とくに切ないのが、かつて所蔵して愛読していたのに、何らかの事情で手放してしまった本についての記憶だ。子どもであった頃出会った本というのは、大人になるにつれていつしか手許から喪われるものだろうが、私は敗戦後大連から引揚げたので、一六歳のときまで蒐めた本を全部なくしてしまった。体ひとつで帰国したのだから、本など持って帰れるわけがない。

引揚げ間際に、ビルに事務所を構える朝鮮人のところに、ささやかながら蔵書をひと抱え売りにいったら、「坊ちゃん、いい本を持ってますね」と賞められた。戦争中は本が払底して、古本屋でも替りの本を持って行かねば売ってくれないほどだったから、私が持ち込んだ新潮社版『世界文学全集』や岩波文庫は、朝鮮へ運ばれていい値で売れたことだろう。朝鮮の読書人は当時みな日本語が読めた。

当時持っていた本は、著者とタイトルさえ憶えていれば、ネットで検索したらかなりのものが入手できるのではないか。古本市でもごく希に出会わないものでもない。現に去年、デパートの古書展で沢田謙『ヒットラー伝』を入手した。だが、ネットで探そうという気までしないのは、小学生の頃熱狂した平田晋策の『昭和遊撃隊』を、『少年小説体系』なるもので再読してみて、この程度のものだったかとがっかりしたことがあったからだ。

　文学書哲学書の類いは、戦後いろんな版が出ているから、当時持っていたものを懐かしむことはない。むろん戦後再版されてないものもある。たとえばヴァッケンローダーの『芸術を愛する一修道僧の心情の披瀝』がそうで、一五歳の私はブランデスの激賞するこの作品を後生大事に愛蔵していた。だがこれは岩波文庫の一冊だから、古本屋に長年出入りしていれば、いつかは出会う折がある。事実、別れて五〇年ほどして古本屋で見つけて、いまは私の書架に収まっている。

　それよりも心に残るのは、著者もタイトルも忘れてしまった本のことである。母が主婦の友社から出た、少年少女向けの物語を二冊買ってくれたことがある。ストーリーも憶えていないのに、妙に雰囲気だけ心にしみついている。いったい誰の何という作品だったろう。両方ともドイツの物語だった。また母は『婦人朝日』という雑誌をとっていて、それに室生犀星が王朝時代の物語を連載していた。小学生の癖にそれを盗み読みして深い印象を受けた。ところが犀星の年譜を調べても、彼はその頃そんな作品を『婦人朝日』に書いてはいないのだ。小学生なりに犀星の二字は心に焼きついたはずなのに、すべては白昼夢であったのか。

わが「愛蔵書」

自分の蔵書を意識したり、そのうちでもある一冊を大事にしたく思う経験が全くなかったとはいわぬが、結局のところ、私は本を愛蔵するたぐいの人間とはほど遠いようだ。

ひとつには、少年の日せっかく集めた蔵書と別れねばならなかったことの後遺症がある。私は両手に提げられるものしか持って帰れぬ引揚者だった。以来貧乏暮らしが続いて、蔵書を根こそぎ売り払ったことも一、二度ではない。

いまではずいぶん本も溜まってしまったが、それも仕事の必要からで、古書店に払えば高値のつくようなものは一冊もない。そんな私に愛蔵書を問われても窮するばかりだけれど、強いてあげれば「日夏耿之介全集」（河出書房新社）の第三巻がややそれに近いだろうか。私はこの全集は第三巻だけしか持たない。というのは、この巻にはかの『明治大正詩史』が収められているのである。

「かの」と言ったって、ひと様にはわかるまい。昭和二十（一九四五）年春、私は中学三年生で大連の満鉄鉄道工場に動員されていた。工場の近くに満鉄図書館沙河口分室があり、小村公園内の本館には小学生のころからお世話になっていたが、この沙河口分室は開架式なのがありがたかった。『明治大正詩史』とはここでお目にかかったのである。

前の年から島崎藤村や土井晩翠は読んでいたので早速借り出した。昭和四年に新潮社から出た大冊の二巻本である。私はまだ薄田泣菫・蒲原有明も読まず、『海潮音』や『孔雀船』も知らなかった。そこにいきなり明治文語詩のけんらんたる美の世界が現前したのである。しかも耿之介先生の詩眼はきわめて高度で、私はこの人の言うところをことごとく信じた。

この年から翌年にかけて、私の脳中は泣菫や有明の詩句が鳴りづめだった。もう自分も詩人になるほか生きる途はない。そういう熱狂の源はこの一冊にあった。

そんな熱狂が日本へ引き揚げてくると、とたんに消え去ったのはどういう訳だったのか。逆に言うと、彼らの措辞のみ艶麗で空疎な詩が、どうしてあれほど少年の心を捉えたのか。私の世代で泣菫や有明に心酔したという人に会ったことがない。それでもこの本は私にとって思い出深い一冊である。

自分に詩才がないことは数年でわかった。戦後詩はついに縁のない世界だった。ただひとり吉本隆明の詩を除いて。それでも生きるには〈詩〉は必要なので、ひそかに一冊の詩集がいつも心にあった。『伊東静雄詩集』である。岩波文庫版は解説がすごいが、古びた創元選書版を手にすることが多い。この方が活字が大きくてちゃんと読んだ気になる。むろん私だけのことだけれど、日本近代が産んだ最高の詩と信じながら。

九月〇日

五味康祐『柳生武芸帳』（新潮文庫）読了。今ごろになってやっと読むというのも変なものだが、長年気になっていた。話が広がりすぎてとうとう未完に終わった点では、『大菩薩峠』と好一対だ。両者とも構想はあったのだろうが、話が進むにつれてどんどん枝分かれして、何の話だかわからなくなるのが似ている。とにかく連想や思いつきで話が数珠玉のようにつながってゆくのでいつまでたっても終わらない構造になっている。

こんな小説の書きかたはヨーロッパにはない。『モンテ・クリスト伯』ひとつとっても、かの地の大長編小説には、細部をひとつの構想によって統制・配置する建築家の感覚が貫かれている。それからすれば『柳生武芸帳』や『大菩薩峠』はまるで連歌だ。西洋人が東洋音楽を聴くと、構造というものがなくいつまでも終わらないように聞こえて、気が狂いそうになるというが、『柳生武芸帳』や『大菩薩峠』は構造がルーズだからこそおもしろいので、こんなおもしろ味もやはり彼らにはわからないのだろうか。

九月×日

木山捷平の短編小説集『下駄にふる雨』（講談社文芸文庫）を読む。生前地味な作家だった木山さんはいまや人気者で、この文庫には著作が一〇冊も収められている。私はむかしからこの人がひいきで、たった一度お目にかかった記憶を大切にしているが、このところ思い立って前記一〇冊を全部収集、今日で読みあげてしまった。木山さんも典型的な連想型の作家だ。

たとえば「お守り札」という短編。作者はパイプがないと煙草が吸えぬので、浅草まで買いに行くのだが、そこにはあでやかに日本髪を結ったかみさんがいる。そこで別に買わずともよい耳掻きを買ったのだが、いまそれで耳を掻いていると、お守り札のことを思い出したとあって、以下そのお話。パイプも日本髪のかみさんも、その後の話には何の関係もない。

つまり、これは一種の尻取りなのだ。「ロシヤ、野蛮国、クロポトキン、金の玉」というあれだ。木山さんには始めから終わりまで、全部尻取りで成り立っているような短編すらある。西洋人からすると仰天に値する。テーマも構造も、あったものじゃない。しかし、われわれが生きる現実とは、しょせん尻取りみたいなものではなかろうかという気に、木山さんの小説はさせてしまうのがすごい。

九月△日

ウージェーヌ・シューの『さまよえるユダヤ人』（角川書店）を読む。シューの『パリの秘密』をマルクス親父が著述の脚注に多用しているものだから、この一九世紀初頭の流行作家とはむかしからなじみだったが、読むのは初めて。篠沢秀夫『フランス文学案内』によると、シューの和訳は現在はこれ一作とのことだ。私は会の崇高な目的のためには術策を辞さぬエスイタ会なるものがおもしろかった。これはイエズス会の戯画だが、まさに一切を党に捧げたボリシェヴィキ革命家を予兆するものでもあるだろう。

〈追記〉その後教示されたところでは、シューの『パリの秘密』には邦訳がある。

本の虫日記

十月三十日

『大菩薩峠』二十七巻（角川文庫版）、やっと読了。二十日かかってしまった。あとの方は斜め読みに近かったのに。あとになるほど介山の講釈癖、脱線癖、それに叙述の冗長さが昂じて来て、とてもいちいち付合ってられない感じだったが、それでも介山ならではの異形のシーンが突如出て来たりして、油断がならない。信濃路を出没する二人組の無頼侍など、大衆作家の筋の運びなら机龍之介に斬られてしかるべきなのに、何のために生きているのかわからぬとて、いきなり連れだって自殺する。尋常の発想ではない。

この文庫版は昭和三十年代の初めに出ている。当時はまったく関心がなく、文庫になったことすら気づかなかった。それでも幼少時に母から、中里介山という小説家がいて『大菩薩峠』という小説を新聞に連載したが、筋が末広がりになってとうとう終らなかったという話を聞きおぼえていて、いつかは読まなくちゃという気があったのだろう。こないだ河島古書店で二十七冊そろい三千円というのを見つけて即座に買った。

この化物のような小説を論じる用意はないが、少くともふたつの感想が湧いた。ひとつは机龍之介が案外影の薄い人物だということだ。大して腹も坐っておらず、お雪ちゃんに対する態度などほとんどかわいらしい。むしろほかの多彩な人物のほうが躍動している。悪役のはずの神尾主膳など、あとになるほど生きてくる。この小説の神髄はこれら厖大な登場人物が、訳のわからぬ衝動にかられて右往左往するところにある。まさに混沌の幕末なのだ。

もうひとつはこの小説に詰めこまれたとほうもない量の知識へのおどろきである。名所図会的な講釈から始まって、伝承・民話・俗説など数珠つなぎに出て来る。しかもそれはこの国の近代の蔭にかくれたいわば裏街道の情報なのである。かと思うと、大正から昭和にかけての近代的教養の一端がほとばしる。ベートーヴェンは第五や第九よりもエロイカと第七がいいというのだからおそれいる。しかもそれを言うのが幕末の小僧だ。このアナクロニズムはすごい。この小説は仏教のカルマなど描いてはいない。近代の光と前近代の闇が化合した沸騰こそテーマなのだ。

十月三十一日

家島彦一『イスラム世界の成立と国際商業』（岩波書店、一九九一年）読了。いま某所でやっている連載のために、ガマ登場以前のインド洋交易圏について調べねばならないのだが、それについてならおなじ著者の『海が創る文明』のほうが詳しい。この本はむしろウォーラーステインのいう近代世界システムの以前に、イスラム世界＝経済というべきものがあったのではないかといった想像をそそる。一三、四世紀にモンゴルによる世界＝経済が成立していたというのはアブー＝ルゴドの説だし、こないだ読んだ杉山正明の『クビライの挑戦』も似たような示唆を行なっていた。それにしても読んだことを片っ端から忘れる。ああ、この出来の悪い頭。
十一月四日
チェスタトン『チャールズ・ディケンズ』（春秋社、一九九二年）を読了。すごい。ショックだ。新聞にディケンズについて五、六回書いたものをもとに、友人たちと出している雑誌に所見をまとめようと思っていたのに、粉砕されてしまった。「偉大なる阿呆」こそディケンズの真面目というのは私だってそう思うが、彼の作品は登場人物やエピソードによって評価されるべきで、小説という基準で評価されてはならぬとか、ディケンズの思想が凡庸であったからこそ、彼の想像力は非凡なのだなどと指摘されると、こりゃ陣営を立て直さねばならぬわいと思ってしまう。それに『ドンビー父子』以下、まだ読めないでいる作品がいくつもある。天野屋古書店に頼んで入手してもらわねば。
十一月九日
ウォーラーステイン『入門・世界システム分析』（藤原書店、二〇〇六年十月刊）を読む。訳者のいうように世界システム論の普及のためには待望の入門書なのかもしれぬが、ウォーラーステインの現状分析の陳腐さにはうんざりした。資本の利潤率低下からしてシステムの破綻は免れぬなど聞かされたって、どうってことはない。私は経済なんかで生きてはいないのだ。この人の『史的システムとしての資本主義』はわくわくして読んだおぼえがあるが、歴史的分析からいったん現状分析に移ると旧態依然たる左翼だ。
十一月十一日
ブランデス『十九世紀文学主潮』の第一巻『亡命文学』を読む。これは昭和一四年から一五年にかけて春秋社が出した十巻本で、敗戦直後大連で中学生だった私は、このうち『独逸浪漫旅』二巻を手に入れて愛蔵していた。当時訳もわからずにヴァッケンローダーを崇拝していたのもその影響である。その十巻本とこないだ天野屋古書店で奇蹟的に再会した。何とそろいで八千円。むろん、いまどきブランデスなど誰も相手にしないと承知はしていても、私にとっては少年の日のあこがれだ。しかもいま第一巻を読んでみると、ブランデスも捨てたものではない。セナンクール、コンスタン、ノディエ、スタール夫人などについてこれだけ詳しく紹介した書物はいまどきほかに見当たるまい。ブランデスはコンスタンが創ったエレノール像はバルザックの三十代女性像の濫觴をなすと述べているが、篠沢秀夫の『フランス文学案内』のコンスタンの項にはそっくりおなじことが書いてある。闇雲にブランデスは古いときめつける訳にはいかないのだ。

イリイチ『生きる意味』『生きる希望』

ともにイリイチ晩年のインタヴューであるが、産業主義批判として一時もてはやされた彼の思想が行きついた極北を示すものとして、彼の全著作中最も重要な意義をもつ。「行きついた」というより、もともとこういう人だったのだと私がさとったので、いわばイリイチの正体はここで明らかになったのだ。

あらゆる文明は生の原基の上に、制度化し人工化した二次的構築物をたちあげる。しかし、二〇世紀末から二一世紀にかけてほど、この二次的構築物が人工性・規格性・幻想性を強化して、生の原基に敵対するようになったことはない。一切の問題がそこから生じている。イリイチはこの事態を分析・描写した最初の人であり、最期は希望のないことを希望とする境地に至った。私の心境もほぼそれに近い。

ファンタジーの神話性

ファンタジーというのは、子どものときからなくてはならないもので、いまだに読む癖が抜けない。そんなものを読むのは現実逃避だと、むかしの左翼なら言ったものだが、いまでもそんな人がいるだろうか。現実逃避のどこが悪い。現実とはときどきは逃避してしかるべきものだと、むかしから相場がきまっている。

ところで、今日の日本には優秀なファンタジー作家がいると、教えて下さった人がいた。教えて下さったばかりではなく、本までどさっと送って下さった。上橋菜穂子と荻原律子である。

一読、大した才能だと思った。何よりも構想力とアイデアが凄い。文章だって質が悪くないし、ファンタジーに絶対必要な神話的要素と、一種の異常感覚もちゃんと備わっている。だが、おもしろい、おもしろいと、何冊も読み進んでいるうちに、気分が悪くなってきた。食傷してきたと言ってもよい。浄化や充足がやってこないのだ。少々、小煩さくもなってくる。なぜだろうと考えてみてわかった。時代はさだかではないにせよ、古代であるはずなのに、人物がまるで現代人、彼女らの作品は女が主人公の場合が多いけれど、それがまるで現代女性のような心の動きを示し、冗談も喋りかたもまるっきり現代風なのである。これではせっかくファンタジーを読む甲斐がない。

私はやはり、ファンタジーはル・グィンやルイスに尽きると思った。『ゲド戦記』が与えてくれるあの浄化と慰籍は、人物たちが古代的であることからくる。ホメロスの人物たちのようにシンプルに語り、直截に行動する。そこに現実と人生の深みが現れるのだ。『ナルニア国物語』の場合、主人公は現代の子どもだけれども、彼らがはいりこむ世界は、現代人のわずらわしい心理を越えた世界である。すなわち、シンプルで深い。それが神話的ということなのだ。

私の一冊・ディケンズ『大いなる遺産』

ディケンズがおもしろく、読みあさっている。若い頃は馬鹿にしていて、ひとつも読まなかった。雑駁で通俗という先入主があったのだ。自分というものが何ほどのものでもなく、逆に世間は奥が深いということがわからないうちは、ディケンズのよさもおもしろさも心に訴えてこないのだろう。

ディケンズの作品を読むと、そこに浮かびあがる世間の広さに茫然とする。実に様々な生態があり人物がいる。『われらが共通の友』なんて、実に屑屋の成金の話だ。ロンドンという当時の世界経済の中心の深部にひしめく無名の人々の欲望の曼荼羅図といってよいが、といってディケンズの筆致はいわゆるリアリズムなどでは全くない。グロテスクになりかねぬ誇張と、通俗に堕ちかねぬ趣向を通して彼が描き出したのは、泥沼に咲き出ようとする一本の蓮の花、すなわち、どうすれば生れた甲斐のある自己を実現できるかと模索する名もなき人々の夢想だった。その夢の花開く様々なかたちが実におもしろい。

彼の作品からひとつ選ぶとなれば迷ってしまうけれど、私はやはり『大いなる遺産』を挙げたい。貧しい鍛冶屋の義兄のもとで育った少年がある日、誰とも知れぬ人物の遺産相続人に指定される。その匿名氏の送金によって少年は庶民の境遇から抜け出し、ロンドンで紳士修行に励むことになる。しかし、その匿名氏は実は流刑先のオーストラリアで蓄財した囚人だった。紳士の夢が破れた主人公は、義兄の属する心正しい庶民の世界に戻ることもできず、新たな未来に旅立つ。

まあ、こういったお話なのだが、凶悪な脱獄囚が墓地で出会った少年にたべものを恵まれたこと（それもおどして運ばせたのだが）を一生忘れず、流刑先で稼ぎ出した金でこの少年を何とか紳士に仕立てようとする心根が、闇夜を貫く一筋の電光のように強烈な味わいを残す。ディケンズはこのような世間という闇にひらめく電光を好んで描く作家だった。

高田衛『八犬伝の世界』

再発見すべき名著というと、ものものしい感じになるが、私はもう少しささやかな意味、もっともっと評判になってしかるべき本として、高田衛さんの『八犬伝の世界』を挙げたい。この本が一九八〇年に出たとき、国文学界では注目を浴びたに違いないが、一般にはそれほどの評判は呼ばなかったような気がする。そのときもその後も、知人たちの間でこの本の名が口にされるのを聞いたことがない。

私は刊行時に読んだ。一読三嘆とはこのことで、砕けて言えば「ビックリしたなァ、モウ」というのが正直な感想だった。『南総里見八犬伝』は小学生のころ『少年講談』の一冊であらましを知って以来、原作を読もうなどと発心したことはなかった。勧善懲悪、荒唐無稽という先入主があったのである。ところが著者の鮮やかな手捌きにかかると、古色蒼然たる『八犬伝』が「途方もなく奥深い深層の世界をはらん」だ神話的言語空間に変貌した。『八犬伝』とは、江戸人の深層意識に秘められたシンクレティズム的ユートピアが変容しつつ顕現する「江戸神話」だったのである。

馬琴が一面では尚古家であり考証家であることは承知してはいたが、『八犬伝』が古今東西にわたる史書・稗史・神話・伝説・伝統・伝承をどれほど広汎に踏まえた想像力的空間であるか、私は著者によって始めて教えられた。『八犬伝』には謎が張りめぐらされているのだ。この本はいわば『謎解き八犬伝』であり、スリリングな暗号解読なのである。

謎解きは『初輯』の口絵で、「子とろ子とろ」の遊びの光景が、「かくれあそび」とわざと誤って表題されている謎の解明から始まり、伏姫の処女懐胎の謎を経て、なぜ犬士は八人で、しかもそのうち二人が女装しているのかという最大の謎に迫る。答は伏姫と八犬士の構図には「八字文殊曼陀羅」が隠されているということにある。八犬士が牡丹の痣をもっているのは、唐獅子が文殊の乗物であり、牡丹は唐獅子の縁語だからだ。伏姫の騎乗する八房は唐獅子なのである。「あっとおどろく、タメゴロウ」ではないが、著者によってあばかれた馬琴の秘められた構想の壮大さには、ほとほと感じいるほかなかろう。

さらに著者は、八犬士の出自が郷士であることを確認し、彼らを「戦う自立集団」と規定した上で、その物語を「江戸開拓民の不屈のたたかいの歴史」だとする。ここには著者が七〇年前後に抱いたであろう夢が反映している。その夢の行末については言いたいこともあるが、やはり『八犬伝』に投じられた新たな光源と評価しておきたい。

気づいたことをひとつ言えば、著者は透谷の『八犬伝』評中に出てくる「シバルリイ」をseverelyと解しているが、これはいうまでもなくchivalry、すなわち騎士道の意である。また、この本が「中公新書」の一冊であることも見逃せない。「新書」もかつては何とレベルが高かったことか。

笠松宏『徳政令』

この本は一般的の高校生にはいささか専門的で、この頃多いと伝えられる本嫌いの高校生に奨めるには不適切かもしれない。だから私は、歴史好きを自認する少数の高校生にだけ、そっとこの本の存在を教えたいのである。

一二九七年に「永仁の徳政令」と呼ばれる法令が、鎌倉幕府から発布されたことは、どの高校教科書にも書いてある。この法令が御家人の所領の質流し、売却を禁じ、過去二〇年以内に流され売却された分を元の所有者に返還するように命じたものであること、その背景に御家人の窮状が存在することも、おなじくちゃんと書いてある。書いてあるだけではない。受験生は最低このことを暗記せねばならない。こんな記述から歴史が好きになる者がいるだろうか。おそらく誰もいまい。近代人の経済観念からすれば、どうしてこんな無茶なことができたのか。そこを書いてこそ歴史は面白いのに、教科書にそんなスペースはない。つまり、歴史というものは、ある程度専門的に突きこんで書かないと面白味が出て来ない。

この本は鎌倉時代はどんな法令が出されたのか、当の幕府も確かには知らず、ましてや一般の人々は法について無知だったこと、にもかかわらずこの徳政令だけは当時有名だったことを述べ、その理由、さらに徳政が受けいれられた理由、またさらには中世の法の独特な性質について、いろんな断片的な事実から、まるで推理小説のように全体像を組み立ててゆく。辛抱してついてゆけば、歴史はこんなに面白いものだったのかと、感嘆すること受け合いである。

筆者は日本中世法制史の第一人者で、私が無条件に尊信する現存日本史研究者はこの人だけであることを付記しておこう。

栗原康『共生の生態学』

「自然との共生」という言葉は、いまや口当たりがいいだけの空疎なスローガンになってしまったようです。「共生」が何を意味するのか、どうやって成り立つのか、深く突き詰めて考えることをせず、まるで免罪符のように、あるいは気休めのように安易に使いすぎて来たからでしょう。栗原さんのこの本は、生態学の立場から「共生」という現象を掘り下げて考察し、どういう意味で「自然との共生」が、人間の今日的課題となりうるのか、とても明快に説きあかしています。いわゆる環境問題を考える上で、最も基礎的な文献のひとつと言ってよろしいでしょう。

自然において「共生」とは助け合いのことではないのです。それはむしろ、対立や敵対、食うものと食われるものとの相互作用の結果として生じてくる状態です。つまり多様な生物種が関係のネットワークを形成する中で、相互に適応しあう進化をとげた結果が「共生」となって現れるのです。

このような相互作用による適応が生んだ「共生」の例として、著者は牛の第一胃（ルーメン）や、ミクロコズム（実験的生物群集）をひいて、丁寧な説明を加えていますが、これだけ独立して読んでも、興味津々の物語です。要するに、多種多様な生物種が構成するネットワーク、すなわち生態系は長い進化の歴史が生んだ精巧なシステムなのです。

　私が関心するのは著者が、われわれ人間が「共生」すべき相手は、個々の生物や生物種ではなくて、このような生態系だと言い切っている点です。著者には、ヒトは人間になることによって、個々の生物や生物種と「共生」することが不可能になったという冷厳な認識があります。むろんこの「共生」とは前述したような生態系的共生のことです。というのは、人間は技術を見につけて、それなしには生きられなくなったからです。

　そこで著者は、生態系と共存する技術として「エコテクノロジー」を提唱するのです。エコテクノロジーとは、工学的テクノロジーと対比しての造語で、工学が対象を単純化し、生物に由来する非決定性を排除しようとするのに対して、エコテクノロジーは複雑な生態系の自己設計能力を引き出そうとするものです。これはとても重要な提言で、具体性に富み、啓発的であります。漁業は食物を提供しているだけでなく、陸から海へ流出する物資を陸にもどしているのだという指摘など、目を開かれる思いがします。

　栗原さんは長く東北大の教授をなさった方で、ほかに『有限の生態学』『干潟は生きている』（以上岩波新書）『エコロジーとテクノロジー』（岩波同時代ライブラリー）などの著書があります。いずれも卓抜で深い考察にみちていて、私は大層恩恵を受けたものです。私のような典型的文系人間がそう言うのですから、理系の諸君だけでなく、文系の諸君もどれか一冊読んでほしい。「はまる」こと受け合いと言っておきましょう。

臼井隆一郎『コーヒーが廻り世界史が廻る』

皆さんはコーヒーは飲みますか。むろん、飲むでしょうね。高校で世界史を選択しなかった人も、中学では一応フランス革命だって習いましたね。われわれが何気なく毎日飲んでいるコーヒーは、フランス革命を初めとする近代をつくりあげる上で、非常に大きな役割を果した不思議な嗜好品です。世界史の廻転に重要な役割を果した国際的商品です。表題の本はコーヒーが世界中を廻《めぐ》ることで世界史が廻《めぐ》ったという実におもしろい本です。すばらしい着想にみちた本です。

歴史というのは教科書を読んだって、少しも面白いものではありません。その面白さは具体的な話にならぬと出て来ないのです。諸君はコーヒーの常用がアラビヤ半島ぐらいから始まったんじゃないかと、見当をつけるでしょう。その通りで、イスラム教のスーフィーという神秘主義者の流れが、夜ねむらずに祈りを捧げるために用いたのです。諸君が眠気を払って受験勉強をやるために飲むように。

ロンドンには一七一四年には八〇〇〇のコーヒー・ハウスがありました。むろんコーヒーは飲ませますが、備えつけの新聞など読んでガヤガヤと時事の論評をしたり、商売上の情報を交換するところでした。それが一七三九年には五五一軒に減っていました。イギリスは紅茶の国に転換したのです。そのわけはこの本で読んでください。

パリのカフェに集まった不良文士どもが、コーヒーを飲みながら、マリ・アントワネットの醜聞を、あることないこと書きまくって、大革命をひき起こしたことはご存知ですか。でもそんなことより、この時代のフランスが西インドにコーヒー・プランテーションを開発したことが大事です。もちろん、アフリカから導入した奴隷の労働によって成り立つプランテーションなのはいうまでもありません。

植民地化した地方を、コーヒーや砂糖という国際的商品のモノカルチャー化してゆくことを最初にやったのはオランダで、その場所はジャワです。以来、西インド、南米、アフリカがそういった国際商品の産地とされ、大地と人間は徹底的に収奪されます。先進諸国の様ざまなコーヒー文化の開花は、そういう影の部分によって支えられたのであって、この本の読みどころは、コーヒーの形をとった世界資本主義の進展を、実に広く深い知識と高い見識で描き出したところにあるでしょう。

著者は東大を停年退職して、いまは帝京大の先生をしている方です。古今東西にわたるおどろくべき学識の持ち主ですが、一方地口《じぐち》とシャレが大好きで、この本にも吹き出したくなるところが沢山あります。ただし、あまりに知識が広大で、表現も凝っていますので、かなり本気で読まないといけません。しかし、自分には多少難しい本を、半分わからないで読みあげて仲間に自慢するのも、青春の特権です。受験に忙しい今じゃなく、大学へ入ったらまず最先に読んで、知的世界の広大さを実感してください。

白川静『漢字』

白川静先生が逝かれてもう七年になる。先生がうち樹てられた漢字学＝古代中国学が、日本の世界に誇りうる学問的業績のひとつ、というより世界的に見て戦後六〇年間の最も顕著な文化科学上の発見のひとつであることは、学界における長年の故意の無視にもかかわらず、いまや誰の目にも明らかな事実として確定したと言ってよい。

私は河合塾に学ぶすべての塾生に、白川先生が明らかにした漢学の世界、言い換えれば漢字というユニークな文字体系のゆたかさを知ってもらいたい。しかし、そのために先生の著作のどれかを紹介するとなると、はたと困惑してしまう。先生は一般向けの本も多数書いておられるが、すべてにおいて妥協することをいさぎよしとしなかった先生らしく、噛みくだいて取っつきやすく語るということを一切なさらなかった。結局、岩波新書の一冊として書かれた『漢字』をすすめるしかないが、これとて、硬質な文体と高度な内容からして、今日の口当たりのよい新書本などと違って、寝そべって読む訳には到底ゆかない。

しかし、本というのはもともと、読んですべてがわかる必要はない。むずかしくても、知的に刺激されれば、何とか読み通すものだ。甲骨文という漢字の最も古い形を分析して、その語義を明らかにしてゆく先生の語りに喰いついてゆけば、まず驚きがやってくる。諸君は「蔑」という字は知っているだろう。この字の上の部分は眼に媚飾を施した巫女を示す。媚女は異族との戦いの先頭に立って敵に呪詛を加える。字の下の部分は戈を表わす。すなわち、「蔑」とは媚女を戈にかけて殺す意なのである。

　後漢の許慎は『説文解字』という辞書を編んだ。しかし、その頃漢字の形は変化していて、彼はその原義を知らなかった。だから「告」という字を、牛が口を寄せて何かささやくのだととった。後世の漢字解釈は許慎にならって、ほとんどこういったこじつけに終始している。ところが白川先生は甲骨文によって、この字の上の部分を木の枝と解した。下の部分は𠙵《サイ》であって口ではない。𠙵《サイ》とは箱の中にのりとが入った形である。つまりこの字は「神への祝告を木に懸けてかかげる形」なのだ。

　大事なのは、こういった漢字の原義の系統的な復元によって、古代人の精神構造と社会組織が浮かび上がって来たことだ。白川先生は漢字を沿海族の所産と考え、古代日本の習俗に通じるところが多いのを指摘された。漢字は単なる記号なのではない。緊密で統一された世界像の表現なのであり、そういうものとして思考の生産を促すものなのだ。

　戦後の国語改革は、日本人の漢字運用能力に大打撃を与えた。これがおそるべき結果を惹き起すことを、先生はつとに明察しておられた。日本人は漢字に訓を施すことによって、このゆたかな文字体系を主体的に使いこなして来た。この伝統が喪われることへの先生の怒りと嘆きを、そろそろ私たちも共にすべきなのではなかろうか。

林語堂『支那のユーモア』

刊行は昭和一五年、私の小学校四年のときだから、読んだのはむろんずっとあとのこと。もういい歳になっていたので、悪人は信用できる、善人ほどおそろしいものはないといった林さん一流の言い廻しにも、笑って共感することができた。朝の一杯の粥以上に人生に実《み》のあることはないというのも、若いころ読めば腹が立っただろうが、しみじみと承認するほかはない。西洋人のせっかちと「真実」執着が子どもみたいだというのは、彼らも耳を傾けてよいこと。林さんのおかげで、西洋人の理屈に手を焼いた幕末の幕吏たちの気持ちがわかるようになった。

私の収穫

「巻懐」の二字

白川静『孔子伝』の発行日は昭和四七年一一月三〇日となっている。たしか私はこの本を、発刊当時旅先の東京で買った。吉本隆明さんの帯がついていたのも忘れられない。

旅先というのもおかしくて、水俣病患者川本輝夫らの対チッソ直接交渉は続いており、チッソ本社前の座り込みテントもまだ維持されていた。「水俣病を告発する会」の一員として、私はしばしば熊本から出京せねばならなかったのだ。

膠着した状況をどう打開するか。心は常にそのことに占められながら、私の中には、そういった闘争の世界とは次元の違う、おのれひとりの世界が棲んでいた。『孔子伝』を即座に買ったのは、その一部が雑誌『歴史と人物』に発表されたのを読んでいたからだが、そんな人に語ることのない秘めたる心が、この本にひき寄せられたのだといえなくもない。

白川さんは若き孔子が、生々しい政治闘争にかかわらざるをえない心の持ち主だったと言い、ついには、おのれの考えが世に容れられぬときは、それを巻きおさめて、孤舟を海にうかべる「巻懐の人」となったと述べていた。

この言葉はじわじわと、私の心に効き目を表した。むろん、白川さんとのかかわりは、このあと氏の壮大な漢字学、というより、漢字に形象化された古代的思惟に関する氏の不朽の業績を、逐一たどってゆくことになるのだが、それとは別に、「巻懐」の二字を教えられた恩義は忘れがたい。

ポランニーの声

私は過去の記憶が悪くて、「あれは何年何月何日だった」と日付までおぼえている母親から、「おまえは馬鹿だ」とよくいわれていた。だから、ポランニーの本は、何を最初に読んだのか、例によっておぼえていない。

だが、とりこになってしまったのは、『大転換』を読んでからだという記憶は誤っていないと思う。近代というのは、社会に埋めこまれていた経済が自立して暴走し始めた時代だというのが何よりも新鮮なアイデアだった。

ポランニーはまったく歯止めのない自由な市場経済を「悪魔のひき臼」と名づけた。とくに問題なのは、人間と土地がこのひき臼に投げこまれたことである。重商主義を奉じた絶対主義国家といえども、この二つが商品化されぬように歯止めをかけていたのに、と彼は言う。

だから、市場経済の暴走に対して、社会主義運動や労働運動など社会防衛運動が起こるのは当然だが、彼がファシズムまでそのひとつに数えていることに、私はわが意をえる思いがした。

私がポランニーを読んでまもなく、東欧とソ連の社会主義が崩壊した。ポランニーは資本主義自体を否定したわけではなく、市場経済を国家が規制することを求めたのだが、そういった国家的干渉を、ケインズ主義まで含めて退ける市場経済賛美の声が、あっという間に世間にゆきわたった。だが、世は移り舞台は巡る。昨今の世相を見渡すと、またどこからかポランニーの声が聞こえてくる気がする。

宮崎史学の自由さ

宮崎市定さんの本を読むようになったのは、一九八〇年ごろではなかったか。ちょうどそのころ、私はそろそろ本腰で勉強せねばと思い立ったようである。もう五〇歳になろうとしていたといえば、私という人間の頓馬さが知れよう。

なんで市定さんかというと、折も折、朝日新聞社刊の『アジア史論考』上中下三巻を同社出版局のS君が送ってくれたのである。それまで私は、この碩学の本を読んだことがなかった。

いわゆる宮崎史学の学風については私が喋々するまでもない。緻密な考証の上に立つ壮大な世界史的展望といえば、当たらずとも遠くはなかろう。中国古代は都市国家の世界なのだという指摘ひとつとっても、私にはスリリングだった。

しかも、この人のいいところは、中近東、つまりイスラム圏が世界史の重要な柱として視野にはいっていることだ。その近東旅行記たる『菩薩蛮記』は、馥郁たるトルココーヒーの香りに包まれていた。以来、この人の著作はほとんど読んだ。持論の経済史観が気にならなかったのも、全編を貫く思考の自由さに魅せられたからだ。脱線もなさるが、それもまたよからずや。先生は『中国史』の序文に「私が近頃発表するものは、世のいみじき学匠達に捧げるものではない」と書かれた。私は会心の笑いを洩らした。先生は私のような者のために書いて下さるのだと、ひそかに信じていたからである。

全実在の進化

今西錦司さんの名は日本サル学とともにある。だが、私にとっての今西さんとは、『生物の世界』の著者であったし、そのことは今も動かない。「生命といえどもこれをかならずしも生物に限定して考えねばならない根拠はない」というのは、千古を通じてかわらぬ断案だと、読んだ当時思ったし、今もそう思う。

そんな断案は科学ではなくて哲学にすぎぬ、と言いたくなる人もあろう。哲学で結構。科学はこの実在の一班を覆うにすぎない。今西さんは無生物から生物にいたる万象を、たがいに関連しつつ進化してきた実在ととらえ、われという不可思議な存在もそれと不可分なものと理解した。たんなる思弁ではなく、科学という試練を経た世界認識だったというべきである。

私は山登りもしないし、自然観察もしないが、全実在を人間社会も含めて、地球上の壮大なドラマの進化とみなす今西さんの視点から学んだものは多い。それはひとつの現代を生き抜く思想であって、ダーウィン的正統学説と同じレベルの科学的言説ではない。

今西さんの魅力は思考の自由さ、自分が納得しないかぎり権威も正統も疑ってやまぬ我の強さにある。この点は宮崎市定さんとよく似ていて、そのためお二人とも脱線の名人である。

私はもともとが情けないかな優等生タイプなので、余計お二人の何ものにもとらわれぬ自由さに魅せられたのだろう。おかげで今は、相当の不良老年になった気がする。

壮者凌ぐ老学究

いわゆる谷川四兄弟のうち、健一、雁、公彦のお三かたは早くから存じあげていたが、三番目の道雄氏とはなかなか縁がなくて、親しくしていただくようになってから、まだ一〇年も経たない。

でも、著書は早くから読んでいた。『中国中世社会と共同体』。一九七六年刊だが、私が読んだのは五、六年のちのことだろう。旗田巍《たかし》氏の著作などで、中国には村落共同体はないというのが定説だと思っていた私は、道雄さんが提出されている豪族共同体なる概念に意表をつかれた。

これは戦乱のうち続くなか、農民たちが豪族を指導者に仰いで創り出した共同体であり、その共同性は、豪族のおのれを律する倫理の高さによって担保されているのである。

このような共同体の存在を、氏は文献の綿密な読みこみを通して立証する。経済的下部構造、すなわち階級対立をもって豪族・農民の関係をとらえようとする戦後歴史学の手法からすれば、何という異端であることか。しかし、ここにはドグマを去って、歴史の真実の姿に即こうとする、自由で勇敢な試みがあった。

道雄氏はその後、中国史を官と民の対立という点から、一貫して読み解こうとされて来た。最近は、土地を奪われた農民が当局に対して、法と実力の両面で抵抗する動きに注目し、大部の訳書も上梓されている。八四歳の老学究が壮者を凌ぐ現実への意欲を示されているのだ。奮励せざるべけんや。

風俗描いてこそ

七〇歳を超す前後だろうか。死ぬ前に世界文学、とくに近代ヨーロッパ文学をもう一度読み返したい、未読のものはこの際読んでおきたいと、一念発起した。

『失われた時を求めて』もその時はじめて読み、なんだ、まるでバルザックじゃないかと思ったのもご愛敬である。この高名な小説の名を、旧制中学生のとき知ってから、六〇年近い月日がたっていた。

これまでの例にもれず、せっかくの一念発起も、ほかの仕事が割り込んできて、途中で行方不明になってしまったが、収穫はあった。ゾラとディケンズである。私の若いころは、ゾラは時代遅れ、ディケンズは通俗というので、ボードレールやマラルメがありがたがられる雰囲気のなかで、ばかにされていた。従って、読まなかった。

だから、両者とも初対面といってよかったが、案に相違して、おもしろいったらない。二人に共通なのは、手法は違っても、世相と風俗を描きだしていることだ。このふたつがあってこそ、人物は生き生きと動き回る。観念の中で生きる人間なんて知れたものだ。小説はただの人間が当時の風俗の中で、何とか生きようともがく様を描くものだと深く悟らされた。むろん詩はその対極、風俗を超越するものだ。

一九世紀ヨーロッパ文学は、一回きりの歴史的現象である。その出現と衰退は何を意味したのか。そのことを考えてみたかったのだが、しょせんは私の力量に余る問いであったらしい。

山田風太郎の史眼

山田風太郎がただ者でないとは、その戦中日記などで承知していた。彼に明治開化期を扱った一群の小説があることもおなじく承知していたが、去年はじめて一読して、たちまちとりこになってしまった。まず参ったのが、この人の明治初期の政情・世情・人物・事件・風俗に関する、膨大で正確な知識である。私もこの時代について多少は勉強したからわかるのだが、いつの間にこんな精通なさったのか、舌を巻くしかない。世の中にはこわい人がいるものだと思った。

もちろん、知識だけでは小説にならない。だが、そこは忍法小説で世をおどろかせた奇想のもちぬしである。小笠原長行が維新後アメリカへ亡命し、その霊が日本にいる妾をはらませたという一編など、氏特有の奇想が十分に発揮された一例である。長行は文久年間、京都で尊攘派のとりことなった将軍家茂を、精兵を率いて救出しようとして、老中格を罷免された男だ。

露伴や一葉といった明治文壇の大物の登場のさせかたも、気が利いていてしかも臨場感がある。なかなか、こうしっくりとはいかないものだ。

何よりもいいのは、革命の敗者のなかから育ってくる抵抗の情念を描き切っていることだ。『幻燈辻馬車』では、老人と孫をのせた辻馬車が危険に陥るたびに、西南戦争で戦死した老人の息子が血まみれの姿で出現する。風太郎氏が過去・現在を通じる確かな史眼を備えていたのは明らかである。

死と生の共存

私は典型的な文系人間だが、理系の人たちとつきあうと、何か風通しのよくなったような、爽やかな気分を味わうことが多い。それだけでなく、これまでの読書でも、コンラッド・ローレンツ、渡辺慧、清水博など、多くの理系の学者から教えられてきた。

中でも栗原康という、私より四歳年長の生態学者が、一九七五年に出された『有限の生態学』という「岩波新書」の一冊に、深い影響を受けたと思っている。

この本はフラスコのミクロコズム（微小な宇宙）から、ウシの胃の中の世界、さらには宇宙基地システムにいたる例をあげて、生命の安定と共存の論理を探ったものだ。

宇宙基地共同体は人間の生命維持のために設計され、共同体内のすべての生物を共存させようとする。しかし、それはすべての生物を全体のための部分と化す、きびしく緊張したシステムなのだ。高度な技術の管理をもってしても、その永続の見通しは立たない。

それに対して、フラスコのミクロコズムは永続する。それはこの世界が死骸や排泄物を貯蔵しているからだ。

「宇宙基地システムは『死』を一切拒否した『生』のみの世界であるのに対して、ミクロコズムは『死』と『生』が共存し共生している世界」だと栗原氏は言う。実に示唆に富む言葉ではなかろうか。

栗原氏には他に『共生の生態学』『干潟は生きている』などの著書がある。広く読まれて然るべきだと思う。

バヴァリアの狂王

映画とはとっくに縁が切れてしまった私だが、このほど一大決心をして『ルードウィヒ』を見に出かけた。映画を見るのに決心を要するなど、歳としかいいようがない。

『ルードウィヒ』はおもしろかった。ヴィスコンティの最上の作とはいえまいという意見も聞いたが、私はそんなことはどうでもいいので、あの懐かしい十九世紀ヨーロッパを再現した美しい画面だけで、十分満足であった。ことに、館の窓に橙色の灯のともる雪景色など、郷愁で胸塞がらんばかり。いってみれば西洋歌舞伎、西洋絵葉書のたぐいだろうけれど、それで結構、この歳になってはもはや、そういう手前勝手な映画の楽しみかたしかできないのである。

北一輝の評伝を書いていた頃、参考までに目を通した文献に、北とこのルードウィヒを早発性痴呆の典型的な症例として対比したものがあった。その論者によれば、北もルードウィヒも天上天下唯我独尊的な自我狂で、自我と現実との衝突にたえられず、夢想の楼閣を築きあげてたて籠り、晩年は悲惨な荒廃に陥ったというので、その空中楼閣がルードウィヒにおいてはノイシュヴァンシュタイン城、北にあっては『国体論及び純正社会主義』という訳であった。

私にいわせればとんだヤブ睨みというほかはないが、要するにこういう論者がくだらないのは、人間の健康と病気がなにか別物のように判然と分離しており、心の健康な人間は魂の病んだ人間を、一個の病理的症例として観察し記述できると信じている点にある。こういう手放しの精神医学信仰は、今では当の精神医学者にも少ないのではないか。

ルードウィヒの奇行も、病気と名がつけばはたの者が安心できるだけで、しかしそう名づけてみても、すべての人間の中にひとりずつルードウィヒが棲んでいるという事実は消えてはくれない。人間誰か病者ならざらん。精神を病むのはまさに人間の証しであり、病いこそ異常ではなく正常なのだ。少なくともそのくらいの振幅を人間性は蔵しているので、でなければ人間なんてつまらぬ生きものだ。

ルードウィヒの芸術家保護やお城づくりは、たしかに、自分の好きな環境に閉じこもって、いやな現実との接触を避けたいという幼児的退行といえる。いってみれば、この王様は男の風上に置けない野郎で、大人になれば誰でもたえている現実がたえられぬ泣虫にすぎないかのようだ。まったくこういう人間はお手上げもので、クルミの実はたべたいのに、殻を割るのはいやだとおっしゃる。勢い、道理を説いて聞かせる臣下の口調は、幼児にものを噛んで含める調子にならざるをえぬ。三流マキャベリストみたいな総理大臣の、こういう時の悲哀とやさしさにみちた表情が私にはおもしろかった。

しかしルードウィヒは単なる弱虫ではない。ワーグナー的な夢幻境を大仕掛に作り出そうとする彼のエネルギーは、とうてい弱者のそれではありえない。つまりこれはそうとうな横着者なので、内閣からクーデターを起されて、忠実な侍従武官長から、ミュンヘンで民衆に呼びかけるか、チロルへ亡命するか二者択一を迫られる時の返事がおもしろい。ミュンヘンは嫌いだの一点張りは例の幼児癖としても、

「チロルへ行って何をする」のセリフには思わず笑ってしまった。なるほどチロルには、ワーグナーばりのおもちゃのお城はないからな。

しかしヴィスコンティは、小児のように度しがたい単なる現実逃避者を描いたのではない。彼が描いたのは、純粋芸術鑑賞者のすさまじい自己破壊である。

この映画にはワーグナーをはじめ、王の援助を受ける何人かの芸術家が登場する。彼らはおしなべて、王の芸術への思いこみを利用して自分の芸術を肥えふとらせる、したたかな男たちに描かれている。つまり実際に芸術の創造にたずさわる人間は、現実の処世においては打算的でリアリスティックであるのに、ひたすら芸術を鑑賞するだけの人間はとめどもなく精神的理想的に純粋化するという逆説が、ここで語られている。

芸術はいやらしいものだ。血のしたたるビフテキで肥えふくれねば、創造の力業はつとまらぬ。利用するものは利用し、しぶとく生きのびねば、仕事は陽の目をみない。いや、そういっては皮相にすぎよう。トレヴァ・ハワード扮するワーグナーが犬と戯れて格闘するシーンに現われているのは、芸術が一面どうしようもない生理的肉感性だということである。ローエングリンの蒼ざめた騎士は、贅肉でだぶつく芸術家の世俗的肉体から生れる。これに反して、自ら創造をしない芸術愛好者は、肉体を離れてとめどなく純粋化することができる。なぜなら彼にとって、芸術とは肉体化された労役ではなく、ひとつの理念だからである。

ヴィスコンティにとって、芸術とはいやらしき肉体の別名なりというテーゼは一生の問題であったろう。ルードウィヒが憂愁と孤独にさいなまれるに比例して、ワーグナーが世俗的な幸福の頂点を極めるという構図は、まさに芸術家がえじきを必要とすることを語っている。しかしルードウィヒは、単なる芸術家のえじきであったろうか。芸術が受け手を必要とする以上、ルードウィヒのような純粋鑑賞者の出現は絶対的要請ですらある。ワーグナーの芸術をおそらくワーグナー以上に味わい尽したルードウィヒは、純粋鑑賞者の悲惨な勝利を示してもいるだろう。

私がこの映画でうなったシーンは、リンダーホーフ城の洞窟の場である。洞窟中の水流には白鳥が浮かび、やがて深い霧の彼方からゴンドラがしずしずと現われる。黒い山高帽と黒いコートに身をかためた舟上のルードウィヒ。その陰々滅々たる風貌はまさに冥府の王であった。もはや感傷的な美貌の青年王ではない。沈みこんだ中年のまなざしは、何もかもすでに見届けている。知りつくしてなお自己の情念に放恣たらんとする邪悪な意志が、戦慄的であった。

ルードウィヒが常用する馬は夢のごとく美しい白馬であるのに、彼が幽閉されるとき護送馬車を曳いていたのは、たくましい赤馬だった。まったく白馬なんぞ、実用になりはしない。私はヴィスコンティのこういう細部の用意にまで、いちいち堪能した。

私の鍵穴

映画とはとんと縁が切れてしまったこのごろだが、若い友だちに唆かされてたまに映画館へ足を運んでみると、映画という鍵に対して、意外な鍵穴が自分にあいていることを発見したりする。

たとえば『天国の門』という映画は、その監督（名もおぼえていない）の作としては凡作ということであったが、どうしてどうして、私は観ていてやたらに興奮した。群衆シーンがなにしろ面白いのだ。いや群衆シーンといえば不正確で、私が最も興奮したのは、中欧からの移民たちが貨車の背中に群がってアメリカ西部へ移動するシーンだった。民族移動めいた群衆の流浪、あるいは動乱のなかで東へ西へと翻弄される人間たちの運命、そういうものに興奮するように、私の心はできあがっているらしい。むかし『若き獅子たち』に感動したのも、やはり同一の心理なのだろう。

私は少年のとき、動乱の満洲から引上げた人間だ。老いて現れるのは、そういう原体験なのか。

『野火』と戦争の現実

『野火』を見てよくもこうまで面白くない映画を作ったものだと感じた。どんなに暗欝な映画でも見終ったあとには、ああ映画を見たという満足感を覚えたことを記憶する私は、この映画の面白くなさが相当のものであることに妙な感心をしてしまう。

甚だ恣意的な観客にすぎぬ私は、市川崑の作品を過去に一度も見た記憶がなく、またこの監督についてろくすっぽ知りはしないのだが、彼が『野火』において観客を徹底的に無視し、意識的に面白くない映画を作ろうとしたらしいことだけはよくわかった。思うに彼は、戦争の酷烈な実体を摑みだすためには人間を物かなんぞのように乱暴冷酷にとり扱い、映画の許容限度ぎりぎりまで醜悪な形象を氾濫させることが必要だと考えたらしいのだ。そのためいわゆる映画の面白さが吹きとぶ位は最初から覚悟の前だったのだろう。その意図は壮としたいが、私にはこの作品の面白くなさはそのような壮烈な実験の貫徹よりも挫折を物語るもののように思われるのだ。

原作と同様に、この映画は田村一等兵が分隊長から平手打ちをくわされるところで始まるが、田村が分隊長の自決せよという命令を何の感動もない淡々とした声でくりかえすあたりはなかなかよく、一瞬私はこれはあるいは傑作ではあるまいかと予感した程だった。だが予感は、田村がへなへなした情けない足取りで歩き出し、やがて壕掘りをしている戦友たちと顔を合すころになって怪しくなり始めた。壕の中の兵士たちの恨めしそうな顔。なんだってこういう恨めしい表情をさせねばならないのか。彼らの悲惨さはわかっているじゃないか。さらに下士官が「ああ腹がへったなあ」といって草叢にねころぶ。そんなことをいわせなくても、彼らが飢えていることはわかっているじゃないか。又さらには田村から事情を聞いた衛兵たちのひきつった表情。ひきつらせなくたって、命令が無残なものであることは知れてるじゃないか。私はまた、市川が悲惨が化して日常となる戦場のリアリティに、眉ひとつ動かさず迫って行くのかと思っていた。まさに誤解だったらしい。私は田村の腑抜けのような歩き方に悩まされた。何という手軽な被害感の誇張だろう。田村の阿呆面と間抜けた声に一時間半以上つき合わされるのは、辛かった。

日本の反戦映画にはひとつの定式がある。戦争のため民衆がいかにひどい目に会ったか、戦争がいかに憎むべきものかということを主情的に訴えるという定式である。『野火』はその定式を打破る方向で成り立った映画だ。戦争という極限状況を感傷なしに描きだし、その中での人間を追求しようとしたことは『野火』をしてこれまでの反戦映画の限界を破る作品たらしめた。このことは事実だ。しかしその追求が人間のエゴイズムの自然主義的暴露に終始したことは、『野火』の現実把握の決定的な古さを示すものであった。

この映画は追いつめられた兵士たちのエゴイズムの醜さを実に執念深く描いている。兵士たちを犠牲者として悲壮化せず、動物化した利己的存在としてとらえたことはたしかに一種の思いきった価値転換だが、実はそんなことはわかりきったことなのだ。エゴイズムなんて、いくらやっきになってあばき立ててても詰らぬのである。そんなことなら人々は、人間詮じつめればわが身が可愛いのさという庶民哲学としてとっくに知っている。だから先刻結論の見えすいたことをくどく大げさに繰り返されるのは、辛気くさくてやりきれぬのである。問題はエゴイズムがあまりに自然主義的にとらえられていることにある。人間くさすぎるのである。醜くてちっぽけなものが人間くさく動きまわるものだから、寒気も起らないのだ。たとえば『気違い部落』で描かれた農民のエゴイズムはあさましくも滑稽だが、『野火』が追求するエゴイズムも同様に愛嬌ある醜行としか見えて来ない。

冒頭で私は市川崑が人間を物かなんかのように扱おうとしたと不用意の言を洩らしたが、実は彼はそこで不徹底なのだ。彼はしきりと非情であろうとしているようだが、人間が物化してゆく過程を客体としてつかみえていない。兵士のエゴイズムなんかが問題なのではない。物と化し原始状態に還元してゆく人間を自然過程として凝視しなければならないのだ。『野火』の問題は実にそこにある。原作では兵士の我執など、わかりきったこととして淡々として必要な限りでのみ描かれているにすぎない。むろん映画と原作は別物である。映画『野火』の欠点のひとつは、かえって原作にある面であまりにつきすぎていることにある（たとえば原作から背負こんだアフォリズムめいた文句を心中の独白として処理するなど）。だが、折角戦争を極限状況として赤裸々に描こうとするのなら、人間の物体化いう原作のキイポイントだけははずしてはならなかったのだ。本来非人間的な状況を人間化してしまうという日本映画のリアリズムに特有な傾向から、『野火』は何程も脱けていないのである。

それ故映画『野火』を支えるのが、中途半端なヒューマニズムと敗北的被害感であることもまた道理だ。市川崑は何故に、田村をあんなにうつけた男として滑稽化せねばならないのだろう。田村が虚脱しひょろひょろしてなければ状況の非人間性が表現できないと思うから間違うのだ。原作では田村は意志的な男である。それ故に永松を射殺するまでの過程が筋道あるたたかいとなっている。映画での田村は何もその引き写しである必要はないし、むしろ原作通りのインテリとして設定しないでもよかった位だが、全く偶然に支配される受身な人間になってしまっている。餓死を前にして人肉喰いを拒み、戦友の永松を射殺するという行為を窮極のものとして選びとる人間の強さがみられないのである。したがってその行為も危機における窮極の決意として鳴りひびかず、中途半端なヒューマニズム感情の自信のない発作としてしか現われぬことになる。永松を殺した銃がぎらぎらと輝く白い大地に横たわり、その上に田村の影が黒ぐろと交錯するカットから、平原の上にひとつの物体のように田村が倒れ伏す最終シーンに至るまでのみごとな完結部が、感動的な終結感として私の内部で結晶してゆかなかった理由も、まずその辺にあるのだろう。

私は『野火』に対してあまりにきびしい判断を下した。だが私は、下らぬ作品を長々と叩くような馬鹿な真似はしないつもりだ。いいたいのは唯ひとつ『野火』が掛値なしの傑作となれなかったのは、日本映画に根深く浸みこんだリアリズムの一偏向——現実の描写におけるヒューマナイゼーション傾向のためだという、たったそれだけのことなのである。

ふたりの少年兵

私は今、ひとりの少年兵のことを考えている。彼は戦争の末期に召集された最後のドイツ男生徒の一人であって、米軍戦車との死闘の数時間ののち、砲煙去りやらぬ橋の上で味方の兵士の銃弾に撃ち殺され、泣き叫ぶ友達によって地面の上を材木のようにひきずられていく。そして彼のことを考える時、必ずまたもう一人の少年兵の姿が心に浮かぶ。かれは南軍幼年学校の鼓笛手であって、侵入した北軍を迎え討つべく歩武堂々と出陣の途中嘆願にかけつけた母親の手にとり返されるが、再び家を脱出して戦場に向い、運悪く北軍騎兵につかまってお尻をたたかれる。いうまでもなく『橋』と『騎兵隊』の一場面であるが、このふたりの少年兵のイメージの対照ほど、過去と現在における戦争の意味の根本的な変化を鋭く露出してくれるものはあるまい。

もちろん、私のいいたいのは戦争の物理的な変化ではない、昔は牧歌的だったが今では地獄絵だ、などということではない。この二人の少年兵の姿に、私は意味づけうる戦争と意味づけえない戦争のちがいをまざまざと読みとるのだ。

フォードの『騎兵隊』におけるモチーフは、ひと言でいえばパトリオティズムである。アメリカがいかにして作られたか、彼らの祖父がいかなる情熱と人格的卓越においてアメリカの伝統を形成したか、いいかえればアメリカ史への誇りの感情がフォードのモーチーフだといえる。このフォードの歴史意識は、ワイラーの『友情ある説得』や『大いなる西部』のそれと殆ど均質であって、彼らの現代アメリカ社会、いわゆるマス社会状況への根深い異和感を物語るものであるが、それはまた彼ら三十年代の巨匠の中にニューディール期の体験が意外に根深く残っていることをも暗示している。それはともかくとして、林に囲まれた木造の教会の前に村人が群れているといったフロンティア的風景を描く時、彼らがいかにいきいきとなることか。

　幼年学校生徒出陣のシーンは、このようなフォードのパトリオティズムの中で描かれている。フォードは明らかにこの挿話をヒロイックなものとして描くのだが、それを可能とするものが、たとえば林の中の教会に群れ集う村人たちの共同生活の姿なのである。つまりこの戦争においては、擁るべき共同社会のイメージが確固として美しく存在しているのだ。戦争と日常生活とは直結したものとして、前者は後者から内在的な根拠をもって導き出されたものとして、兵士の意識の中にはっきり描かれているのだ。しかも彼ら兵士はそのまま市民でもある。つまり彼らが戦うのは市民戦争なのだ。そして悲壮とはこのときにのみ成りたつ感情なのである。戦争は意味づけられている故に、少年兵はヒロイックなのだ。それ故フォードは頬を火照せて死地に赴く少年兵たちを肯定的に描き、しまいにはお尻を叩くといったコミカルな扱いで残酷な現実の中から救いあげることになる。

　これから見ると『橋』の少年たちの住むのは全く異質な世界だ。その世界では、戦争と日常生活はまるでつながりのない距離にまでひき離され、その間には深淵がのぞいている。戦争はあまりにも巨大となったばかりではなく、人間がそこで働き憩い愛し合う共同社会の円周とは全く縁のないものになってしまった。それはすでに市民の行為ではなく権力の行為である。第一そこには、共同社会の統一的利害というものがそもそも存在していないのだ。むろん権力は戦争のために国民共同体を擬制する。しかし、それはついに虚構でしかなく、故に共同体のイメージからのみ導きだされるべき国民総抵抗もパトリオティズムも、ともにばかげたいかものとならざるをえないのだ。しかも『橋』の少年兵たちは、この虚偽にみちた戦争の中で、純粋に擁るべき共同体のイメージをはぐくみ、それと一体化しようとしている唯一の存在なのである。

彼らの共同体への帰一感をもっとも先鋭に現わしているのは、戦死した将校の息子である。樹の上から米兵を狙い撃つ時に彼の頬に浮ぶ笑いは、おそろしく晴やかで美しい。しかも彼らのこの献身は、あの幸福な少年鼓笛兵の場合とちがって、いかなる意味においてもヒロイックであることができない。彼らにできたことといえば、家に帰るようにすすめる老人を脅しあげ嘲笑ったこと、臆病を笑われるのがいやさにやせ我慢して機銃掃射の的となったこと、子供とは戦いたくないと叫ぶ米兵を撃ち殺したこと、バズーカを抱いて民家に侵入して家主を死に至らしめたこと、そして最後に、橋の爆破という戦術目標の達成を不可能ならしめたことだけなのだ。そしてさらにつけ加えれば、自らの死によって母親を絶望させることだけだったのだ。客観的にいえば、彼らはおそろしく滑稽である。彼らの祖国防衛のパッションは、無意味、無効、かつ有害でさえある。戦線を放棄しててんでに逃走する敗兵たちに向ける少年たちの怒りと軽蔑は、一面では身勝手であり、軽薄であり、いわゆる部屋住みの論理でしかない。

しかし、ベルンハルト・ヴィッキは、この少年たちの祖国への幻影をただ否定しただけではなかった。

彼は、凄惨な戦闘のあと二人の生き残った少年が家へ帰ろうとして、爆破のために到着したドイツ下士官らと出合うすばらしいシーンを描いた。ハンスという年かさの少年が、下士官から英雄ぶりたいのか、家に帰ってママから勲章でももらえと苦々しげに罵倒され、ちがうんだそんなんじゃないんだと涙をためて叫び返す痛切な情景を描いた。そして、ハンスを威嚇した下士官は逆にハンスの友達から撃ち殺され、ハンスは逃げさる下士官の部下の弾を受けて死ぬ。

ハンス——彼こそ私が冒頭にしるした一人の少年兵なのだが——の言葉、ちがうんだ、そんなんじゃないんだという必死の叫びには何がこめられているのか。下士官流のリアリスト的な現実認識に対するいかなる反噬として、それは叫びあげられたのか。

その中には彼らの言語に絶する体験がこめられているに違いない。彼らが戦ったのがいかなる勲章やヒロイズムとも無縁なある純粋な共同体の幻影のためであったこと、そしてそれが戦闘の現実相によって裏切られ、味方に裏切られ、更に自分自らに裏切られて無惨に砕け散ったこと、しかもその空しさ滑稽さは下士官的リアリズムなどによって嘲笑されるいわれがないこと、ハンスのいいがたい思いを私は自分なりにこのように受取る。ハンスをひきずって去って行く少年の先には、今日すでに十数年を数える戦後史の展開が予定されている。

彼はおそらく黙々と戦後史を生きるであろう。そして、フォードの鼓笛兵がもはや物語でしかありえない現代で、彼が戦争断罪の公理の先に再びいかなるコンミュンの幻を描きうるか、それは私の心に深々と刺しこまれた一つの問である。

「草むす屍」は何を描いたか

先週の本紙（「日本読書新聞」）には、しめしあわせたのでもなかろうに、ふたりの人物が「草むす屍」について悪口を書いている。それも、お手あげでいうことなしといった口調まで共通していて、その偶然も面白かった。よくよく香ばしくない世評であるらしい。

私は新劇など年に一度も見ない人間であって、あれが「自然主義」以下の表現であるか否か、「舞台形象化の貧困」を示すものか否かは判断のかぎりではない。たぶんそういうものであろう。私はこの芝居には感心できなかったから、別に弁護の労をとるつもりはないが、ただこの失敗した芝居や酷評する批評自体にある種の盲点というべきものを感じたので、まずそのことから書く。

セゾーノ・Jがいっているのは、編集者がそのものズバリ見出しをつけているように「どうしてもわからない」ということだ。だいぶ一生懸命わかろうとなさったようで、そのあげく率直に匙を投げて、それが批評になったというわけだ。彼は、今どきなんでこんな芝居を観せられねばならぬのかわからぬと書いている。

大島渚には、「今後共〈戦争〉をかくこと」の「必要」と、「殊にそのあらゆる側面を取りあげて〈戦争〉と日本人を描きつくす必要」とがわかっている。しかしこんな芝居では百害あって一利なしというわけだ。

両者の視点にははっきりと見えるちがいがあるが、一致しているのは、劇の世界に対し理解の基礎となるシンパシーをもてなかったということである。私から見て盲点というのはこのことを指す。私はこの芝居はずいぶんやり方がまちがっていると思ったが、それでも劇の世界に対してはシンパシーをもてた。理解をもてないでは批評は成立しない。お二人の発言が罵倒に終ったゆえんである。

「草むす屍」がまちがっているのは大東塾の集団自決に対する創造者としての批評的視点の基盤を、近代的な個性的人間主義に求めている点にある。妻や愛人に対する人間的な真情、情況判断や知性を強引に無視することへの人間的懐疑、こういう要素を肯定的な陰画として対比させることによって、神がかり的な皇国主義イデオロギーを批判しようというのが、むしろトーンとしては純正右翼の純潔と無私と情熱への讃歌ともいうべきこの芝居の中で示された唯一の批評的見地である。

つまり、この劇を創ったものたちには右翼というものがどういう意味で問題になるかがわかってない。神国イデオローグも恋人として夫としては滑稽な存在であった、そこに人間としての矛盾や苦しみを露呈したといったことをいいたいなら、今ごろ何の酔興で右翼をとりあげることがあるか。初手からわかりきったことである。

しかし、この劇のとりえはそういういいわけ的な「批評」をちらつかせながら、自分でもよくわからないままに右翼の異常な「情熱」にひきこまれていったことにある。反動的だの回顧的だのという批判を気にかける必要はない。彼らの「美と純粋」をとことん追いつめる気がないなら、なまじ右翼など扱わぬがよいのだ。この芝居では、役者たちは意味がわからぬままにともかく「死にゆくもの」になりきっており、そこにわずかながら一種の陶酔をかもしだしていた。私がこの劇のとりえといい、評者の盲点というのはこのこととかかわる。

純正右翼の皇国観はもとより純粋に人工培養された反現実的な仮設である。この異常な想像の意欲によって作りだされた幻影はかならず現実によって破砕される。そのときこの仮設を生みだした異常な精神的努力はいかなる方向へ逆転するか。右翼に今日思想的意味を求めるとすればこの外にはない。

ところがこの劇では、若者たちは老先生に従ってやすやすと天皇へ申しわけするために死ぬ。老先生はしらず、青年たちにあってはこの申しわけはイロニーでなければならぬ。申しわけはこのとき叛逆と皮膜の差になければならぬ。降服は彼らを永遠に状況からの疎外者とした。この中での自決は現実と絶対に和解せぬ告発者の行為でなければならぬ。〝おれが死んだらきみたちは和解してくれ〟という語句は、まさにこのような救いのない反語的状況をいったのだ。ところが昭和の精神的問題状況とは何の関係もない老いぼれじじいの〝誰もうらまず、ひたすら自らのいたらぬのを天皇に向ってわびる〟といった論理にひっぱられて、いい若い者が死によって自己救済に赴くのだからなさけない。

事実がどうだったかは知らない。イロニーとしてつかまずして、少なくとも戦後史の中をただぶらぶら歩きをしてはこなかった私らには、劇は成立しないというのだ。

今日の状況の中で右翼のエートスと芸術的にとりくむことの意味など、あっさりいえば私の知ったことではない。私の知っているのは、そのエートスが私に訴えるということだ。たとえばあの芝居の中で唱和される祝詞の奇怪な声調に、私はある美を感じ、セゾーノ・Jは冗談にもそんなものを感じないらしいということだ。やれ戦後天皇制の変化とか、やれ大衆社会状況下における芸術のアクチュアリティとか、そういったこととこれとは関係がない。そういう個人的な感懐として、まず「草むす屍」は見て損をしなかった芝居だった。

焼きもの音痴

私は焼きものについては、一切発言の資格のないものである。焼きものに凝ったことは一度もないし、むろん鑑賞眼など皆無なのだ。それでもよいから何か書けとおっしゃる。焼きものは嫌いではなかろうとおっしゃる。

焼きものが嫌いな人間などいるはずがない。陶磁器というのは茶碗ひとつ、カップひとつとっても楽しいものである。見て楽しいだけではない。毎日使って楽しいものである。いま私の机の上には、焼きものがふたつ乗っている。ひとつは知り合いの陶芸家の個展で買ったマグカップで、これには筆記具が挿してある。もうひとつは青絵の小さな灰皿で、娘夫婦のオランダ土産である。

こういう小物は、空ゆく雲や風にそよぐ樹木がそうであるように、日々何気ない慰めを与えてくれるものだ。にもかかわらず私は、雲や樹木なしには生きていけないが、マグカップや灰皿のかわりに罐詰の空罐が机に乗っていても、それはそれでやってゆける人間なのである。

陶磁器だけのことではない。およそ室内の調度とか装飾とかに心を労したおぼえがない。必要な書物と数本の筆記用具と、読み書きをする台があればそれでよい、という人間で私はあった。いまは知る人もだんだん少なくなったかと思うが、橋川文三という文筆家があって、私はいろいろとお蔭を蒙ったものだが、この方は自分はいつも野戦攻城の気分だとお書きになったことがある。私もまさに野戦で露営しているような気分で、ずっと生きて来たのだと思う。

どうしてそんなことになったのか。ここはそれをせんさくする場ではないが、植民地からの引き揚げで一切を失い、戦後の混乱の中で、革命という名のストイシズムに骨がらみになっていた青春の形見でそれはあるだろう。

それだけではない。私には十代の頃から、文学あるいは思想に生きようとするものについて、或るオブセッションがあった。私のイメージでは、そういう若者は必ずや貧しい屋根裏部屋の住人でなければならなかった。

天井が一方に傾斜したせまい部屋の窓から、パリやモスクワの屋根の海が見える。机の上には、インク壺とペンとパンの齧りかけがあるだけ。何の飾りもない荒涼たる壁面の片隅には、鼠が顔を出す穴があいている。

こんなイメージがどうして私という少年の頭蓋に巣食うようになったのか。『小公女』のセアラが住んだ屋根裏部屋のせいなのか。それともバルザックやドストエフスキイの読みすぎなのか。それはともかく、屋根裏部屋の蒼白き観念家が、焼きものなんぞをいじくりまわすはずはなかった。

焼きものなんぞと思わず書いてしまったが、誤解しないでいただきたい。焼きものを好み蒐集し、鑑賞眼と一家言をもつ人びとを譏誣する気はまったくない。私は自分のことを述べたまでである。焼きものに限らず、調度、道具、装飾など、つまり生活自体をものとの関係で美しいものにしよう、そして楽しもうとする志向を、私は全面的に肯定する。屋根裏の蒼白き観念家ばかりになってしまったら、どんなに詰まらない世の中になることだろう。

焼きものをはじめ、よき趣味で飾られた美しい室内は、この世に浄福をもたらすものである。幕末・明治初期に来日した西洋人は、日本庶民の趣味のよさに感嘆した。その趣味のよさには、ままごとの道具のように見える美しい食器類も含まれていた。

それではお前はどんな趣味のもちぬしなのだ、と聞かれると赤面する。芸術としての陶芸に見る目をまったくもたぬ私は、皿やティーカップの好みにおいて臆面もない少女趣味なのである。西洋風の青絵の磁器が好きで、若い人の結婚祝いには、ついついマイセンやウェジウッドを選んでしまう。唯一大事にしているカップは、友人のくれたロイヤル・コペンハーゲンなのだ。焼きもの好きからすれば、箸にも棒にもかからぬ話であろう。

いわゆる名訳とは

You are what you read. という英文を、「何を読んだかであなたがきまる」と訳した例を、新聞の書籍広告で見た。なるほどこなれた訳だろう。英文の構造に即して訳すのではなく、英語で言っていることを、日本語で言うとすればこうなる、という訳しかたなのだ。この流儀に従えば、訳本はずいぶん読みやすくなること請け合いである。わけのわからぬ訳本があまりに多いだけに、思わず拍手したくなる。

だが、言葉には言い廻しというものがある、英語には英語特有の言い廻しがあって、それは即英国人の発想のしかた、その背後にある広義の文化の表現なのである。前記の英文を「何を読んだかであなたがきまる」と訳した場合、文意は正しく伝わっており、しかも日本語としてまったく違和感がないのは確かだが、もとの英文の感触は喪われてしまっていることに注意したい。

つまり、日本語の言い廻しとしてまったく違和感のない訳文というのは、明治風の直訳で「汝は汝の読みしところのものなり」と訳した場合に感じられる、いかにも異国の言葉じみたごつごつした違和感が、一切すっ飛んでしまうのである。私たちがわざわざ異国の文章を読むのは、こうした違和感がもたらす新奇な経験、へえ、こんなふうに言うのかという、心地よいおどろきを経験するためではなかったか。

もちろん、「汝は汝の読みしところのものなり」という文章に接したとき、私たちは意味を取ろうとして、一歩立ちどまることだろう。一歩どころか、十歩も二十歩もたちどまらねばならぬようでは、訳文として失格である。だが、一歩か二歩立ちどまって、ああ、わかったとなるとすれば、それは読者のなかで新しい日本語が誕生したのである。

あるロシア文学者が、トルストイの『戦争と平和』の翻訳から、数々の「誤訳」を指摘してみせたことがあった。たとえば、ナポレオンが「舟を焼いた」というのが誤訳で、正しくは「背水の陣を布いた」とすべきだというのだ。馬鹿なことを言うものだと私は思った。

「舟を焼いた」とあるのを読んで、本当に舟を焼いたと思う読者がいたら、お気の毒ながらその人は『戦争と平和』などお読みにならぬほうがいいのだ。ふつうの読者なら、ははあ日本語で「背水の陣を布く」というところを、ロシア語では「舟を焼く」というのだなとおもしろがるはずだ。訳者もそのおもしろさを感じて直訳したので、「背水の陣を布く」という陳腐な表現を思いつかなかったわけではけっしてあるまい。「背水の陣を布いた」と訳せばなるほど違和感のないこなれた日本語になるが、へえ、ロシア語ではそういうのかという発見、しかも両者ともに川に関わる比喩であることのおもしろさは、味わうことができぬのである。

最近では超訳などといって、日本語として徹底的に違和感のない訳文がよろこばれるようだ。しかし、それもほどほどにしないと、楽をすることが善であるかのような昨今の風潮に歯止めがかかるまい。

と言っても、日本文としてまったく違和感のないいわゆる名訳を否定しようというのではない。そういう訳はあってもよいけれど、ただしそれが原文から離れた一種の創作になりかねぬことを忘れないことだ。むろん翻訳が原作にもとづく一種の創作になるというのは壮挙である。鷗外の『即興詩人』などがそうだし、平井呈一訳のサッカレー『馬丁粋語録』もそういった名人芸の一例である。だが、「生みの親のことを言うとボロが出るから、あんまり言わねえ方がよさそうだが、しかしね、おふくろはほかに取柄のねえ女だったが、やっぱり親だね」といった口調でしゃべられたら、これはロンドンっ子じゃなくて江戸っ子である。こういう名人芸も楽しめるけれど、やはりほどほどにしたい。

ある本で読んだが、サイデンステッカーは三島由紀夫の作品を訳した際、主人公が白足袋をはいているというのを、白いソックスじゃ全然白足袋の等価物にならないからまずいというので、わざわざ白い手袋《グラヴズ》をはめていると変えて名訳と賞賛された由である。その本の著者はこの挿話をひいて、いわゆる名訳なるものが、異文化を自文化に同化して誤解させてしまう危険を指摘していた。

しかし、それ以前に、そんなことをしてもよいものだろうか。アメリカ人に理解しやすいようにというので、勝手にそんな変更をするというのは、原文に平気で手を入れるアメリカン・ジャーナリズムの悪習慣のような気がする。白足袋を white socks とするのがまずければ、white tabi として tabi に注釈をつければよいのではないか。「赤いサラファン」を「赤いちゃんちゃんこ」と訳す必要は全くないので、サラファンはサラファンのままにして、心配なら注をつければよいのとおなじことだ。日本人は tabi をはくのだ、tabi のうちでも white tabi は旦那衆の印なのだと、アメリカ人に理解させればよいだけの話ではないか。

私が五高で英語を習った和田勇一先生は『フェアリー・クイン』の監訳者として知られているが、私の同学年で先生の愛弟子だった中島最吉君があるとき、「和田さんの訳文は案外直訳なんだよ」と、何か秘密でも打ち明けるように私に告げたことがある。和田先生はやっぱりえらかった。今になって私はそう思う。

わかって欲しいことひとつ

私は若い頃文学に夢中で、そのあと歴史学や社会科学などの学問の世界に入った。いや、そういうと不正確で、文学や学問よりまえに、もうひとつ生と実行の世界があった。そういうものと切り離された文学や学問への精進は、それ自体を否定するわけではないけれど、私自身の心からは遠かった。

つまり自分の存在という問題があって、客観的な認識や知識は、その痛切な問題にかかわらぬ知的ホビーや博識に見えた。

五十の坂を越してようやく、勉強をするしかない余生が見えて来ている。二十年か十年おそかったのかも知れぬと思わないでもないが、残された年月はまだ使いでがある。そういう人生の中じきりを迎えた私からすれば、若い人に接するたびに、今のうちから勉強の方針をもち習慣をつけてほしいと感じることがしばしばである。

だが、彼らには勉強というものが、なにか直接的でない、自分の生の核心と遠いもののように見えるらしい。自分の存在から発する苦痛、かけがえのない個我意識からすれば、たとえば歴史の勉強などというものは、自分の主体的な生とは遠いよしなしごとのように感じられるのだろう。

日本の近代史がどうあろうと、自分の一回きりの生と何の関係があるのか。これは正当な疑いである。真宗寺で日本近代史の講座を開かせてもらってもう二年になるが、そういう疑問を若い聴講者の表情からたえず読みとって来た。その疑いに対してもっともらしい答を与えることはできるが、そういう答が無効なのは青春というものの二度とかえらぬ切実さのためだ。

しかし、個として生きるということは、他者と関わることだ。歳をとるというのは、一歩一歩ふかく他者と関わることだ。これは生きてえられる実感であり自覚だから、説教したって伝わるものではない。私が真宗寺で講義を続けられているのは、自分とかかわりの薄いむかしの日本のことを、忍耐して聞いてくれる若い人びとの善意によるところが大きい。

日本近代史という外の世界が、自分の切実な内の世界と必然的につながらざるをえないのは、ひたすら私たちの生が他者とともにあるという単純で基本的な事実のせいである。世の中の学問は一切そこに始まる。ただし、一生「学問」をして、ついに学問の何たるかをさとらぬいわゆる学者先生をのぞいては。

5 わが主題

小さきものの死

もう十年以上も昔のことになるが、私が田舎の療養所にいた時分、隣りの病棟の斜め向いあたりの部屋で母と娘が一晩のうちに死んだことがあった。

その頃私はかなり大きな手術の後で寝台の上に身動き出来ずにいたが、窓にそって立つあかしやの裸木の細く組み交わされた枝の間から、びっしりと水滴のように星が見えた或る晩、私は断続する不思議な声を聞いた。それは最初笑い声のようにも聞こえ、隣棟の個室でまた女患者たちがカード遊びなどに興じているものと深く意にも留めず、私は本を読み続けて行ったが、その内それは私の耳の中でまぎれもない泣き声となって鳴り始めたのだった。

しかし、それはその後でも私が繰り返し疑ったようにいかにも笑い声に似ており、世の中にそのような奇妙な泣き声のあることを、その時私はほとんど初めて知らされる思いをした。それは長く続き、私がおそい眠りに就くまで続いた。その声には確実に私を脅やかすなにものかがあった。このようにも女が泣く。しかしまだ一年に満たぬ療養所暮しの見聞によっても、私は患者が病苦の故にはそのように泣かぬことを知っていたので、自然私の想像に導き出されるのは男女の愛憎に関する葛藤であった。この種のことなら療養所の日常にすぎぬ、たとえそれが笑うべきことではないにしても。そう思い私は眠った。

翌朝、私は事実を知った。昨日天草の一農村から極度に衰弱した母娘がこの療養所に送りこまれた。付添ってきた父親はそのまま送ってきた車で立ち去った。母娘は二人部屋に入れられたが、夜に入って母親の容態が悪化した。そして娘が泣き始めた。どちらが先に死んだのか、もう私は憶えていない。とにかく明け方までに二人とも死んだ。

この話を看護婦の抑揚の利いた口ぶりで聞かされた時、私は鮮やかにひとつの光景を見た。死にかけている母親の痩せた腕が機械じかけのように娘の体をさすっている光景を。そしてこの母親は娘もまたすぐに死ぬであろうことを確実に知っている。この光景が与えた衝撃——いやそれはもっと鈍い、浸みこむような感じのものだったが——は実に奇妙で、今でも私は忘れられない。それは何ともいえぬいやな感じだった。

父親の没義道さとか、農村の暗さとか、社会の不合理だとかではない。それへの怒りは無論のことにしてもそのいやな感じはもっと根本のところに係わっていて、その根本の事実がいかにも理不尽であった。人はこのようにして死なねばならぬことがある。この事実はまだ少年といってよかった私には震撼的だった。少年の直覚は、こんなことはあってよいはずがない、許されてよいはずがないと叫んでいた。

これは十二年昔の話である。一年も二年も待たなければ療養所に入れなかった時代のことである。今はこういうことはない。療養所の空床化が問題となり、患者の大半が軽症であるのが今日の現実である。ただ私はあの母娘がそういう風に死なねばならなかったという事実を消しうるものはこの世に何もないと思うだけである。私は彼女たちの出棺をその朝見たように思う。病棟の端の出入口から看護婦たちによって棺が運び出される。それを雑役夫が手押し車に乗せて、草の中の路をコトコトと押して行く。そういう出棺の姿を私はいくつも見た。その朝は霧雨が赤枯れた草を濡らしていたと思う。あるいはこれは別な日の光景が誤って結びついているのかも知れない。私は母娘の出棺など本当は見なかったのかも知れない。ただ私はひとつの光景は確実に見た。それは前に書いた、死にかけた母親の腕が機械か何かのように娘の体の上を行き来している姿である。東四病棟の何号室かとして今も残っているその病室を私が訪ねてみて、戸を引き開けた途端、並んだ寝台の上に死にかけた母と娘の体が今もそのまま横たわっているのを見出す、という幻想が時たま私の脳裏をよぎることがある。

この小文は本当はここで打ち切ってもいいのである。しかし例によって蛇足を付け加えよう。

かつて橋川文三は『日本残酷物語』の呼び起す一種の畏怖感にふれながら、「小さい者の存在」が、バラ色の歴史法則とは無縁に、容赦もない自然と歴史の暴力の前にあって、無限の挫折を繰り返しつつ抹殺され忘却されてゆかねばならぬという残酷な慰めのない事実を指摘し、「それ以外に人間存在について述べるべきことはないかのようだ」と書いたことがある。今私が書いたことも、この歴史から陥没した淵の中で起ったひとつの小さきものの死の例である。人間の社会は歴史と共に進歩し、残酷物語は人智と共に確実に減少するであろう。しかし、世界史の展開がこれら小さきもののささやかな幸福と安楽の犠牲の上に築かれるという事情もまた確実に続き行くだろう。世界史の達成をもって小さきものの死の各々をあがなうことはもとより不可能である。いや、人類の前史が終るということは、まさにこのような小さきものの全き生存の定立によって、世界史の法則なるものを揚棄することにほかならぬだろう。

しかし、或いは遂に終りないかも知れぬ人類の前史にあっては、小さきものは常にこのような残酷を甘受せねばならぬ運命にさらされている。バラ色の歴史法則が何ら彼らが陥らねばならぬ残酷の運命を救うものでない以上、彼らにもし救いがあるのなら、それはただ彼らの主体における自覚のうちになければならぬ。願わくば、われわれがいかなる理不尽な抹殺の運命に襲われても、それの徹底的な否認、それとの休みのない戦いによってその理不尽さを超えたいものだ。あの冬の夜の母娘のように死にたくはない。その思いは、今私が怠惰な自己を鞭うって何がしかの文章を書き連ねることの底にもつながっている。

蕩児の帰郷

蕩児の帰郷という言葉がある。聖書でそれに含ませてある意味あいとは別に、近代の日本は、その百年の歴史のうちに、様ざまな蕩児の帰郷の光景を織りなして来たのではなかったか。私はこの夏、若い友人の一人と彼の生家を訪れて、思いもかけず、そういう光景のひとこまを目睹したのだった。

ことの起りは、私の例の〝田舎好き〟にあった。私は純粋な街っ子で、田舎のことは何も知らない。しかも植民地育ちだから、当然わきまえてしかるべき常識が欠如していて、人に笑われる。蓮根畑と里芋畑の区別がつかぬのはむろんのこと、桃を梅と間違えて赤恥かいたことすらあった。まあ、パールハーバーとマニラ湾を混同した人を笑えないのである。とにかく土の上に生えているものは、食膳の上か花瓶の中でしかお目にかかったことのないのが多くて、もとの状態なぞ考えが及ばない。元来が、米のなる木はどれかいな、というほうの人種なのである。

ところがその私が、この十数年来、がぜん田舎の風物や暮らしに関心が湧いて来て、このところ最大の楽しみといえば、車で田舎めぐりに出かけることである。この夏も友人たちと車二台連ねて、熊本県の北部めぐりをやった。明治十年に起った戸長征伐の新史料が水野公寿氏によって公刊されたので、それに出て来る部落のいくつかを廻ってみようというのが主目的だったが、実際廻ってみれば、そのほうは何ということもなく、私は、これもいつものことだが、名もない谷あいの小さな家々や森のたたずまいのほうがずっと面白かった。

S君の生家に立ち寄ったのはその帰り途である。ずいぶん山奥と聞いていたが、案に相違してひらけた台地で、小川を前にした古びた農家に、ご両親が西瓜など用意して待ち受けておられた。息子の友だちとはいえ、何をしているのか訳もわからぬ男女がどやどや入りこんで、無口な御尊父などは何をいったらいいのか、見当もつかぬご様子であった。この家では息子たちは街へ出てしまって、老夫婦が家を守っておられる。六十そこそこの御尊父は、水田を作り牛を飼って、まだ現役のお百姓である。

何気なしに立ち寄ったのだが、悪いことをしたという思いが湧いたのは、S君がしきりに上気しているのに気づいたからである。彼としては、自分のもっとも内奥の部分を友人の眼にさらして、てれくさかっただけであろうが、別れしなに「じゃ、また来るから」とかいって何気なく手など振った姿は、なかなかに哀切で、私はこたえた。

この哀切さは何ごとであろうか。S君はありていに云えば、親の期待を裏切ったどまぐれ息子である。この部落では聞えた神童であったろうのに、図面を引くのがいやになったとか云って大学の建築科を中退し、いまでは私などと、世間的にも訳もわからぬ本読みをやっている。もとはといえば、西も東もわからぬ学生の頃、水俣のことを通じて私などと知り合ったのが運のつき、おとなしく学校を出て県庁にでも勤めていれば、親への負い目もなかったのだろうか。

おそらく、それは違う。たとえ親の思惑どおりまともな職についたとしても、息子が親たちの世界から離脱して見知らぬところへ行ってしまった事実は変らない。草深い山村で一生をすごす親たちは、いずれにせよ息子の姿を、あるときから見失なってしまわねばならぬのである。

S君の生家と彼がいま棲む熊本市とを引き離しているのは、たんなる何十キロかの地理的な距離ではない。帰り途、車の中でみんな何となく無口だったのは、S君が出郷して来たその心理的な距離のはるかさに、心うたれたからである。S君がいま属している精神的な宇宙からすれば、彼の父母のいる村は遠くかすんでしか見えない。「蕩児の帰郷」、思わず溜息をつきそうになったとき、そういう言葉が胸に浮かんだ。

だが、知識に向けて上昇しようとする近代日本人は、あまさずこの「蕩児」だったのではあるまいか。彼らは、故郷に老いて行く親たちの辛苦によって、親たちの見知らぬ〈近代〉へ旅立つ自分を鋭く自覚していた。柳田国男が云っている。明治の青年はなぜ、紅燈の巷に遊ぶ誘惑を斥けて勉強をしたか、故郷の家で糸車を廻しながら学資を送り続けてくれる年老いた母の姿が、追おうとしてもまぶたから去らなかったからだと。

日本は変った。電算機でも航空機産業でもアメリカを追抜こうとするほど、変った。だが、糸車を廻す母の思いにこたえて勉強し、やがて世に出て親を安んずることが、じつは親の手のとどかぬところへ歩み去ることだという〈裏切り〉の構図は、変ってはいない。これはおそらく欧米には見られぬ、アジアの近代の基本構図なのである。「じゃ、また来るから」、親を見棄てたわれわれは、いまだにこう後ろめたく云い続けているのだ。

どまぐれ息子とひやかされて、S君は数年中に家へ帰って百姓をするつもりだと答えた。それも悪くあるまい。しかし私は、S君のさりげない口調にうたれながらも、次のように云いたかった。

蕩児はどのようにして家へ帰りうるのか。帰る途はどこにあるのか。家へ帰って親を慰めるそのこと自体はいいとしても、それが果して真の帰路でありうるのか。それを真の帰路とするところには、毛沢東流の人民奉仕の思想しか生れまい。来た途をそのまま逆に戻っても、その先に故郷はない。糸車を廻す母への〈裏切り〉は、その〈裏切り〉の道を踏みとおすことによってしか、償えはしないのだ。迂路を通らなくては、家に帰れはしない。そのようなけわしい迂路として、君はいまの境涯を選んだのではなかったか。

帰りの車の中で、一同沈みがちであった。みんな自分のなかの「蕩児」を思いみていたのだ。

聖戦の行方

イラン革命には、目下、世界が振り廻わされ中である。むろん、日本も振り廻わされている。もっとも日本の場合は、アブラが手に入るかどうかという、身も蓋もない関心からなのだが。

私の場合はむろん、原油供給の将来などという大問題は知ったことではない。イスラム革命という奴の行方が気にかかるのである。といっても、その行方はおおかた知れている。中国の文化大革命というのが良き先蹤だ。いずれ失敗は眼に見えているし、「修正主義」が擡頭するのも時間の問題という気がする。

イスラム革命も、中国文化大革命も、ともに西欧型の進歩を拒否して、物質的生産力のギャップを精神性で乗り越えようとする試みである。その精神性とはアジア的共同性といい変えてもいい。利子廃止などというけなげな「暴挙」に脈打っているのは、まぎれもなく、このアジア的共同性の精神である。中国の場合は、この心性は社会主義的共同性の理念で粧われていたが、物質や性にからまる欲望を抑圧して共同性を保持しようとするところに、その出自が見え見えであった。

イスラム革命は今のところ、日本のジャーナリズムには好評のようである。一億総アブラ漬けになって、物質的繁栄の栄光と悲惨を体現している私たちにとって、西欧型進歩を拒否するイスラム革命は、十分憧れと驚異の対象となりうるのだろう。だが私は、わが国のジャーナリストや売れっ子学者の反省のなさに呆れる。彼らが文化大革命をいかに無邪気に讃美したか、これは近々十数年の歴史に誌されていることである。四人組失脚の後、彼らの態度が急変したことも、同様に歴史の記録に書き留められている。またぞろ、イランの事例で二の舞をやらかそうというのか。

文化大革命を批判するのなら、イスラム革命を批判せねばならない。なぜなら、このふたつは等価であるから。四人組を足蹴にするのなら、ホメイニを足蹴にしなければならない。なぜなら、両者は等質であるから。話はそれだけではない。いまイランで遂行されている〝聖戦〟は、われわれが三十数年まえに遂行したそれであることを、思い出すことこそ肝心である。

ホメイニはいみじくも云っている。「アメリカこそ堕落の根源だ」と。三十数年まえの戦争中、少年であった私はまさにこう教えられていた。アメリカは、衆人環視のなかで女優が裸かになって、バスタブで湯を使って見せるような国だ、そういう文明的に堕落した国なのだ、という宣伝が行なわれていた。イスラムの教えは女の慎しみを説いている。日本の戦時教育もおなじくそれを讃美していた。

女の裸かというのはほんの一例で、ことは文明全般の価値観にかかわっている。だから三十数年前の日本人にとって、あの戦争は文明的な価値を争う〝聖戦〟と意識されたのだった。文化大革命を戦って敗れたのは中国だけではない。日本もまた、三十数年前にそれを戦って敗れたのである。イランもまた敗れるであろう。戦争中、日本文化大革命の紅衛兵であった私には、そのことがよくわかる。

日本の進歩的なジャーナリズムでは〝聖戦〟は禁句となっている。戦時中の聖戦意識は文句のない悪であり、愚行なのである。ところが話が中国やイランの聖戦となると、何か尊敬すべきもの、みだりに批判してはならないものに見えて来るという、不思議な心理が働くらしい。もちろんこれは、進歩主義特有の対外コンプレックスで、かつては欧米がむやみによく見えたと同様に、戦後はアジアが彼らの良心をせき立てるのだ。

だが、この首尾不一貫には、何かもっと大事な根拠がありそうである。私の考えでは、それは、相対主義という戦後の価値規準に、それを採用した当人自身が意満たないでいるところから生ずる首尾不一貫である。

理想とか神聖とか正義とかは、とにかく厄介なものだ。人間とはしょせん利害と欲望の動物で、そのことを素直に承認したほうが、楽でもあり、うまくも行くのではないか。とかく理想とか正義にとり憑かれると、目標の善とはまったく逆の、悪や不幸を実現してしまうのが人類である。これからは、特定の精神的価値に執着することはよして、合理的・現実的な目標をめざして知恵を働かすことにしようではないか。戦後の日本人は、総じてこう考えたのである。〝聖戦〟はかくして相対化されたのであった。

こういう戦後の相対主義的感性をもっともよく代表しているのが、司馬遼太郎や田辺聖子など、関西のもの書きであることは面白い。つまり戦後とは関西的感性、商売人の心性の全国制覇であったわけである。だが、こういう相対主義的な感覚は、じつは戦前からあった。例えば西園寺公望などの西欧化したエスタブリッシュメントたちは、そういう感覚で、軍人や庶民大衆の聖戦意識の暴走ぶりを危険視していたのである。

しかし、そういうエスタブリッシュメントの相対主義を、無知な大衆が吹っ飛ばしてしまったのには、世界史的な根拠があった。相対主義とは要するに資本主義の精神である。前近代的な民衆の共同主義的感覚が、それに反抗するのは当然だったのである。かつて日本に、ついこのあいだ中国に、そしていまイランに現れているのは、この前近代的な感性の、資本制的近代への反乱であった。このアジア的精神は、じつは十九世紀のロシア・ナロードニキにも、中世のカトリック修道僧にも通底しているのである。

前近代は近代を克服することはできない。それがアジアの〝文化革命〟の敗北の根拠である。しかし、それが幾たびも亡霊のように甦えるのは、近代を止揚すべき世界史の必然によっている。相対主義はこの必然を抑止できない。わが国のジャーナリズムが、戦後の相対主義的風潮に拠って立ちながら、アジアを前にして奇妙な首尾不一貫を示すのは、こういう世界史的な根拠にうながされているのだと、見てよさそうである。

ふたつの経済

経済というのは、私のわからぬことのひとつであった。

私の父は、私が子どもの癖に本ばかり読んでいるのを好まぬ人で、とくに私の読書が『噫無情』とか『鉄仮面』とか、小説類に片寄っているのが気に入らなかったらしい。「そんな詰らんもの読んで、何になるんだ」と云い云いしていたが、ある日買ってくれた本が『お金の話』というのであったのには閉口した。

当方は子どもながらすでに活字中毒であるから、あい手が活字とあれば、少々の難解退屈は屁のかっぱ、何が何でも読み上げずにはおかない。この『お金の話』というのは、子ども向けの経済学の話なのであった。しかし、一読して私が感じたのは、経済学というのは何と奇妙なものの考えかたをする学問か、ということである。お金というのは子どもながら日常親しんでいるものだが、そのお金と、この本のなかに出て来るお金とは、とうていおなじものとは思えなかった。

私の経済音痴については、またもうひとつ、思い出すことがある。結核でながいこと療養したあと、そうそう親の脛ばかり嚙っているわけにもゆかず、ガリ版の内職をしていた頃の話だ。雑誌の製作を引受けて、知り合いのプリント屋さんの道具を使わせてもらったことがあったが、そこの奥さんが「いったい計算はどうなってるの」と聞く。私が下手な商売をしていないかという心配からである。

そこで原価計算をしてみせ、かくかくしかじかで私のもうけはこれだけと得意気でいたところ、「まあ、もうけだって。それじゃ、あなたの労賃が入っていないじゃないの。利益というのは、労賃を必要経費としてさっぴいた残りなのよ」とのたもうた。

日頃えらそうな理屈をいっている私も、これにはかたなしだったが、さて考えてみると、わからない。材料費を除けば、あとは私のふところに入る金で、つまりは働いた代償の給料のようなものである。それをさらに労賃と利潤に分離する考えかたがわからない。資本はそれ自体利を生むものと理屈ではわかっていても、そういう論理に納得しきれないものが身のうちに残った。

その後、人並みに経済学は勉強した。だが、日歩だとか手形だとか、実際の商取引の話になると頭がどうもついていかずに、それでよくもえらそうに資本主義がどうのこうのと云えたものだと、さる人からからかわれたこともある。しかし、そういう私もついに悟る日があった。要するに、世にいう経済なるものは全部、市場のカラクリに纏わる話なのである。人間の生活の財貨的な再生産、つまり人間と自然との代謝作用が経済だと思っていたのが間違いで、経済とは、そういう人間のいとなみのうち、市場にかかわる特殊な側面をさす概念にすぎないのであった。

石油のほうが安いから、日本の大地に埋まっている石炭は明日からもう掘らないでいいのだ、といわれた時に感じた理不尽さも、いまとなっては氷解する。たとえばわが家の庭に石炭が埋まっていれば、どんなに石油が安くても、それは買わずに庭の石炭を掘るはずだが、などと首をかしげていた私は、例によってわが労賃を計算に入れていなかったのである。地下何百尺の石炭を掘るひまがあれば、そのひまに出稼ぎをして、稼いだ金で安い石油を買ったほうが合理的だ、というのが世にいう経済の話なのであった。

経済に纏わるこういう私のモヤモヤに、はっとするような光をあててくれたのは、オーストリー史学界、というよりヨーロッパ史学界の老大家オットー・ブルンナーである。資本制以前と以後とでは、経済というのはまったく違う概念である。資本制以前では、経済とはひとつの家政の総体的再生産をいうのに対して、資本制以後では、それは市場にかかわる現象をさす概念になった。つまり経済は、人間の生活総体から分離した特殊領域となったので、そういう特殊領域としての近代経済の考えかたで、中世以前の経済を類推しようとすると、とんでもない偏った見かたを生ずる。

ブルンナーはこう主張していて、これは私の長年のこだわりからすれば、はたと膝を拍つ指摘だったが、続けて彼が、農民は自分や家族の労働をコストと考えない、それこそまさに資本制以前の経済の考えかただ、といっているのには参った。前回に書いたとおり、生粋の街っ子だというのが私の詰らぬ見栄なのに、その私が、経済観に関するかぎりまさにお墨付きの農民であったとは！

だが、そのことについていうならば、戦前の日本人は利にさとい商人《あきんど》は別として、経済観念においてはおおかたが農民だったのである。彼らが戦前、資本制的なルールを神も仏もない異様な体系と感じがちであったのは、ひとつには彼らの経済観がまさに農民的だったからだといっていい。しかし、私のいいたいことはまだ先にある。その「農民的」で「遅れた」経済観こそ、人間の共同社会の見地からすれば、実は世界史的に正統で、その対極にある市場モデルの経済観のほうが、偏局的かつ一時的なものでないのか。私はながくそう疑って来たし、いまでは確信をもってそう主張できる。

私の確信を裏づけてくれたのは、カール・ポランニーというハンガリー生れの経済史家である。この人は、四十代までウィーンでエコノミストとして活動していて、亡命先の英国とアメリカで、学者としての仕事を体系化し始めたのは五十過ぎてからであった。一九六四年、七十八歳で亡くなるまで、前人未踏の領域と取りくんで、世の褒貶は眼中になかった。そういう意味でも好ましい人だが、市場経済に従属する社会のありかたのおかしさを、人類史的な射程で明らかにしたのは彼の最大の業績である。私は彼の考えにすべてくみするものではないが、その点も含め、来月もう一回ご辛抱願って、ポランニーとともに「経済」の意味を考え直してみたいと思う。

人類史と経済

前回で言及したカール・ポランニーは、ハンガリーの人である。中年すぎてからロンドンの大学で教壇に立ち、一九六四年カナダで客死した。学者としての生涯は大部分アメリカですごされ、その地に経済人類学と通称される学風を残した。

著書はきわめて少ない。生前に出版された著書はウィーン時代の時事的なものは別として『大転換』くらいのもので、死後残された膨大なノートをもとに数冊の著書が編まれた。最近邦訳された『人間の経済』もそのひとつである。彼のユニークな体系は、すでに一九四四年の『大転換』で基本的に出来上っていたが、その体系が世界的な注目を浴び始めたのは近年のことといっていい。

この人は学者として本格的な研究にはいったのは五十代で、七十八歳で世を去るその日まで、猛烈な勉強に明け暮れたということだ。残された日々が少ないという自覚からであったろう。もともとは左翼エコノミストとして労働者教育にたずさわる実践の人であった。その実践のなかから自分でも思いがけない歴史の視点が立ち現れ、その視点を体系化することが後半生の事業となった。自分がうち樹てねば、他のものは樹ててくれない世界の見方だったのである。

彼の経済史家としての開眼は、ロンドンで労働者教育にたずさわるうち、英国の労働者に伝わる産業革命期の口碑に触れたのがきっかけであったようだ。村々から逐い立てられ工場街の劣悪な生活に投げこまれたおそるべき日々の記憶、農民を資本のルツボのなかで労働者へつくり変えた資本制創世記のなまなましい記憶は、親から子へと語り伝えられて当時なお保持されていた。その伝承を聞いたポランニーは、このいわゆる原始的蓄積期の資本制を、ブレイクの詩句に拠って「悪魔のひき臼」と呼んだ。人間と自然をことごとく市場経済の従属物とせずにはやまぬこの社会体制は、人類史からのきわめて異常な逸脱ではないのか、これがポランニーの魂をとらえた強烈な発想であった。

もちろん、資本の原始的蓄積期の悲惨を誰よりも鋭くとらえ、資本と人間の位置逆倒を人間の自己疎外と看破した先人に、若きマルクスがあった。しかしポランニーは、マルクスが資本制の制覇を歴史の必然ととらえたのに不服だった。さらに彼は、マルクスがリカードウ以来の古典派経済学の伝統に制約されて、経済が社会から独立した一領域として出現したことの意味を把握しきれていないのが不満だった。

人類史の過去を振り返ってみると、社会全体を自己の運動法則に従属させるような「経済」など、どこにも見い出せなかった。あるのは社会に埋めこまれた経済であった。交易・貨幣・市場が三位一体的に発達して、必然的に資本制経済をもたらしたなど、嘘の木っ端であった。交易はあるのに市場がない社会があった。市場があるのに貨幣のない社会があった。交易と市場は人類とともに古かったが、いずれも宗教的神話的観念によって規制され、それが独立した領域として人間生活を逆に振り回すようになることが巧みに防止されていた。

そのような社会では、エーコノミーアとは家政学、つまり生活の単位としての家の再生産にかかわる学を意味した。近代の経済学は、市場経済の法則に関する学であって、市場経済が社会を全面的に従属させる独自な領域として自立した時代の産物であった。そのような近代の経済学的視点から過去の人類史を逆照射するのは倒錯であった。過去の人類の経済を理解する手段はそのうちにはなかった。それはまさに人類学的視点によってのみ明らかにできる領域であった。ポランニーが自己の学を経済人類学と称したのは、マリノフスキーをはじめとする人類学の成果の全面的な摂取によって助けられたためだけではなく、そもそも、資本制前の人類の経済が人類学的視点によってしか理解できないためである。ポランニーは互恵と再配分というキイ概念を用いて、市場によらざる人間経済のありかたを掘り起した。これは彼の学問のもっとも実証的でもっとも輝かしい成果をなしている。

もちろん私は、ポランニーの体系に全面的にくみするものではない。彼の最大弱点は、市場経済の全面的制覇を人類史の偶然的な逸脱とみなす点である。彼は、今日の市場経済の出現はきわめて人為的な国家政策の産物だというのであるが、これは彼の体系のうちでもっとも論証も弱く説得力もとぼしい論点である。

もっとも彼に即していえば、彼は硬化した史的必然論の足枷からのがれたいのであった。そもそも実践者として、彼は三十年代の硬化したマルクス主義者の敵手であったようだ。しかしドグマ化された「マルクス主義」はともかく、マルクスの人類史に対する自然過程的視点を放棄したぶんだけ、ポランニーの思想は陳腐な混合経済楽観論に近づいている。自由主義市場経済は人類史の一時的な逸脱であるゆえに、その克服もたやすく、それはすでに緒についているというのが、彼のいとも他愛ない楽観論であった。しかしポランニーの思想の卓抜なところは、資本制的な「経済」の肥大化と独走がいかに異常な人類史的逆倒であるかということを明らかにした点にあった。アジア人は西欧資本制と接触したときいちはやくその逆倒に気づいていた。ポランニーはその意味で、アジア的感性を世界史の次元で復権したということができる。だがその逆倒こそ人類史の最高の発達段階であり、その逆倒のうえに人間の能力がもっとも自由に開花したことを、ポランニーは忘れがちであった。経済より人間の共同社会が優先すべきだというテーゼは、それほど達成容易ではない。そのことを江青たち四人組は身をもって示しているだろう。

6

地方

歴史と文学のあいだ

私は街で生まれ街で育った人間で、おまけに少年時代を旧植民地で過ごしたために、永い間日本の地方というものを知らなかった。私にとって田舎とは風景に過ぎず、その風景もあるいは小学校国語読本風、あるいは宮沢賢治風のひとつの様式でしかなかった。

その私が突如として田舎、というより地方というものにひきつけられ始めたのは、もう十年も前のことになろうか。それはある悩ましい感じとしてやってきた。例えば私はバスに乗って三太郎峠を越えていた。こんなところにと思う寂しい谷あいに、ぽつんと人家がある。ありふれた光景であるのに、それが私のなかの何かをはじけさせた。

たぶん私は、こんな寂しい谷あいで過ごされる一生とはどんなものなのか、といったことを考えたのだろう。こんな谷あいの一軒家からは、日本が、そして世界が、どんなふうに見えるものか、とも思ったのだろう。だが、そういうありふれた感慨は、そのとき私の心のなかではじけたものを、けっして正確に表現してはくれなかった。私はそこにあるのに手で触れることの難しい何ものかを感知して、ひたすら悩ましかったのである。

同じような悩ましさは、八代平野のど真ん中のある町で、旅館の主婦になっているロシア婦人に会ったときにも感じた。ロシアのある田舎町と、日本のある田舎町とをつないでいる、ひっそりとした生の軌跡を思い浮かべると、私は惑乱しそうになった。私はその惑乱の対象を、あるときから「地方」と呼ぶようになったのである。

ごく最近、私は友人の車に同乗して、初めて金峰山の西側の海浜を見た。全山これ蜜柑という風景を見たのもこれが初めてだったが、いくつかの漁港や小集落はもっと印象的だった。熊本市の山向こうに、こんな豊かな小都市が隠されていようとはなあ、と愚かな嘆声をあげながら、私は大切なことに気づいた。「地方」が私をある悩ましさでひきつけるのは、それが隠されたものの象徴だからではなかったか。「地方」が私をひきつけるのは、私の知らないその多様性のためではない。田舎のある風景や、ある集落のたたずまいが、この国の基層で生きる人びとの生活という、私の意識に対して隠されているものの、ごく尖端的な露頭であるために、おそらく私の心は騒ぐのだ。

私は世間からは、歴史評論を書いている人間とみなされているようだが、私が歴史について論文みたいなものを書いているように見えるときは、実は、このような基底で生きる人びとの、生のかたちと意味とを考えているのである。私はそのような生のかたちを、特殊に地方的なものとして考えたくないし、民衆史といった風に限定したくもない。草深い田舎の生が、そのまま世界総体の意味とかかわるような、とらえかたがしたいのである。

無名の生活者たちの生を、学術的歴史論文のスタイルでも、さりとて小説の様式でも表現できないもどかしさは、先年亡くなった大佛次郎氏も感じていたようである。氏はそのもどかしさにせめられて、あの大作『パリ燃ゆ』を書いた。私はああいう多様性を横に広げるやりかたではなくて、生活者たちの生の構造と意味を、もう少し縦に抽象していきたいと考えている。

もう二十年も前、現代史論争というのがあって、科学的歴史学に人間が不在だということが、主に文学者側から批判された。しかしこの人間がいないという批判は、なにも歴史を物語まがいのものにせよ、という注文ではなかったはずである。歴史家には、専門家としての個別科学的なとらえかたの前に、歴史とも文学とも特殊化できないような、生活者の生総体に対する、しなやかで鋭い感受性がなければならぬ、というごく当然の要求であったはずである。私は歴史学徒のはしくれにも連なっていない、ただのもの書きであるが、例えば草深い民屋が呼び起こす心象を、なんとか歴史という散文形式につなげたいという偏執だけは、一生かかっても捨てきれぬ気がする。

隠されたもの

私にはむかしから、田舎で一生を終えてしまう人間を、なにか不思議なものに思う癖があった。田舎というういいかたが穏当でないなら、地方といいかえてもいい。地方というと、中央という対語があって、話がこんぐらがってくる気味があるが、要するに、一生都に出たことがなくて、自分の生まれた地方の山のかたちが眼に入っていないと不安だ、といった人々に、というよりその人たちの生のかたちに、切ない好奇心が湧くのである。

これは私が、実際は何十年と地方暮らしをしながら、一度も自分をその土地の人間と感じたことのないせいかも知れない。つまり異邦人の私には、田舎というものがいつも〈隠された存在〉のように見えているのだ。

一生、生まれついた村や町を離れない人びとの生は、どんな形をしているのか。日本とか世界とか、同時代の全体状況とかいうものが、どんなものとして、その人たちの意識に存在しているのか。

東京や大阪のような都で一生を送る人間。都の学校を出て地方都市で生を終える人間。地方都市の学校を出て生まれた田舎にひきこもる人間。ついに生まれた田舎から出ることのない人間。大ざっぱにいってこの四種の人間が、おなじ人間であるはずがない、という妄念にとらわれる。

今西錦司さんの〈棲みわけ〉という考えかたも頭に浮かぶけれど、この辺の私の妄念を鎮めてくれる書物に、私はまだ出会ったことがない。

ふたつの〈世界〉

世界というものは、考えてみれば、ふたとおりあるように思われる。

私の友人に著名な女流のものかきがいるが、彼女と話していて、最近おどろくべき発見をした。何と彼女は、朝鮮戦争というものがあったことを、つい近頃まで知らなかったのである。朝鮮戦争の頃、この人はすでに立派な大人で、その以前には小学校の教師をした経歴さえもあった。当時、家には新聞もラジオもなく、毎日が生活苦や骨肉との葛藤のあけくれだったと彼女は弁解するのだが、いったい、そんなことが言い訳になるものだろうか。

しかし、考えてみれば彼女はこれもつい先頃まで、イギリスが島であることを知らなかった人なのであった。先年、マグサイサイ賞を受けにフィリピンに渡った際も、かのパールハーバーとはマニラ湾のことだと、かたく信じていた程である。

彼女の頭の中で、世界はいったいどんな風になっているのか、それを思うと私は発狂しそうになる。この人は、昔の中学課目でいえば地歴に関してはまるで音痴で、先の大戦についても、日本が米英両国と戦ったくらいはさすがに知っているが、あとの交戦国の関係についてはまったく無知、第一次大戦に至っては、第二次というからには第一次もあったんだろうなあ、程度の認識である。

話が政治や戦争がかったり、国際情勢がかったりすると、一切聞こえなくなる癖が、子どもの時からあったそうだ。しかし、立派な大人として戦後を生きて来て、朝鮮戦争を知らずに済ませたというに至っては、まさに表彰ものではあるまいか。

ところがいっぽう、彼女は人類の歴史や文明、あるいは人間を取り巻く世界の成り立ちについては、人並みはずれた好奇心と探究心のもちぬしで、彼女の書くものには、そういう知的関心が溢れかえっている。古代史から生態学に至る題目が、文章の中に飛び交っているから、彼女のことを非常な学者と信じこむ人もいる程だ。世界にはふたとおりあると私がいうのは、ここのところだ。

世界というとき、知識人、とくに男性知識人は、地球を覆っている国々の政治や経済の、入りくんだ関係のことを考える。端的にいえば、彼らにとって世界とは国際情勢のことなのである。世界に眼が開かれているというのは、要するに外国の歴史や文化にくわしいことを意味する。五箇条御誓文に「知識を世界に求め」とうたわれて以来、世界とはまさに海外のことなのであった。

ところが、世界という言葉には、もうひとつの意味がある。それは、ひとりひとりの人間が生活を営んでゆくときに、必ず成立する自分を含む環境のまとまりで、それは自分にいちばん近い家族から始まる同心円的拡がり、人間も動物も山川草木も、夜空に光る星辰も、つまり自分を取り巻き、自分と交渉する万物を含む拡がりである。もちろんそれには、現存するものだけでなく、集積された過去の時間も含まれている。

このような世界は、単にせまい個人の生活圏を意味するだけではなく、第一の意味での世界と同様、

弦書房
出版案内

2024年 春

『小さきものの近代 2 』より
絵・中村賢次

弦書房

〒810-0041　福岡市中央区大名2-2-43-301
電話　092(726)9885　FAX　092(726)9886
URL　http://genshobo.com/　E-mail　books@genshobo.com

◆表示価格はすべて税別です
◆送料無料（ただし、1000円未満の場合は送料 250円を申し受けます）
◆図書目録請求呈

新刊

渡辺京二×武田修志 博幸 往復書簡集

名著『逝きし世の面影』を刊行した頃(68歳)から二〇二二年12月に逝去される直前(92歳)までの書簡220通を収録。その素顔と多様な作品世界が伝わる。　2200円

風船ことはじめ

松尾龍之介

一八〇四年、長崎で揚がった日本初の熱気球＝風船が、なぜ秋田の山中に伝わっているのか。伝えたのは、平賀源内か、オランダ通詞・馬場為八郎か。　2200円

新聞からみた1918《大正期再考》

長野浩典　一九一八年は「歴史的な一大転機」の年。第一次世界大戦、米騒動、シベリア出兵、スペインかぜ。同時代の人々は、この時代をどう生きたのか。　2200円

近現代史

◆熊本日日新聞連載「小さきものの近代」

小さきものの近代 1

渡辺京二最期の本格長編　維新革命以後、鮮やかに浮かびあがる名もなき人々の壮大な物語。　3000円

小さきものの近代 2

国家や権力と関係なく自分を実現

話題の本

生きた言語とは何か 思考停止への警鐘

大嶋仁　言語には「死んだ言語」と「生きた言語」がある。言語が私たちの現実感覚から大きく離れ、多用されるとき、私たちの思考は麻痺する。　1900円

生き直す 免田栄という軌跡

高峰武　獄中34年、再審無罪釈放後38年、人として生き直した稀有な95年の生涯をたどる。釈放後の免田氏が真に求めたものは何か。冤罪事件はなぜくり返されるのか。

◆第44回熊日出版文化賞ジャーナリズム賞受賞　2000円

◆橋川文三 没後41年

三島由紀夫と橋川文三

宮嶋繁明　二人の思想と文学を読み解き、生き方の同質性をあぶり出す力作評論。　2200円

橋川文三 日本浪曼派の精神

宮嶋繁明　『日本浪曼派批判序説』が刊行されるまで(一九六〇年)の前半生。　2300円

橋川文三 野戦攻城の思想

宮嶋繁明　『日本浪曼派批判序説』刊行(一九六〇年)後

党解党」で絶筆・未完

◆渡辺京二の本

［新装版］黒船前夜　ロシア・アイヌ・日本の三国志

◆甦る18世紀のロシアと日本　ペリー来航以前、ロシアはどのようにして日本の北辺を騒がせるようになったのか。
2200円

肩書のない人生　渡辺京二発言集2

昭和5年生れの独学者の視角は限りなく広い。一九七〇年10月〜12月の日記も初収録。渡辺史学の源を初めて開示。

2000円

◆石牟礼道子の本◆

石牟礼道子全歌集　海と空のあいだに

解説・前山光則　一九四三〜二〇一五年に詠まれた未発表短歌を含む六七〇余首を集成。
2600円

石牟礼道子〈句・画〉集　色のない虹

解説・岩岡中正　未発表を含む52句。句作とほぼ同じときに描いた15点の絵（水彩画と鉛筆画）も収録。
1900円

［新装版］ヤポネシアの海辺から

対談　島尾ミホ・石牟礼道子　南島の豊かな世界を海辺育ちのふたりが静かに深く語り合う。
2000円

日本におけるメチル水銀中毒事件研究2020

水俣病研究会　4つのテーマで最前線を報告。これまでとはまったく違った日本の〈水俣病〉の姿が見えてくる。
2000円

死民と日常　私の水俣病闘争

渡辺京二　著者初の水俣病闘争論集。市民運動とは一線を画した〈闘争〉の本質を語る注目の一冊。
2300円

8のテーマで読む水俣病　【2刷】

高峰武　水俣病と向き合って生きている人たちの声に学ぶ、これから知りたい人のための入門書。学びの手がかりを「8のテーマ」で語る。
2000円

◎FUKUOKA *U* ブックレット◎

❾かくれキリシタンとは何か　オラショを巡る旅

中園成生　四〇〇年間変わらなかった、現在も続く信仰の真の姿。
【3刷】680円

㉑日本の映画作家と中国　小津・溝口・黒澤から宮崎駿・北野武・岩井俊二・是枝裕和まで

劉文兵　日本映画は中国でどのように愛されたか。
900円

㉒中国はどこへ向かうのか　国際関係から読み解く

毛里和子・編著　不可解な中国と、日本はどう対峙していくのか。
800円

㉓アジア経済はどこに向かうか　コロナ危機と米中対立の中で

末廣昭・伊藤亜聖　コロナ禍によりどのような影響を受けたのか。
800円

海外のまだ見たこともない異国さえとりこんでいる。第一の世界と第二の世界は、その意味で重なっているといっていいが、第一の世界が政治経済的文脈、いいかえれば天下国家的自覚にもとづく民族個別化の意識の上に成り立っているのに対して、いまいう第二の世界は、生活実体の連続的な拡がりとして、海外のまだ見ぬ国々をとらえている。その意味で第一の世界を政治世界、第二の世界を生活宇宙と呼んでよかろう。

ここで大切なのは、生活宇宙はひとりひとり違うということである。鳥やけものや魚にとって、世界がそれぞれ違う構成をもっているように、私たちの生活宇宙もけっして一様ではない。私とあなたは世界が違う、などという別れ文句は、この間の事情をいうのである。私たちは一九八〇年代の日本人という共通規定で括られているには相違ないが、そういう共通規定は表層の観念であって、けっして、ひとりひとりの生活宇宙を深層で支配するものではない。

地方というものが意味をもって来るのは、いま述べたような生活宇宙としての世界に、われわれが接近しようとするときである。前回私は、歴史の地球儀はひとつではない、地方は読解を要するひとつの小宇宙なのだと書いたが、〈地方〉を、単なる地域割りではなく、コスモロジックな統一をもった生活単位としてとらえれば、それはひとりひとり違う生活宇宙に、無限に接近するのではあるまいか。

私は最近、雑誌『現代思想』の特集『学問のすすめ』を読み、その中の樺山紘一の発言にわが意を得た気がした。樺山は、地域史とは時間の積分態であるといい、さらに地域とは特定の論理構造と境界線をもったコスモスだといっている。彼が地域史の試みだという『カタロニアへの眼』にはがっかりした私だが、この提言自体には大賛成だ。

さて、前々回、天草から始まったこの話だが、天草のコスモス構造はどのように描けるだろう。一方に長崎という極がある。長崎はいうまでもなく代官統治のシンボルであり、その先には公方様のお江戸が揺れているのだけれど、一方では南蛮船やキリシタンという海の彼方へのびる意識のシンボルでもある。熊本城下町はそれに対して、儒学的な教養の源泉、つまり厳格な封建イデオロギーのシンボルであったように見える。そして天草自体は、ゆるい代官統治の下でのアルカイックな天下百姓意識と、流人や漂流民を抱えこむ流動的な意識とが、不思議にミックスされた構造をもつ。このような構造の小宇宙に棲む天草人にとって、世界が、たとえば肥後細川藩の百姓とおなじように見えたはずはない。弘化の一揆もそういう独自なコスモロジーの産物であった。

歴史を政治世界的な世界像に固定するのではなく、生活宇宙的な世界像へ向けて解き放つこと——これが私などの考えている地域史の課題である。

何もかも御縁

自分の住まぬ街というものは、無責任な旅人の心も手伝ってか、なべてよく見える。鹿児島も私には大いに好ましい街だ。

三度しか訪れたことはないが、そのたびにカラリと陽が照っていた。日本へ引揚げて以来、こんな陽差しは鹿児島でしか見たことがない。物象のかたちをあきらかならしめる陽差しである。私は外地育ちなので、ものの輪郭のあきらかな、光と影がくっきりとした奥行きの深い風景に、泣きたいような郷愁をおぼえる。私の住む熊本でも、激しい雨が一過した晩夏の夕暮れなど、そういう風景を見ることがあるが、それはほんのたまさかだ。見聞のせまい男で訪れた都市の数は知れているけれど、その限りでいえば、日本の街の空間はいつもあいまいにかすんでいる。

灰の降る日に来たことのないものの感想だよ、と人は言う。さもありなん。だから初めに言っておいたではないか、ゆきずりの旅人のよしなしごとだと。

それに私は、鹿児島の男のやさしさに呆れる。私が鹿児島で会った男はみな文芸に縁を結ぶ人たちだったが、物言いもやわらかであれば、心もやさしかった。つまるところデリケートだった。文芸にたずさわる人間がやさしいとは限らない。現代では、彼らはふつうの人びとより心たけだけしく、鈍感でさえある。鹿児島の男たちの、肩を張らない、あの羞らったようなものいいは、心の或る古層をあらわすものだろうか。この男たちが、戦場でかの武名高き隼人であったとは。

はじめて鹿児島市を訪れたとき、驟雨に見舞われてとある物かげに走りこんだことがある。すべって、したたか頭とひじを打った。惑乱からわれに返ってみれば、三人の男に取り囲まれていた。通りすがりの彼らは、人の不運を見て過ぎはしなかったのだ。こんな経験は東京ではむろん、熊本でもしたことがない。

タクシーの運転手にこのことをいうと、こともなげに「南へ行くほど、人情は厚いですよ」という返事。至言なるかな。人情ややさしさの蔭にどんないやらしさが棲んでいるか、汝は知らぬのだと、また耳許で囁くものがいる。だが、それを知らぬのは私の不幸ではなく、過客であるゆえに許された幸わせだろう。

実は私は、一昨日鹿児島を訪れて、昨日わが家へ帰ったばかりだ。熊本駅に着きバスに乗り換えてバスターミナルまで来たとき、鹿児島ではのびやかであった自分の心が暗く屈しているのに気づいた。つつましい心、礼譲、人に気をかねる心、そういうものが街行く人になかった。娘たちはまっすぐ歩いて来て、私がよけねば突き当ろうとした。肥後弁はたけだけしく、厚顔なものに聞えた。礼譲がそのまま他人に弱味を示すことになる環境では、人びとはみな人なげな押し強い仮面をかぶらざるをえない。ただし仮面は、いつしか本性となる。

私はわが住む街を呪うのではない。私はただ、十六の歳に引揚げて来て以来、この街とうまく行かなかっただけだ。それは私のせいで、この街のせいではない。鹿児島に劣らぬくらい、熊本は美点に充ちているだろう。東京から帰って来た時分、熊本の人びとがいかにも善良に見えたことを思い出す。それはつかのまの和解だった。自分の住む街は、要するに逃れがたい現実と同義だということだ。

私が言いたいのは、実は次のようなことだ。九州の西側は（東側のことはさっぱりわからぬ）、大きく南北に区分できるのではあるまいか。そして、切れ目は筑後と肥後、あるいは肥後と薩摩のあいだにはいっているのではなくて、八代の南、三太郎の険あたりにはいっているのではあるまいか。葦北以南はみな薩摩、これが私の実感である。

私は縁あって、水俣の人をよく知っている。とくに町はずれの漁民を知っている。彼らの方言を聞きとるのができるようになるには、時間がかかった。語彙の問題ではなく、抑揚の問題であった。その抑揚に慣れたとき、彼らの言葉は完全に意味をなし、そして美しくやさしいものに聞え始めた。それは絶対に肥後弁ではなかった。それがどこの言葉かということは、やがて鹿児島を訪れたときにわかった。たとえば、私の敬愛する井上岩夫氏の姉上の口から出る言葉。それはひとつの衝撃ですらあった。もちろん標準語で話されるのだが、消しようのないその抑揚は、私がかつて出会った水俣病患者家族のおなご衆に生きうつしだった。私が水俣のおなご衆から聞いたあの抑揚は、薩摩弁だったのだ。これは感動的な発見だった。

水俣では、焼酎をショチュという。ストレスは第一音節にある。鹿児島ではソツというそうだ。ショチュとソツは、距離でいうと隣り合せであろう。肥後の人間は絶対にショーチューという。ショチュからショーチューまでは、ひと山越さねば行かれまい。

私は何を言おうとしているのか。葦北以南を南九州と呼ぶとすれば、その南九州のはにかんだようなやさしいイントネーションには、人をなつかしむことのできる心がかくれているということだ。水俣の人びと、とくに水俣病患者の人なつかしげな感情を、私はことに触れ、痛いように感じたものだ。それとおなじ気分を、私は鹿児島の人に感じる。肥後を含む北九州の人間にも、かつては人なつかしいその心が働いていたはずだ。しかし、今はない。少なくとも表には出ない。それが表に出れぬようにするのが、文明の働きだったのである。

私は出水については何も知らない。ただ、裁判に立った水俣病患者の中に釜さんという出水の夫婦がいて、この夫婦とは熊本や水俣、さらには東京で何度もいっしょになった。それに、宮路道雄というかたがいて猛烈に出水を愛し、その愛の結晶である『出水文化』にすげなくするものは一生許さないということを、井上岩夫さんと石牟礼道子さんから聞いている。その宮路さんから近頃『出水文化』を御恵贈たまわるようになり、さてはこのたび寄稿のおさそいを受けた。御縁である。

出水について何も知らぬ私は、ただこの街が水俣の南にある事実から、わがなつかしい南九州像と重ねてみるだけだ。ついでながら、昨日西鹿児島発の特急に乗っていたら、ファッション雑誌から抜けてきたような若いご婦人が、串木野から乗りこんで私の前の空席におすわりくださった。この別嬪さんは出水で降りた。何もかも御縁である。

地方文化の落城

正月の二日に町に出て驚いた。娘たちの晴れ着で町は白一色である。どこからこんなきらびやかな娘たちの大群がわいて出たのか。十年前のわれわれの恋人たちは、戦後生まれたこれらの娘たちとくらべれば何とみすぼらしかったことか。郵政局前のバス停から通町の四つかどを見ると、光の海の中の人の行きかいは、東京のどこかの街かどと考えてもさほどおかしくはなかった。昨年一年でもこの通りにいくつのビルが建っただろう。熊本はもはや東京なのだ。そんな思いが胸をついた。

地方の後進性、封建性、貧しさをめぐる文化人のつきせぬ繰り言をよそに、戦後の高度資本主義を背景とする近代化の波はこの熊本の岸べをも洗わずにはいなかった。近代化の波とはすなわち均質化の波である。熊本は日一日と東京に似せられて行く。それは熊本が変形するだけではなく東京そのものの消滅する過程でもある。モダンリビングは東京に行かずとも熊本に住んでいて実現することができる。喫茶店の中の青春にはエレキギターもあればアイビースタイルもある。書き割りとなるべきモダンなビル街のミニチュアにもこと欠きはしない。

東京と熊本の豊かさの格差が拡大する傾向にあるという事実は、なんら反証とはなりえない。大手町のビル群と花畑町のそれを規模の上でくらべてみても話ははじまらないのだ。問題は規模は違っても東京にあるものは熊本にも存在する、少なくとも遠からず出現するということにある。熊本の相対的な貧しさはその場合、利点にすらなるかもしれない。ある日、東京からの友人を、できたての喫茶店へ連れて行った。なるほど新宿池袋あたりの店と寸分変わらない。いや、ただ違うところがひとつある。東京なら地下への入り口の広さは半分だし、いすの列間も半分だ。「地価の安さだなあ」とその友人は笑った。

「地方」という言葉のイメージテストをしたら、三十代の公務員が「封建性」とか「貧しさ」とかの答えを出したのに、熊高生の答えは「青空」とか「健康」とかプラスの連想ばかりだったというのは笑い話ではない。熊本は相対的な地位低下を代償として、ゆったりと高度産業社会の文化の余沢をたのしむことができるかも知れないのだ。

近代化のメダルの裏側では、古い熊本の死が進行しつつある。たとえば船場はもはや忘れられた辺境だ。風景だけではない。熊本人の骨格を形造ってきた下町と山の手の個性の水脈――甲斐性なしの亭主に精一杯の道楽を許しながらりっぱにのれんを立ててきたあの闊達で自己劇化の好きな下町のかみさんたち、自己を平板化することが唯一の自己主張と信じていた華美ぎらいでがんこな士族町の男たちは、昨日一人死に今日一人消えて遠い地平に退いて行く。

均質化の波とともに、東京は東京でなくなり、熊本は熊本でなくなる。この変化の決算はどう出るであろうか。東京ってすてきだわと目をうるませた女詩人よ、もう嘆くことはない。熊本にもやがて音楽堂は立つであろう。地方文化の四字を十年一日のごとく売り物にしてきた老文化人よ、あなたが閉ざされた文化的地方政権の城を築きあげた時が、ほかならぬ地方独自の精神的位相が死滅する日であったとは何という皮肉だろうか。

われわれは一方の目盛りが熊本の文化水準の向上と後進性の徐々の解消を示せば、一方の目盛りは意識水準における地方的生産性の崩壊を表わすという逆説の中にいる。おそらくそれは繁栄の中の危機、泰平の中の空洞という一般状況と平行関係にある。こういう状況の中で、ひたすら東京をめざす中央志向は目標を見失い、風土的地方主義は足もとを掘りくずされる。中央対地方というなじみ深い対位法に終末の時がきたのである。

今はおそらく日本の津々浦々にやっと同時代性が成り立とうとしている時代なのだ。喫茶店のすみで、あわれなモダニストたちが東京文化へのあこがれを語り合い、料亭で先生と呼ばれたがる地方文壇の名士たちが熊本だけに通用する序列を作りあげたりする、カレンな地方文化の牧歌時代は終わったのだ。地方に住む芸術家や思想者たちにとって地方に住むということが何の意味ももたぬ時代が始まったのだ。地方とは、われわれが所有している一片の拡散して行く現実ということだ。根づくこともできず流浪もならず、その土地に生きる重さをになってわれわれは深い井戸を掘って行かねばなるまい。

地方文化について

地方文化というのはまったく奇妙なことばであります。地方文化の振興というのはそれに輪をかけたぬえのごときことばです。ぬえのごとき奇妙なことばですから、まともな芸術家や学徒は地方文化を創造しているのだとは申しません。熊本でも東京でも、いやニューヨーク、モスクワでも、文化にちがいがあるじゃなしというわけであります。

地方文化というのはだれにとって必要なことばかといいますと、それは第一に二流の文化人にとって必要です。二流というのは大まけにまけた話で四、五流といいなおすべきかもしれませんが、彼らにとっては地方文化というジャンル？　がないことには、文化人の肩書きが成り立たないのです。東京で文化人として登録されるというのはたいへんなことです。熊本では私のような青二才でも、文化人面して、文章を金にかえることができます。そういう地方文化人の世界は、野球でいえばマイナー・リーグみたいなものです。しかし、これから大いに学問芸術で身を立てようと思っている青年は、マイナー・リーグに加入したってしようがありませんから、メージャーめざして一人で精進します。野球とちがって芸術は一人のほうが上達するのです。一方、普通の読者は中央からわんさと一流の芸術なり娯楽なりが流れてきますから、どさまわりには見向きもしません。かくして地方文化という領域は、中央ジャーナリズムに乗れない敗残の文化人（同志望者もふくむ）の、仲間うちだけの自給自足の世界になります。お客はコネと情実でしか呼べませんから、結社の必要が生じます。

こういう世界の住人の地方文化論は眉につばをつけて聞く必要があります。なんとか賞などもらうと、たちまち東京へ打って出て、地方の諸君よ、まあせいぜいがんばってくれたまえなどといい出すからです。こういう次元では、ジャーナリズムに売れている作家、まだ売れていないがこれから売るつもりの作家、とうてい売れる見込みのない作家という分類をほどこしたほうが明快です。地方もへったくれもあったものではありません。

地方文化ということばを必要とするのは、第二には文化においてある種の経綸を抱くもの、いいかえれば文化運動的意識をもっている人たちです。彼らはいろいろなことをいいます。地方は文化の培養土である、地方が衰微する時文化の母胎もまた衰弱する。中央で生み出される文化はなるほど高い、しかし地方の素朴と肉感の中でしか作れない文化もあるはずだ。中央にだけいいものが集まるのはけしからぬ、地方にも均等せよ。東京の活気に向いている人間もあるだろう、しかし地方の遅々たるペースに向いている人間もあっていいはずだ。

この種の議論は錯覚を前提にしていることが多いのです。彼らはまず地方を文化的にめぐまれぬものと考えます。しかしなおかつ地方でないと……というのが発想の基本です。ところが、東京は文化的消費はともかく住民の文化活動という点では最も貧しい街のひとつなのです。文化的水準ということでいえば、テレビの普及ひとつとってもわかるように、中央と地方を平準化するのが産業化近代化の一面です。熊本の知的水準が年を追って向上することは算術的に確実です。

それはいいとして、こういう議論がつまらないのは、結局それがご趣旨結構な分担論、分権論、資質論に帰し、東京で暮らす人間も熊本で暮らす人間もともに繁栄する民主国日本には必要なのだということをいっているにすぎないからです。そういってしまうのが酷ならば、少なくともそういう経綸家たちは、日本文化というものを外側から観察し、それをどうこう操作しようと懸命で、肝心の文化創造の内的な契機がどのようなものかということを一向に理解しないのです。そこで想定されている文化はただ花咲き誇ればいいので、それがどういう花か、そもそも花はこの世に必要なのかということは不問に付されているのです。このような客体性・抽象性の次元で論じられる文化論は、創造者にとっては消極的な規定としかなりえません。したがって地方における芸術・思想の創造を内から触発することもありえません。

熊本という特殊な風土には特殊な文化が育つべきだ。これは一見妥当な命題であります。しかしその妥当さは特殊な風土の現存を前提としているのであって、実はこの命題は「べきだ」ではなく「はずだ」という事実認定を内容として成り立っているのです。もし特殊な風土が消滅すれば、この命題は成立の条件を失います。逆に特殊風土が存在しているかぎりは、文化創造はその風土性を必然的におびます。したがってこの命題は実践的には何も主張していないに等しいのです。

風土性というものは作為すべきものではありません。文化的地方主義の空しさの根拠はそこにあります。単なる熊本の風土性の強調は東京模倣の裏返しです。それはともに地方文化界という亜流の閉鎖的な世界の一因子です。文化的ステータス（地位）への渇望はその病識です。風土性はそのような世界とは無縁な、つまり本質的な文化創造にともなう必然的な結果にすぎません。

では、地方とはわれわれにとって何でありましょうか。熊本は地方だ、熊本にいてものを書けば地方作家だというのは単なるトートロジー（同義反復）です。もし東京にいれば話はどうなるのか。あなたが東京に住むか熊本に住むかは資本制社会内の恣意的偶然なのだ。どこにいようと一人の芸術家一人の思想者は、自己の所有する現実に身をひたして時代の本質的課題に迫るだけなのだ。そう覚悟した人間にとって、「地方」は創造に内から働きかけるようなシンボルとなりうるでしょうか。

私はなりうると考えます。なぜなら地方ということばには地域住民の自己権力の思想が潜みうるからです。書斎的なジャーナリスティックな発想ではなく、自分の現実の場との格闘から出発する発想がふくまれているからです。またそれには今日の社会にあって疎外され絶滅されつつある無名の民の心情がこもっています。私はある老画家の美しい熊本弁の中に「地方」ということばを聞くことが好きです。なぜならその中に、芸術家の存在を疎外する社会の論理になじまず、素朴な農村自治とその上に成り立つ孤独な芸術の幻を抱きつづける古風な魂を見るからです。それを「地方」と呼ぶ時に生じる限界を私は知らないではありません。しかし私は、いくらかの保留をつけつつこの愛憎ないまざることばを当分使い続けて行くつもりです。

よそもの万歳

地方都市がミニ東京化して行くことへの嫌悪は、これまでさんざん語られて来た。私は東京化というより、無性格で均質なものに、画一されて行くのだと思っている。というのは、今日の東京だって、むかしの一地方としての東京の独自さを失って、化け物の東京になってしまったと思うからだ。

それはともかくとして、昨日までカライモ畑だった高台が、ヒバリが丘なんてしろものに化けないほうがいいのは、私だって同様だ。同様だけれども、むかしのカライモ畑あたりに、かつての熊本では夢にも考えられなかった、ちょうど東京の私鉄沿線みたいな住宅街や、マーケット街が出現したのは、大変いいことだと思う。そのかぎりで「東京化」けっこう、均質化大歓迎だ。

というのは、そうなればよそ者がふえるからだ。だいたい、町はそこに住むもの全体のものであるはずなのに、昔から居ついた連中だけが正統的な住民だと思っているのが、気にくわない。そういう感覚があるかぎり、日本はこれ以上住みよくはならない。

地元の名士・文化人・財界人などと、なるたけご縁がないようにしているのは、私の処世法にすぎないのに、あいつは地元のために働かないと来る。冗談いっちゃ困るよ。こう見えても私は、学生や無名の若者たちとちゃんとつきあっている。名士や文化人だけが地元で、学生や若者が地元でないと、だれが決めたんだ。よそものがうんとふえて、こういう定義がはやく無効になってもらいたい。

新たな知的伝統の創造を

早いもので、私たちが季刊誌『暗河』を創刊してから一年半が過ぎた。創刊直後、用紙値上がりなどきびしい出版情勢の変化に見舞われながら、定期刊行をまもりぬいて六号をかさねることができたのは、なんといっても発売元をひきうけてくれた出版社の厚志のおかげというべきだろう。

思えば『暗河』の特色は、その内容のめざすところを抜きにしていえば、同人誌とも商業誌ともつかぬ発行形態の特異さにあったのかもしれない。私たちは同人誌のように閉鎖的でもなく、いわゆる地方文化誌のように拡散的でもない、地方的な思想的芸術的な創造の堅固な媒体をつくりたかったのだが、そういう夢のような試みを、資金販売の両面でバックアップしてくれる地方出版資本があったということは、やはりひとつの状況的なあたらしさだといってよかろう。

実際、九州の文化状況にはここ数年あたらしい風が吹いている。きれいごとを抜きにすれば、要するに、地方のもの書きに中央ジャーナリズムから注文がまわって来はじめたのである。あるいはまた、中央から認められたもの書きが、そのまま地方に在住して仕事を続けるケースがふえてきたということがある。さらには、全国規模の市場を相手とする出版社が、小さいながら地方にも成立する条件が生まれつつある。

　昨今の九州の文化ジャーナリズムはこうしていちじるしい活況を迎えつつあるが、注目すべきなのは、こういう変化が、永年にわたって唱えられてきた地方文化のお題目とは、なんの関係もないところから生じたということである。つまりそれは、都市的平準化の急速な進行とコミュニケーション手段の高度化によって、地方都市の物質的ないし情報的集積が進み、中央の地方に対する把握力が飛躍的に強化されたことの、直接の結果にすぎなかった。

　もちろんこういう変動は、一面では結構きわまりないできごとであった。仕事に買い手がつくというのは、確実に仕事の水準の向上という反作用を生みだす。また、金がなければ雑誌ひとつ続けるわけにはいかないのである。さらにまた、地方在住の書き手たちが実力本位で中央ジャーナリズムと直結することによって、あの地方文壇という、自力ではお客を呼べない『地方文化人』の、こっけいきわまりない縄ばりが、いまやまったく無意味なものとして崩壊しつつあることは、このような変動がもたらした最大の功徳だといっていい。

　だが問題は、まさにこのような活況が、地方在住の創造者にとって、同時にきわめて危険な陥穽でもありうるということにある。このみせかけの活況は、ひと皮はいでみれば、今日の出版業界の水ぶくれ的商業主義の余波にすぎない。早い話が、膨張した商業ジャーナリズムは書き手が足りないのである。彼らはまた話題にも不足している。ちょうど昨今の歌謡曲界が歌手をつかいすてにするように、出版界は膨大な書き手をつかいすてることによって、一発あてこんだ本の洪水をつくりだしている。彼らが書き手と話題を求めて地方に殺到するのは、コミュニケーション手段の発達に伴うひとつの必然であった。

中央対地方という、地方文化論議にかならずまといつく、例の古ぼけた問題意識は、このような状況によってみごとに足もとをさらわれてしまった。地方は文化果つるところとか、地方での仕事をもっと認めよ、などという泣きごとや苦情は、このように日本が狭くなり、いい仕事をすればどんな山間僻地にまでもジャーナリズムがかよいつめてくるといったご時世には、もはや一切通用しなくなった。ところがそれは同時に、全国の都市がいっせいにリトル東京と化し、地方の書き手が中央ジャーナリズムによって完全に掌握され、その商業主義的ポリシーに囲いこまれることを意味したのである。

このパラドックスをどううけとめればよいのか。はっきりしているのは、かつての牧歌的な地方文化自立の主張が、その存立の基盤を失ったということである。古典的な地方文化主義の理念は、もともと文化的多中心主義であるといっていい。文化的中央支配が今日の日本のように肥大しているのは異常なことであって、個性的な文化中心が並立して存在することこそ健全なありかただ、とするその理念は、もとより尊重してしかるべきだろう。だがそのような理念が結局無力であり不毛に終わったのは、彼らの主張が実体としては中央への劣等感にもとづくローカリズムの錯覚におちいっていたからである。

彼らが中央に対して措定しようとした地方文化なるものの実体が、あのこっけいな地方的ミニ文壇であったことは、いまは問わない。問題は、地域的な風土性や土俗性を地方での創造の根拠にしようという、その方法的自覚のまずしさにある。地域的特性で勝負しようとするものは、現代芸術あるいは世界思想のレベルで勝負しようとするものを超えることはできない。こうして地方主義は実体としては二流主義・三流主義となり果てる。

地域的特性への志向は結局は素材主義となる。戦後のＧＮＰ神話の反省としての地方の発見、などというジャーナリズムのおだてには、うかうかのらぬほうがよい。環境破壊とか過疎問題とか農業の荒廃とかの、いわゆる地方的現実が、ジャーナリズムの好個の話柄となるとき、そこで起用される地方の書き手たちの仕事が、創造的な核を失って手軽な素材主義におちこんでいく例はあまりにも多い。東京ジャーナリズムの放蕩者的な地方あさりの感覚と、こういう素材主義的安易さとがたちどころに野合するのは、動かしがたい法則のひとつでさえある。

地域性すらくいものにする中央商業主義の侵食と、古典的地方主義の破産というはさみ打ちのなかで、どのようにして地方の書き手たちはおのおのの創造の核をまもりぬき、どのようにして中央の文化的単一支配をうち破る、あたらしい地域的文化中心をつくりだすことができるのだろうか。

思うにわれわれは、これからも長期に続く困難のなかにいると覚悟すべきだろう。希望はある。九州は石牟礼道子や野呂邦暢のような作家をもっている。彼らの仕事はまぎれもない風土を感じさせるが、けっして地域的素材によりかかってはいず、現代文学にあたらしい地平を開いている。むろん彼らの仕事はあくまでも単独者の仕事である。しかし、そのような単独者の出現には、長期にわたって培養された精神的文化的基盤が必要であり、現に石牟礼の出現のかげには、水俣における谷川雁の十数年の文化的工作者としてのいとなみがあったのである。

われわれは良質な水準の高い知的伝統をつくらねばならない。そのためには何度も集団を組み、何度も雑誌をつくってはこわしていかねばならない。むろんそれはいわゆる『地方文化』的な地域的自足におちいらず、商業ジャーナリズムの侵食にも頑固に抵抗できるような、あたらしい知的伝統である。

虚体としての地方

熊本で地方ということを考えるとき、まず心に浮ぶことのひとつに、佐々友房の生きかたがある。佐々は紫溟会・熊本国権党の指導者にして、中学済済黌の創立者、つまり、明治天皇制国家の忠実なイデオローグとして知られている。だが、人生に第一歩を踏み出したとき、彼は明治政府への反乱者であった。その反乱がいかなる思想的根拠にもとづいていたか、いまは問わない。だが明治十年戦争に熊本隊一番小隊長として出陣、戦い敗れて刑に服し、明治十二年、戦火のあとまだなまなましい熊本へ帰って来たとき、彼はまぎれもなく謀反人の烙印を押された男であった。

彼が西郷軍にくみして起ったのは、もともと、明治維新のバスに乗りそこなったという焦りからだった。維新のさい天下を取りそこなった肥後人が、西郷に便乗して天下をねらったのである。またもや天下を取りそこなった敗残の佐々には、どういうコースが残されていたか。

彼はもはや、天下＝中央をひっくり返そうとはしなかった。そうではなくて、天下つまり中央へ参加できる道をさぐった。彼がかしこかったのは、時の文明開化政府に手ぶらで投降しなかったことである。彼はまず、おのれの郷里にひとつの政治力を培養しようとした。それが済々黌であり、紫溟会であった。

そして、そうやって培った〈地方〉から、軽佻浮薄な〈中央〉を批判するという姿勢をとった。

しかし、佐々が地方に培った反中央勢力は、明治政府への帰順の手みやげであった。明治政府の国家主義的な姿勢が強まるにつれて、佐々の育てた「地方」は、そのなくてはならぬ支柱となった。熊本紫溟会は官党、つまり政府与党の代名詞となった。ただその場合でも、佐々と彼がひきいる党派は、国家を支えているのはわれわれ堅実な地方人士で、華やかな光の当っている都びとではないという、一種の信念ないしポーズを捨てることはなかったのである。

　私が佐々の例をひいたのは、ここに、地方を中央との対抗関係において構想しようとする抜きがたい病いが、きわめて素朴なかたちで表われており、地方に生きるということが、何か意味ありげに見える錯覚の好例となっていると思うからだ。

　おれは佐々のような反動ではないし、地方を中央参加の回路として考えているのでもない、という声が聞える。だが、地方で生きるということを、それだけで何か美しいこと、意味のあることとみなす思想は、みな中央と地方とをセットとして考える発想をまぬがれていないのである。つまり、そういう地方は中央と対抗していればこそ、地方として存在しえているにすぎない。そういう地方が中央に攻めのぼれば、こんどはそれが中央になる。こうして、中央と地方は永久に循環する。

　たんに東京を拒否する、地方に根づくというだけで、ひとつの思想的態度だとする錯覚を、われわれはもうまぬがれていいであろう。今日、実体としての地方なんぞ、どこにもありはしない。いや、ある、ないの問題ではない。地方を実体として考えるかぎり、対立物は相互浸透する例に洩れず、それは中央という対極から規定される存在にすぎないのだ。

われわれに残されているのは、虚体としての地方ということだけだろう。われわれの生活から、あらゆる文明的装置や機構、知識や観念を剝いでゆく。国家や社会や共同体や、それにまつわる幻想を剝いでゆく。そこに現れてくる土のぬくもりのような、あるいは荒野の寂寥のような直接的な生、もしそう呼びたいのならそれを〈地方〉と呼んでいいであろう。

しかしそれは、都に住もうが地方に生きようが、そんなことに関係なしに発想される〈地方〉である。都びとも田舎ものも、その生の基底には、そういう虚体としての地方を抱いている。

7

世間

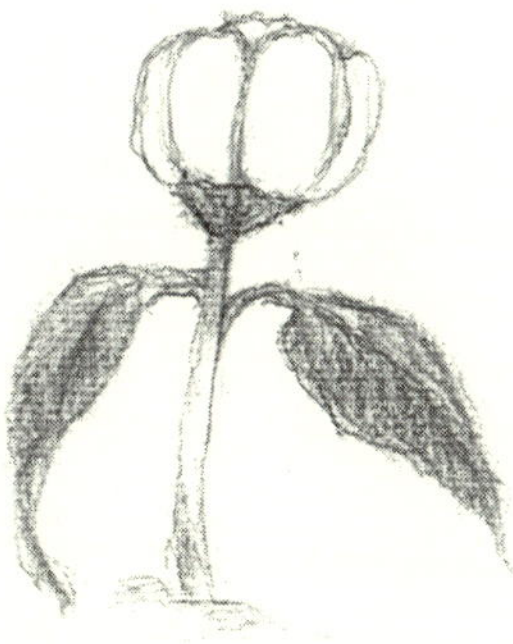

かよわき葦

このたびの東北の大災害で、もっとも意外だったのは、これで日本という国の進路が変るだろうとか、幕末以来の国難で日本は立ち直るのが難しいだろうといった言説が、メディアに溢れたことである。これは私が鈍感なのだといえばそれまでだが、その自分の鈍感について、この際思いを新たにしないわけにはいかなかった。

自分には一種の無感動が身についているのではないかとも思った。だとすれば、それは少年の日、敗戦後異郷で苛酷な生活を嘗め、焼野原に無一物で帰国した経験のせいに違いない。

姉と二人で最後の引揚船に乗る前、私は発熱して、当時間借りしていた友人の家の二階にひとり寝ていた。父と母は先に帰国していたし、大連にはもう残っている日本人はほとんどいなかった。窓から隣りのビルの壁が見えた。陽はすでにかげって、壁は冷たい灰色である。これが終末の風景なのだと思った。ちょうどエレンブルグの『トラストＤＥ』を読んだばかりで、主人公が飛行機で廃墟と化したヨーロッパに降り立った情景が思い合わされた。私は一六歳だった。

でも、それは病気で心が弱っていたからで、石炭がなくてストーブも焚けない氷点下の生活を送りながら、ひとつもつらいと感じた記憶はない。大日本帝国が滅んで、心はうきうきしていた。

熊本へ引き揚げてくると、街中には焼跡がいたるところに残っていたが、人びとは活気に溢れていた。両親は頼りにしていた親戚が焼け出され、お寺に寄寓していたので、そこに転りこんでいた。そこに姉と私がさらに転りこんで、六畳一間に七人で暮した。あとで姉の勤め先の職員寮へ移ったが、それはバラック兵舎の内部をベニヤ板で仕切った一間きりで、戦時中焼夷弾がひっかからぬように天井板はとりはずされていた。隣りとは話が筒抜けである。水道はなく、数十メートル離れたところにある蛇口までバケツで水を汲みに行った。そういうところに、私たちは昭和三五年つまり戦後一五年になるまで暮した。不便だともつらいとも思わなかった。あとでつれあいになる人が遊びに来ても、こんなところに住んでと恥じる思いはなかった。後年母は、あの職員寮のころが一番楽しかったと述懐した。

私は何が言いたいのだろうか。人間が文明の進歩、具体的に言えば経済の成長や科学技術の発展によって、安全で便利で快適な暮しができるようになったのはよいことである。政府や自治体が災難や困窮に見舞われた住民に対して、ひと昔よりずっと保護の責任を果そうとしているのも、同様によいことである。だが、経済成長には当然限度があるべきだし、科学は夢物語ではなく、人間に実現もしくは制御不可能なことを明らかにするものであるはずだ。

いや、そんなことよりも、人間がこの地球上で生存するのは、災害や疫病とつねに共存することを意味するのであって、そういうものを排除した絶対安全な人工カプセルなど不可能だし、万一可能だとしても、そんなカプセルの中で生存するのは、人間が人間でなくなることなのだという厳然たる事実を、この際想い出すことが必要なのだ。だからパスカルは人間はかよわい葦だと言った。かよわい葦だとしたら、一陣の烈風にも折れるだろう。だがその葦は地球の生み出すあらゆるゆたかさと可能性を感受できるのだ。人間の生が稔りあるものだとすれば、いつ悲惨に見舞われても不思議ではない生存条件とひき換えにそうであるのだ。

人間が安全・便利・快適な生活を求めるのは当然である。物資的幸福を求めずに精神的幸福を求めよなどとは、生活の何たるかを知らぬ者の言うことである。上手にいれられた一杯の上等な紅茶は、それがそのまま精神的な幸福であるからだ。ただ、私たちに必要なのは、安全で心地よい生活など、自然の災害や人間自身が作り出す災禍によって、いつ失われてもこれまた当然だという常識なのだ。人間はもともとそんなに脆弱なものではない。カプセルめいた人工的文化環境に保護されなくても、よろこびをもって生きてゆける生きものなのだ。人工の災禍という点でも、人間の知恵でそれから完全に免れるという訳にはいかぬと私は思っている。人間はそれほどかしこい生きものではない。争いつつ非命に倒れる。それでもつねに希望はあるのだと思っている。

このたびの災害で、日本という国の進路は見直されるのだという。よきに計らってくれ。私には日本とか日本人という発想はない。それは指導者の理念で、私は指導者ではない。私にはただ身の廻りの世の中と、そこで生きる人びとがあるばかりだ。その世の中が一種のクライマクス（極相）に達していて、転換がのぞまれるとは、むろん私も感じている。だがそれは、いわゆる3・11がやって来ようと来まいと、そうだったのである。しかしこの転換は容易な課題ではない。それについては今のところ、人びとの合意も難しい。残余はすべて当座の政策の問題である。災害からの復興の仕方もそうである。口を出そうとも思わないし、またその能力もない。

地震・台風、何者ぞ

年寄りの繰り言は「昔は」で始まるものだけれども、あえてそう言わせてもらおう。昔はマスコミ、特にテレビが今ほど地震や台風について、時々刻々詳しい報道をすることはなかったようだ。

今は煩いといったら、ありゃしない。大きな被害が出た地震ならともかく、家が揺れた程度の地震でも大々的にアナウンスするだけでなく、画面の上下を使って、震度1とか2とか、長々と掲示し続ける。津波の心配はないと、二、三度ならまだいいが、断続的に何回となく繰り返す。ちょっとひどい地震なら、番組を中断して数時間は、各地の震度を表示したり、室内の照明が揺れる光景などを映し続ける。べつに死人も出ていやしないのに。

台風も同様だ。どこどこの何々さんが転んで軽い怪我をしましたとか、ものが飛んで来て額を軽く切りましたとか知らせる。そんなことがニュースになるのか。私は昨日台所で包丁を使っていて、指先を軽く切ったが、それはニュースにならないのか。まあ、これは冗談だ。

要するに人間を大切にしようというのである。人間に危険が降りかかれば、それがちょっとしたことでも問題なのである。人間は安全に保護されているのが常態（ノーマル）であって、ちょっとでも危険に出会うのは異常（アブノーマル）だという次第だ。これが近代ヒューマニズムの行き着いた一種の極限状態であるのは言うまでもあるまい。

自然の中で暮らさねばならぬ以上、人間は地震や台風はむろんのこと、いろんな危険に出会うことを避けられない。それがいやなら、核シェルターの中ででも暮すことだ。人間は地球という環境から、様ざまな恵みを受けとって生きているのだが、それは同時に様ざまな危険や苦難を代償としている。当り前だ。地球は人間のために設計された安全な乗り物ではないからである。

近代ヒューマニズムは人間がたどりついた偉大な自覚である。だがそれは同時に、途方もない錯覚と思い上りに導く陥穽でもありうる。一切の病気を排除した完全な健康という幻想に、現代人がとり憑かれているのがその証拠だ。ゲーテは近代ヒューマニズムのそういう結末を見通していたようだ。「ヒューマニズムが最後に勝利をおさめるというのは真実だと思う。ただ同時に、世界は一個の大きな病院となり、各人は互いに他人の人道上の看護人となるのではないかと恐れる」と彼が書いたのは、一七八七年イタリア旅行のさなかのことだった。

またしても「昔は」で恐縮だが、昔の私たちのご先祖さまは、火事にも事故にも落雷にも平然としていたようだ。騒ぎ立てることは一切しなかった。これは幕末から明治にかけてやって来た西洋人が、口を揃えて証言しているところだ。一例を挙げるなら、琵琶湖に通じる疏水を運航している蒸気船の機関が不調で、今にも爆発するのではないかと思われた。乗り合わせていた西洋人は、乗客の女たちが顔色も変えぬのに一驚した。これが西洋なら、女たちの金切り声が船中に轟いていただろうと彼は書いている。

日本人は火事で焼け出されてもニコニコしている、というのが在留西洋人の間で評判になっていた。実際に確かめようと見に行った西洋人が何人もいる。焼け跡にかたまった人びとは噂通り、笑い声を交えながら互いに世話をし合っていた。そして、まだ熱くほてっている大地には、早速掘っ立て小屋が建ちかかっていた。

地震や台風の際、報道機関が力を尽して報道を提供し、被害に遭った人びとを援護しようとするのは見上げたことである。それが近代の成果のひとつであることを認めるのに、私はやぶさかであってはならない。ただ、ほどほどにしてもらいたい。この地上に生きる以上たえねばならぬ苦労を、大袈裟に言い立てるのは羞しいことだ。私はそれが言いたかった。

鈍感な言葉たち

むかしもむかし、昭和二十年代の初めだったと思うが、「体を張る」というのは賭博用語だから、革命家たる者がそんな言葉を遣うのは不見識だと、中野重治が書いたことがあった。

当時の共産党のおっちゃんたちはしじゅう「体を張って闘うぞ」などと演説していたから、まだ十代だった私は驚いた。なるほどバクチコトバだったのか。そういえば「斬った張った」というからなあと、納得すると同時に、中野の言葉に対する感覚の鋭敏さに脱帽した。

賭博用語を革命家の言説にまじえることへの、いかにも中野らしい潔癖な拒否感には異論もあることだろう。ただ、なにげなく遣う言葉に対しても敏感であれという教えを、このとき私が肝に銘じたことは間違いがない。

この頃よく耳にする「特段」という言葉が気になって仕方がないのは、若き日受けた中野の教えのせいか。こんな言葉がむかしからあったのかどうか。四十年近く愛用している『新潮国語辞典』に当ってみたら、出ることは出ている。

だが、少くとも日常的に頻用する言葉ではなかったはずで、猫や杓子まで「特段」「特段」と乱発するようになったのは昨今のことだろう。おそらくこれは官僚が遣っていた特殊な用語で、それが何か恰好がいいというので、マスコミ業界を通して一般化したのではなかろうか。

「特段」という言葉にはプロらしい構えた響きがある。つまり気取った言葉である。近頃の若者、いやいや若者だけでなく、いい歳をしたおっちゃんおばさんまで、日本人がこんなに気取った様子をするようになったのは有史以来ではなかろうか。もっとも、文化文政の頃は「何々でゲス」と唱えて、扇でオデコをポンとやる若者が氾濫していたそうだから、文化文政以来なのかもしれない。

そういった気取りに「特段」はぴったりなわけだ。「ちなみに」という流行語もそうだ。「ちなみに」というのは相当構えた言いかたで、学者でもなければふつう遣うことはなかったと思うのだが、この二、三年のうちに若者の間にひろまって、一日のうち何度耳にすることか、数えきれもしない。

気取りたいと思っても、はずかしくてできゃしない。これがひとむかしまでの感覚だったと思う。はずかしいということがわからなくなった。「特段に」とか「ちなみに」とか言いたがる自分を、うろんなものに感じる感覚がなくなった。つまり、言葉に対して私たちはいちじるしく鈍感になったのだ。

鈍感といえば「あげる」の流行こそその極みではなかろうか。「やる」と言えばいいものを、みんな「あげる」と言い換える。この言い換えの徹底は完璧で、近頃では「やる」という言葉を目にすることはまったくなくなった。いつそんな法律が制定されたのかと思うほどだ。

これは気取りからではなくて、はやりのやさしさ志向、あるいは人権意識からのことだろう。「やる」と言えば、家父長主義の野蛮人のような気がするらしい。そこで、ごっついご面相の野球解説者が「あのファウルは取ってあげなくちゃあ」などとのたまう。まるでプロのプレイヤーが幼稚園児のようで、滑稽極わまりない。それかと思うと、料理番組で「このアクはすくってあげましょう」などと言う。「あげる」というのが、目下の者あるいは弱者への慈恵的な表現であることがまったく忘れられている。何でたかがアクをそんなに思いやらねばならぬのか。

それもこれも、要するに自分が遣う言葉に鈍感になっているのだ。だから流行の表現を何の疑いもなくすぐ取りこんでしまう。取りこんだということ自体に気づいていない。「何々したいと思う」と言えばよいのを、「したいナと思う」と、「僕ちゃん」じゃあるまいし、必ず「ナ」をいれる。そうしたい心性以前に、自分がそうしている自覚のない鈍感さこそ問題ではなかろうか。

ああ、いやだいやだ

最初に断わっておきたいが、いまどきの人間がたとえば五十年前の人間より劣悪になったなどと、私が考えているわけではない。むかしもいやな人間、どう考えても感心できない奴はふんだんにいた。これは自分が狭量だからそう思えるのかも知れないが、その自分の狭い好き嫌いを基準にしても、日本人が（ここで日本人と言っておく）むかしよりあらゆる面で劣化したとはとても言えそうにない。

たまに若い人と接してみると、あっけないほど人の好い子が多い。自分の若い頃と較べてみても、素直で明るくいや味がない。むかしに較べると、日本人には確実によくなっている面があるのだ。自分の旧制中学生時代を思い返すと、変に肩をそびやかしているような奴、腹に一物あるような奴がぞろぞろと目に浮かぶ。まあ、いやな人間というのはいつの時代にも一定比率で存在するのだろうし、肝心の自分自身からして他人様の目からするといやな奴だった可能性も大きい。だから私は、日本人が全般的に劣化したと考えているわけではないので、まずそのことを断わった上で、この数年、ああ、いやだいやだと思ってきたことを吐き出したい。

吐き出すと言ったが、これから書こうと思っていることは、実は前にも何度か書いたことがある。書いていても書いたあとも、いやな気分だった。悪口というのは結局は自分の心を毒々しくするし、第一なんぼついても無効な場合が多い。しかし、吐き出さぬとこれまた腹ふくれるので、これが最後と自分に言い聞かせて放言する。

私がこの十年ばかり、ああもうやめてくれ、聞いているのが苦痛だと感じているのは、いまや日本人の話しかたの重大な特徴となった例の語尾のばしだ。語尾のばしどころか、語尾はねあげと言ってよろしく、「そしてえええぇ」「それがあああぁ」といった弧をえがくような異様なイントネーションは、五十代以降の日本人のすべてに定着していく勢いである。もっともじじばばの癖にこの症状に感染している御仁もないではない。テレビに出てくる連中は、アナウンサーを除いてほぼ全員これに感染している。

よく聴いていると、語尾をはねあげ引きのばしているだけではない。むかしなら「それが」とフラットに言っていたものを、高中低でいうと「そ」中音「れ」低音「があ」高音といったふうに抑揚をつけている。また、頭音を強烈に強めていることにも気づく。だから全般に、むかしは平静でしっとりした話し方であったのが、なにか劇的で誇張した話し方になっている。

どうもこの話し方は、「てにをは」にストレスを置くことから始まっているようだ。助詞を強めるのはその前の言葉を相手の頭に叩きこもうとするからで、「ここで3Xを X で割ると」というとき、「で」「を」「と」を強めていったん間を置くと、生徒の頭に叩きこみやすい。すなわちこれは教師の職業的な口調なのである。

助詞にストレスを置く話法が語尾のばしはねあげ話法の起源だとすれば、後者が何を意味するかは明らかだ。それはオレが喋ってんだよ、おまえは黙って聞け、ということを意味する。要するに自分のたれ流しの臆面もない肯定なのだ。

それにこの語尾のばしはねあげ話法は、自分でやってみるとなかなか心地よい。だらだらと際限なく、楽に喋べり続けられるのである。三十年ほど前の映画を観ると、男も女もきちんとした切れのよい綺麗な話し方をしていたのがわかる。語尾もすっきりと言い納めている。しかし、こんなふうに話すというのは意識的なコントロールを要し、多少の緊張を伴う行為なのだ。それにひきかえ、語尾のばしはねあげ話法は本質的に自分をたれ流すモノローグなので、緊張もないしコントロールも必要ない。つまりは人前で寝そべっているような話し方なのである。

だとすると、日本語にかつてなかったこの奇妙なイントネーションは、野球帽をかぶってむさくるしく無精髭を生やし、ずだぶくろみたいな服装を好む現代ファッションと双生児ということになる。要するにきりっとするのはやめましょうということなのだ。ダラーッとしているのが反抑圧的で自由でよろしいという、八〇年代以降この国を支配しているイデオロギーが喋りかたにも具現しているわけだ。かつては凛凛しい若者というものがいた気がするが、いまではそんなもの「キモチワルーイ」ということなのだろう。

しかし一方では、いまどきの話し方はとてつもなく技巧的になっている。第一、くぐもったような鼻声からしてそうだ。とにかく、男も女もおそろしく気どっている。自然な構えない話し方ができる人間は絶滅寸前といった有様だ。みんな芸人か評論家かおえらい先生みたい。何かといえばケッコウとかチナミニと言いたがる。要するに玄人っぽい通人ぶった物言いが全盛なのである。ネットで仕入れるのかどうか知らぬが、講釈が好きな人間が異常に増えた。むかしはバーの女に「ねえきみ、これ知ってる」

なんて講釈をぶって嫌われたものだが、いまでは講釈ぶたねば莫迦と思われる。自己顕示は現代最大の美徳なのだ。

自分を何様かと勘違いしているから、自分が喋ったあとで、いちいちウンと首を振る。このウンというのはいったい何だろう。デパートの売り子まで客に対してえらそうにウンと言う。自分の言うことは間違いございませんとでも言いたいのか。中にはウンと発声はしないものの、喋ったあとで首を降り続ける御仁もいる。むかしはこんなのは威張りたがり屋のすることで、人並みの羞恥心の持ちぬしならできることではなかった。

にたーっとして、無礼で横着な人間が好まれる。芸人がみなそうである。芸人は万人のあこがれであるから、日本人全部がそうなってゆく。写真をとれば必ずVサイン。ガキではあるまいしと思うが、実はみんなガキが理想なのだ。その証拠に「――したいと思う」と言えばよいのに「――したいナと思う」と、必ず「ナ」を入れる。えらそうな政治家までまるで坊ちゃんだ。「ナ」が坊ちゃん言葉であることすら忘れ果てているのだ。

きっと「――したい」と言えば何だか強迫的だから、やわらげるつもりで「ナ」を入れるのだろう。「ナ」がはいることで、当世好みのニターッ、ダラーッとなるのだ。「やる」をすべて「あげる」と言い換えたのもそういう根性からだ。「――してやる」といえばえらそうで家父長的だと思うのか、「――してあげる」と言わずには気がすまない。滑稽なのはむくつけき野球解説者までが、「あのファウルはとってあげなくちゃあ」などと言う。あげるというのは基本的に母親が子どもに対して遣う言葉である。いまは花に対してまでこの「あげる」を遣う。

この「な」と「あげる」ほど、現代の欺瞞的なやさしさの正体をあかすものはない。現代はやさしげな作り笑いの時代なのだ。つまり鈍感で恥なき時代なのだ。「――させていただく」という言い方も、やさしさを装って大衆のご機嫌をとり結ぶ時代であればこそ横行する。自分が勝手にやればよいことで、事実勝手にそうしているのに、まるで当方の許可をもらったような言い方をする。これが民主主義でありヒューマニズムであり平等なのだ。こういう欺瞞的で無恥な言辞が氾濫する時代に生きるのはほんとうにつらい。

私はまず断わっておいたように、現代が何から何まで悪い時代だとは思っていない。むかしの悪弊が改まった面はいくらでもある。だが、今日のように胸くそ悪い自己顕示・自己肯定、鈍感で無恥な言辞が横行する時代は、これまでの日本にはなかったと信じる。

なるほどお江戸の昔にも、扇子で自分の額をポンと叩いて「――でゲス」なんて通ぶっている若旦那はいた。しかし、彼らは「半可通」として笑いの対象だったのである。半可通が威張っているいまの日本とは違う。また「遠くなりにけり」のかの戦時中も、空威張りの欺瞞が横行する時代だった。しかし、軍人政治家や狐憑き的日本主義者の言辞を、額面通り受けとるのは子どもばかりだったのである。「な」と「あげる」と「うん」は、一過性の現象なのだろうか。世相というのはあっという間に変るので、あるいはそうなのかも知れない。だが、かつて日本人の話法を特徴づけていたあのしっとりした抑制、成熟した落着き（実例を知りたければ昔の名人の落語、講談を聴け）は二度と戻らず、アーアーアーとカラスみたいないまどきの喋りかたが、おそらく日本語の革命的な新イントネーションとして、この先定着してゆくのではあるまいか。ああ、いやだいやだ。

薄く軽く

近頃、店で出すコーヒーがめっきり薄くなった。近頃というのは私がうかつなので、かなり以前からそうなのかも知れない。アメリカンというのか、私はこの薄いコーヒーが苦手である。一杯飲んだだけでは満足感がない。決してまずいというのではないが、コーヒーを飲んだという感じがしないのである。まるでお茶でも飲まされた気分だ。

コーヒーに関しては私は野暮天で、濃い目の奴にクリームをたっぷり入れて飲むのが好みである。戦前はコーヒーは、ふつう家で飲むものではなかった。名曲喫茶みたいなのは戦前もあって、そういうところにハイカラ好きの兄に連れて行かれて飲んだコーヒー、それが私などの世代のコーヒー観の原型をなしている。苦い苦いコーヒーで、子どもの口にはクリームなしには飲めたものではなかった。

コーヒーがこんなに薄く軽いものになったのは、それこそお茶のように、日に何度も飲む習慣が定着したからだという。そういういわゆるアメリカンコーヒーは、砂糖もクリームも入れずに飲むのが常法だとも聞いた。ふとるのを何よりも怖れているご婦人がたにはうってつけの飲みかただが、私はまた、こういう、コーヒーはブラックにかぎる式の感性が、いささかうとましくも感じられるのである。しかし、ブラック党といえば肩をそびやかしている恰好よがり、といったふうに感じる私のほうこそ、実は古いのだろう。

コーヒーの話はこれくらいでいい。薄くて軽い味が好まれるのは、何もコーヒーだけの話ではないのだ。日本酒しかり、ウィスキーしかり、他のもろもろの食べものしかり。してみれば、これはひとつの文明の趨勢である。その赴くところに赴く力は、何よりも文章の世界に現れているのである。

五木寛之という大変な流行作家がいる。この人は売れっ子といい条、また大変なインテリで、文章もうまければ話題も適当に高級である。私はこの人に悪感情を抱くいわれは何ひとつないのであるが、その上手な文章にいつも違和めいた感じを与えられて来た。何とも水みたいな文章で、コクというものがない。内容はともかく、言い廻しひとつが堪能させるということがあって、それが文章の濃度というものだと思うのだが、この人の文章には、ほとんど言い廻わしの癖みたいなものがないのである。

私など、もの書きの文章はたった一行にも、書き手の偏りと体臭がこもっているものだと考えている人間には、こういう水のように通りのいい機能的な文章が、実に不思議なものにみえずにはいない。それは文学者の文章というよりジャーナリスト、いやより正確にいえばコピーライターの文章なのである。コピーライターの文章が一種の美文であることはいうまでもない。なぜならそれは恰好よさ、つまり一種の美をめざしているからである。だが、その美のなかには、生臭い個が棲んでいない。これが文学との決定的な違いなはずなのに、コピーライター風の文章感覚は、いまや文学の世界でも大手を振ってまかり通っているようである。私見では、コピーライターの文章を文学にもちこんだ人物はかの開高健であった。

五木寛之は代表例にすぎぬのだが、いましばらく犠牲になってもらうと、五木の個というものは、文章全体の主張や結論のなかには存在しても、文章の一節一節には存在しないように、私には感じられる。これは実はたいそう異常なことで、文学本来の考えかたからいえば、文章の末節から追放されて、主張や結論として抽象化されてしまった個とは、いわば個の機能化にほかならぬのである。

こういう事情は、たとえば松本清張と森村誠一の対照にも現れている。この二人の推理作家はその多作の仕組みにおいて大変似ているが、決定的に違う点がある。清張の文章にはやはり、彼の生臭い個の全屈折が現れているのに、森村のそれは大量生産の利くソーダ水である。彼の場合、文章のふしぶしから消散した個は、物語のかたちに疎外されているわけだろう。私は個性の話をしているのではない。個性なんて一種のデザインであって、そういうデザインの誇示は個の放散の裏返しなのである。

文章が清涼飲料水のように軽くなり薄くなって来たというのは、表現の世界で個がお荷物になって来たということだろう。個とはその人間のアクであり偏りであり、したがってしんどく煩わしいものである。表現が客観的な情報の包装紙であったりエンタテインメントであったりすることで十分な現代では、伝達上の障害となりがちなそういう煩わしいものは、アク抜きをほどこすにしくはない。

しかし、こういう表現上の動向を、芸術的な価値評価の問題としてはともかく、社会現象としては軽々しく否定できないのが問題のカンどころであろう。コーヒーという嗜好に現れ、文章という表現意識に現れているものは、実は現代日本人の人間関係に関する意識、つまり社会意識なのである。

私は英語塾の教師をなりわいにして十数年になるから、この間の少年少女たちの生態の推移についてはほぼ承知しているつもりだが、戦前と比較して、今の子どもは実に仲間のつきあいがうまい。そしてそのうまさスマートさは、要するに、対人的な距離のとりかたのうまさスマートさなのである。薄く軽くつきあうのがコツで、なるほどこれならおたがい楽だわいと、感心せずにはおれない。

これは戦後の市民社会状況の成熟と、完全に見合った現象である。だが、この薄く軽くと心がけている彼らが、しんそこ幸福でないのが厄介な問題である。人間が生きるというのは、薄く軽くですむことではない。薄く軽くと憧れる彼らの欲求は、切ないほどよくわかる。しかし、重く濃いのが現実の生活というもので、いくらコーヒーを薄くしようと、この事実は変ってはくれぬのである。

耳の衰弱

人の話を聞くのはむずかしい。私自身はといえば、それが下手なほうではないと自分では思っているが、渡辺の早トチリと、若い人のあいだに定評が出来ているところを見ると、どうだかわかったものではない。

しかし、仮に私がいくらか聞き上手だとすれば、それは母親ゆずりのような気がする。私の幼ないときの母の記憶のひとつに、近所のおばさんの愚痴に、うんうんと相槌を打っている姿がある。母は自己主張の弱い人ではなかったが、人の打明け話を親身になって聞くコツを心得ていて、それが隣り近所での信望の一因となっていた。

聞き上手は母の修養のひとつだったのだと、いま思い当る。かたわらで、幼ない私はその修養を学習していたわけだが、幼ないながら私は、そういう母の人の悪さもまた、感じていなかったのではないと、いまにして思う。聞き上手は悪人だ、そういう固定観念が私のなかに形成されたのは、ぺらぺら何でもしゃべってしまう対手や、嘘や誇張や身勝手を織りまぜてウサを晴らしている対手に、いかにももっともらしい相槌を打っている母の姿から、醒めた人間の優位性、あるいは自己抑制の優位性みたいなものを感じたからだろう。右も左も善人では、誰かひとり悪人にならねばならぬ道理ではないか。

しかし、私につとめて人の話を聞く癖がついているのは、編集者商売をしたことにも関係があるかも知れない。編集者や記者は人の話を聞かねばならぬ商売である。

私のような世間の片隅に息をひそめている物書きのところにも、何を間違ってか、新聞記者諸公が話を聞きに来ることがある。もったいぶる柄でもないので、たいてい素直にご要望に応じることにしているが、時には、どう応じていいか閉口するような話を持って来る御仁もいらっしゃる。そういう時の私の奥の手は、こちらが取材側に廻って、対手から根掘り葉掘り聞き出すのである。

彼らはいつも聞き役であるから、聞かれることに対して餓えがある。しかも、自分に何か聞かれるというのは彼らにとって盲点で、思わずふんどしを緩めて、自分の生国から出身大学、入社以来の経歴など、洗いざらいしゃべってしまうことになる。ハッと気づいた時はもうおそい。こうして、私から逆に取材されてしまった記者諸公も何人かいらっしゃるはずだ。

内心このバカがと思いながら、もっともらしい顔でメモなぞとっていらっしゃる人の悪い記者諸公のことだ。これくらいのイタズラは、許してもらっていいだろう。

こう書いて来ると、人の話を聞くというのは一種のかけひきのように聞こえるが、私がいいたいのはそういうことではない。私は、人の話を聞かぬ、いや聞けぬ人間の大量出現に、この頃一種動顚した思いをしているので、これが私だけの思いすごしかどうか、確かめてみたいのだ。

私は十四年来、家塾で中・高校生に英語を教えているが、この数年、こちらの質問に対して全然関係ないことを答える子どもが増えているのに、愕然たる思いをしている。まるでボタンの掛け違いのように、次から次へと、私が聞いていることにひとつずつずらした答えをする子どもを見ていると、腹立たしい以前に、何か取りつくシマもないといった感じにうたれる。

そういう子は、当り前のことだが、人の質問をよく聞いていない。運動でいえば、対手の動きを見ていないのだ。自分の頭の中に想念の予定された動きがあって、その予想に従って反応している。だから、こちらの問と喰い違う。対手はこう聞くもの、こう動くものときめている。耳は聞けども聞えず、眼は見れども見えず、ただ主観の思いこみのみがある。

そういう子は、おなじ誤りを何度でも繰り返す。なぜ誤ったかという当方の説明を聞かず、自分の思いこみを飜えさせない。頭が悪いのではない。横着なのでもない。ただ、対象に忠実について行こうという精神がないのだ。つまり天動説であり独我論なのであって、水が器に従うの反対、あらゆるものを自分の器に従って歪めるのである。

こういう子がしている「ハイ、ハイ」という答えは、すべて空返事である。対象に従うという学習のもっとも基本的態度を、この子らは身につけそこなっているのだ。そして、そういう子らの母親と会ってみると、自分のいいたいことだけがあって、人の話は耳にはいらぬというのが共通の人柄である。私のいうことに一応「ハイ」と返事はしているが、これも息子同様空返事だ。

このあいだ福岡市の天神を歩いていたら、「女は天動説を唱えるのです」という巨大な看板がビルにかかっていて、写真の美人がいわくありげな顔付きでこちらを見つめていた。何とも阿呆らしい感じだったが、なるほどな、とも思わされたことだった。現在では、人の話を身を入れて聞くのはダサイこと、人の話を耳に入れず自己中心の幻想世界に安住するのがナウい態度なのだ。

耳がなくて口ばかりある人間と、耳があって口のない人間が喧嘩すれば、暴力が封じられている条件では、勝者は前者にきまっている。対手のいうことが自分勝手にしか聞けず、その自分勝手な聞きとりに対して、いや「聞きとらず」に対して反応して行けばよいというのなら、人生、勝利の連続、これより気楽なことはあろうか。人の話を聞かぬ子どもたちは、現代に対して巧みに適応しているのかも知れぬ。テレビを見てごらん。人の話など耳に入るはずもない音量で、いいたいことをがなり立てるのが、現代の美徳なのだから。

天神で看板を見た同日、福岡市美術館で三木富雄展を見た。耳の形ばかり造型して四十歳でこの世を去った寡黙な芸術家は、この耳への固執によってわれわれに何を語ったのだろうか。

不思議な電話

訪問販売ということは、むかしからあった。セールスマン諸君のわが家へのおとないが繁くなったのも、思えば昨日や今日のことではない。それなのに、私は何をいぶかり、何に腹を立てているのだろう。私は最近、たてつづけに次のような経験をしたが、それをひどく納得できぬことのように思う私は、どこかおかしいのだろうか。

ある日、電話がかかって来た。相手の名はもう忘れた。とにかく私の関知せぬ商会（?）である。いきなり、あなたは貴金属に関心がおありですか、と来た。当方では金の延べ棒を作っているが、汝は見ることを欲するかとのたまう。前口上が長いから、せっかちの私はたまらない。「いったい何のご用件ですか」と聞くと、またおなじことの繰返しである。「金の延べ棒を買えというんですか」と聞くと、そうじゃない、展示場へのご案内だという。結構ですといって電話は切ったが、さあ腹の虫がおさまらない。

こんな電話って、あるだろうか。電話は自分の親しい知人にかけるもの、未知の人にかけるときはまず非礼をわび、どうしても電話せねばならぬ緊急の用件を説明すべきものと、私はながいあいだ信じていた。電話でのセールスは、べつに法律で禁じられてはいないにせよ、常識というものがあろう。ところがこの話を友人にしたら、それは俺やおまえの常識が古いのだといわれた。電話はプライヴァシーに深くかかわるものというのは、いまや時代おくれの感覚なのだそうである。

次の電話は教材販売会社からである。「類君はこんど中学ですね。中学にあがると英語がだいじでして」と、えんえんと通信教材の売りこみを始める。類というのは私の三番目の子どもの名であるが、一面識もない野郎に「お宅の類君は」などと、親しげな口をきかれるいわれは、当方にはいっさいないのである。

三度目は、なんとか連合と称する女の子の訪問であった。「スパイを取り締まる法律を作るので、署名してください」。応接に出た女房は仰天して、二の句がつげられないでいる。自分の部屋でまだ床の中にいた私は、怒鳴った。「あのね、ウチはそういうことには反対だから、帰ってください」。「ハア?」という返事が帰って来る。こちらの憤激の出どころがわからないらしい。も一度繰返すと、さすがに出て行った。数日後の新聞を読むと、署名させて、あとは三千円のカンパということになるのだそうだ。私の見幕に、カンパまでは行き着かなかったのである。

何がスパイだ。何が金の延べ棒だ。何がお宅の類君だ。世のなかがいっせいに発狂したとでも思わねば、私にはとうてい理解できない。こんなことで人を訪ねたり電話をかけて来たりするのは、狂人のしわざではないのか。

おかしかったのは、金の延べ棒の電話をかけて来た女の子に、「ところで何のご用ですか」と問うたときの反応である。彼女は一瞬、絶句した。あたりまえである。会ったこともない人間に対して、あなたは金の延べ棒に関心がおありかという質問は、絶対に「用件」を構成しないからである。用もない電話をかけて来るのは、気ちがいか、閑人《ひまじん》にきまっている。

私がいいたいのは、他人の家に対する遠慮という、むかしの日本人ならことごとく身につけていたわきまえである。以上の三例は、そういうわきまえをもののみごとに忘れ果てた人種が、というより感覚が、目下流行となりつつあることを示している。安住の場所は、どこに見つければよいのか。家庭が外部から、こんなふうにやすやすと貫通され、侵犯されてはたまらない。しかし考えてみれば、テレビを茶の間に据えた日から、この侵犯は始まっていたのだ。われわれの茶の間では毎日、見ず知らずの男女たちが、説教をたれたり、馬鹿笑いをしたり、とんだりはねたりしているではないか。

人間というものは、自分が接触し交流する他者を、自分でえらべてこそ、個たりうるのである。主体という場も、そういう選択された世界の照りかえしとしてのみ成り立つ。ところが世のなかは、こういう垣根をねこそぎとりはらって、人を空虚な言葉とイメージのとびかう四つ辻に曳きだす方向へ滔々と流れて行くように見える。

曳きだす力は、もちろんコマーシャリズムだろう。しかし今日の商業主義は、情報と公共的討論の仮面をかぶっている。こないだなど、化粧品のセールス女がアンケートと称して、女房からうちの年収まで聞き出そうとしていた。なぜ率直に、なんとかクリームを買えといわないのだ。終着駅はみえみえなのに、それを情報収集やご意見拝聴に偽装する。私にはつきあいもない人間と、金の延べ棒やらスパイやらについて意見交換せねばならぬ義理など、毛頭ありゃしない。

いったい、プライヴァシーというものはどこへ行ったのだ。おそろしいのは、こういう擬似コミュニケーションのべたべたした手が肌にふれるのを、なんとも思わなくなることである。だが、話はコマーシャリズムには限らない。政治だって、シンボルマークやら、そろいの手袋やらが必要なご時勢だ。主義主張は彼らの商品だ。その販売技術は、完全にコマーシャリズムのあとを追うている。

商人は商品を売るがいい。だが、商品を商品でないように仕立てて、私人の私的領域にはいりこもうとされたのではかなわない。彼らが、おためごかしやら、ささやきやらで、個人の心を四つ辻に曳き出しおおせたとき、いいかえれば、そういう、人の心を組織しようとする触手にさわられないではさびしいと人びとが感じ始めたとき、私などにとって、この世はまちがいなく地獄に化ける。

反語の終焉

すこしまえにこの欄で、言葉の綾というものを解さぬ若者が、このごろ非常にふえていることに触れた。そして、こういうストレートな感性の大量出現が、戦後史の深化を物語る注目すべき現象であることについても、そのとき、いくらかコメントをつけておいたと思う。

そのとき断っておいたように、そういう発見をするのも、私が予備校で小論文という科目を担当しているからであるが、その後この問題について、またまた認識を強化するような経験に出会ったので、紹介かたがた、もう少し考察を延長しておきたい。

模擬テストに、熊本出身の詩人高木護さんの一文が出題された。高木さんは日傭人夫など、一種ドロップアウト的な生きかたのなかで詩とエッセイを書き続けて来た人で、近年、未来社から数冊のエッセイ集も出している。出題された一文は、いかにも彼らしいノンビリズム、無為主義を説いたもので、そのなかには、人のためになるな、人の世話を焼くな、世の中に役立つようなことは何にもするな、といったたぐいの言葉がひんぱんに述べられていた。

案の定、受験生諸君ほとんど全員が、この言葉を一種の利己主義、退嬰的な自己本位主義と受けとった。そして、怒りと嫌悪の念を吐き出していた。問題文を見たときから、ははあ、ここにひっかかるなという予想はついていたから、そのこと自体はおどろきではなかったが、その符牒を合わせたような反応を見ると、何か動物に行動心理学的なテストをほどこして斉一な実験結果を得たときのような、むざんな感じがしてならなかった。

高木氏の言説には、むろんさまざまな含蓄がこめられている。だが、その背景には、生産と社会の福祉を増大させようとして、些小のむだも許さず、効率化につぐ効率化を急いで来た現代文明に対する反省ないし懐疑という、思想的文脈が存在する。高木氏はただ、今日の管理社会に対して一種の逆説をつきつけているだけで、そのいわんとする管理社会批判は、それほどショッキングなものでもなければ難解なものでもない。むしろそれは現代文明批判の陳腐な定型ですらあって、受験生諸君自体、管理社会とか生産性至上主義への批判はしじゅう口にしている。今の大新聞の論調がそういうものだから、彼らは時代の鏡のごとくそれを反映しているのだ。

だから彼らは、高木氏の思想に反撥しているのではなく、ただ、その表現のスタイルに反撥しているにすぎない。簡単にいうと、逆説がわからないのだ。或る種のショック療法が通じないのだ。そしてそれはけっして、彼らの国語理解力の問題ではない。むろん彼らの国語理解力はきわめて貧弱であるが、それはこの場合の主因ではなく、問題は反語・逆説を一切受けつけないストレートな感性にあるのだ。

この反語・逆説を受けつけない感性の正体は何だろうか。文脈的・構造的な把握に弱く、部分の真偽あるいは是非にいちじるしく固着的な認識傾向がその正体なのである。つまりそれは女の論理であり感性である。

彼らはただ、高木氏の「人に役立つことは一切やるな」という言葉を、全文脈・全背景から切り離して、字義どおり受取る。そしてその是非を問題にする。こうなれば高木氏もあわれなもので、許すべからざる言辞を弄する変人として糾弾の台に登らなければならない。

だが、世の男性たる同輩諸君よ、君は世の御婦人がたから「あなたは○月○日、しかじかとおっしゃいました」と糾弾されたおぼえがないか。この経験がないなら、君は男性ではないのだ。そして、そのように糾弾されたとき、君はそれがたしかに自分の言辞であることに気づいただろう。しかし、君はそれをけっして自分の言辞とは認めなかったはずだ。なぜなら、全文脈・全背景から切り離して「字義どおり」に解釈されたその言辞は、その本来の意味をまったく失って、まるきり別な言葉に変貌しているのだから。

私はむかし家塾で、女子高校生に「おまえ」と怒鳴って反対に叱られたことがある。「教師と生徒は人格的に平等です。教師たりとも生徒におまえといってはいけません。私は父にもおまえと言われたことはありません」。そう泣きわめく彼女はほとんど半狂乱だった。私塾だからそういうことも出来るが、私はただちに退塾を言い渡した。彼女の主張はそれ自体は正しい。しかし日頃、女生徒に対しては「あなた」としか呼ばず、きわめて礼儀正しくふるまっている私に、「おまえ」呼ばわりするような全身的怒りをひきおこさせたのは、当の彼女のあまりにも非常識な態度だったのである。この場合の是非・真偽は、生徒をおまえ呼ばわりするという孤立した事実についてではなく、自分がひきおこした私の怒りに対して、呼称問題から人格問題にふえんする彼女のエキセントリックな対応について問われねばならないはずだ。

部分の字義通りの真偽・善悪に固着する感性を女性のものといえば、反論が山積するだろう。だが私は事実を述べているだけだ。その事実は誰の罪に帰着するのか、それを私は問うてはいない。それが結局は男性の罪であるにせよ、そういう感性によって実現された戦後市民正義の偽善性に、同調したくない意志があってしかるべきだといっているのだ。

戦前の男の世界には放言ということがあり、禅機という感覚があった。それは男の意識に、世界を批評的に流動化し包括する契機をもたらした。今日、政治家をはじめとする人気商売が絶対やってはいけない、やれば落選・失脚まちがいなしということがふたつあって、それが放言と禅問答である。形式論理的な合理性にもとづいた字義どおりの真実と正義に終始しないかぎり、今日の市民社会の感性は妥当と認めない。言葉の含蓄を解せず文脈的把握のできない今日の若者たちは、そういう市民社会の偽善性と部分固着性のゆゆしき鏡といっていいだろう。

投票しない私

私はずっと何十年も、公職の選挙で投票していない。最後に投票したのは昭和三〇年ごろではなかったか。最初は意識的に「政治」を拒否しようとした結果であったが、そういう反政治というロマンティックな衝動が薄れたいまでも、依然として投票所に行く気がしない。

その理由はふたつあるようだ。ひとつには国政を通して実現されるような事柄に、自分の生があまり関わりを持たぬ、したがって、そういうことは他の人々の決定に委ねておいてかまわないと、私は考えているらしい。むろん、それは私個人にとってそうだというだけで、国政における決定や選択が人々の生活に関わりがないと言いたいわけではない。それは大いに関わるであろう。だから人々は投票という行為によって、国政の行方に責任をもつ必要があろう。しかし、それはそういう人々にとっての話であって、私個人は政府がどういう決定を下そうが、その条件のもとで生きのびてみせようと思っているので、国政の行方については他人たちの決定に任せておいてよいという気分なのである。

もし人々が今の中国やかつてのソ連のような抑圧体制を選択するのなら、私はそれが選択されることには反対だが、仮にそうなったとしても生きてゆけると思っている。私の書くものは発表できぬだろうが、パステルナークやブルガーコフがそうしたように、書いてひそかに隠匿しておけばよろしい。牢に入れというのなら、仕方がないから入る。殺すというのなら死ぬ。死ぬのもひとつの生き方なのだから。そして、まさか人々は放っておいても、今さらそんな体制など選びはすまい。

だが、こういう私の信条はもちろん一般化不可能である。というのは、むかしの人間、日本でいえば江戸時代の人間、あるいはそのなごりが残っていたある時期までの大衆のように、人々は政治や法律といった上層構築物の動向にはまったく無関係な、頑固に自律的な共同世界のなかに生きていて、そのような状態においてなら、政治や法律は私どもに関わりはござんせんという態度もまったく自然に貫くことができたのであるが、そういう民衆の自律的共同世界は完全に破壊されて、少なくとも私たちの周りには存在していないからである。

政府の施策が少なからぬ人々の生存を左右しかねない今日、私どもには関わりありませんというのは単なるエゴイズムである。にもかかわらず私は、上の人たちのなさることは私どもには関わりありませんという過去の民衆の生き方がなつかしくて、前代の遺民のふりをしたいのかもしれない。それは私個人の好みであって、とても一般化できるものではない。

しかし、私が投票所へゆかないのには、もうひとつ、いくらか一般化できる理由があると思う。それは投票したい党派がないのである。むろん、政治とは妥協であり、最善ではなく次善を選ぶものだということぐらい、私も承知している。だが、次善もへちまも、私が政治という回路によって実現してほしい生の方向をまったく示しておらず、それどころかそれを毒するような方向にのみ血道をあげているかのような政党ばかりの現状において（他人は知らず、私にはそう考えられるのだ）、自民党か民主党のどちらか、あるいはその他を選べといわれても困る。民主党の方がいくらか民主的みたいだなどという判断基準は私のものではない。そのような場合は投票しないに限ると思う。

なぜかというと、投票しないというのはいわゆる無党派層がふえることで、投票率が低下し、議会自体の信認が減少するわけだから、当然この空白を埋めて選挙民の投票を新たに掘り起こすような新政党の出現を促すことになる。最近、小さな政党がいくつも誕生するのは、そういう法則に従った現象だと思う。今のところ、変り映えせぬ即席新党ばかりのようだが、そのうち、もう少し今日の文明世界の真の争点を表現するような新党が出現するかも知れない。既成政党に投票しつづけるならば、このような新党を出現させる刺戟が低下する。だから、私が投票所に行かぬのは、政治に新しい局面を出現させる淘汰圧になりうるかもしれぬのだ。

さらにまた、政治が実現できることは限られている。私たちにとってよりよい世界は、何も政治という回路のみを通して実現されるとは限らない。このことが根本的に大事なのではないか。努力せねばならぬ領域はもっとほかのところにあるのだ。さらにまたまた、私という人間は治めたくもなく、治められたくもない。統治権力からつねに離れて、それと関係なく生きる自由を選びたい。それは子どもの自由にすぎぬと言う人は言うだろう。でも、子どもを選択するのも私の自由なのだ。大人は一杯いらっしゃるからそれでもよいのではないか。しかし、本当のところ、私が長年にわたって投票しなかったのは、単なる自分のズボラと無責任な性分のせいなのかも知れない。以上はそのズボラに多少の理屈をつけてみただけである。

私が「めくら」なら

ある英語の学習書を読んでいたら、差別表現について述べた問題文に出会った。問題文といっても一ページほどあるのだが、それによると、たとえば blind という語は公的な場から消え去り、替りに visually handicapped が用いられるようになった。しかし、それも差別の匂いがするというので、visually disadvantaged と言わねばならぬことになり、それでもまだ差別くさいとされて、唯一許される表現は visually challenged になったそうである。

もっともこれはアメリカ合衆国のことで、英国では、こんな言いにくい表現を笑いの種とする傾向がまだあると、この一文は結ばれていた。このアメリカと英国の違いはおもしろい。「盲目の」という表現を差別として回避するのは善意の所産である。しかし、自分には邪悪な意志はないことを示すためには、差別語の回避はエスカレートせざるを得ない。このように自分の善を強調するのは偽善に通じる。しかも、それは子どもっぽい偽善である。英国人とても偽善を免れるわけにはいかない。社会は偽善によって維持される一面があるからだ。アメリカ人の偽善は真剣である。だから子どもっぽい。英国人はどうせ免れぬにしても、大人の偽善でありたいのだ。

差別語の回避はなぜエスカレートするのか。それはどう言い替えても、指示している実体は変らぬからである。目が見えぬという実体は、どんなに言い替えても変りはしない。言い替えた表現は変らぬ実体を指しているのだから、目が見えぬという事実を表現すること自体がどうしても差別の感じを残してしまう。結局は事実を隠蔽するしかない。だがそれは不可能だから、言い替えがエスカレートする。

エスカレーションにはもうひとつ理由がある。それは差別表現を発見して糾弾することを生き甲斐とする人々が存在するからである。誰しも差別主義者として糾弾されたくはない。だから安全な言葉を選ぼうとする。だが、安全と思った言葉がもうひとつ安全ではないということになると、さらに安全な言葉を工夫せねばならず、かくして差別語回避はとどまるところを知らぬことになる。

これは自分が良心的であり善意にみちていることを顕示する競争である。本当に良心的でありうるか、善意の人でありうるかは問題ではない。差別主義者の疑いをはねのけることが肝心なのだ。そうしないと、社会的に負の記号を背負わねばならぬのだから。目を光らせている告発者に口実を与えてはならない。

そういった告発者はなぜ存在するのか。自分を弱者、被差別者の味方として位置づけることにしか、この世に生を享けた意義を見出せぬ人がいるのだ。良心的であるという擬態を維持せずには生きてゆけぬ人が、現代というこの特殊な時代には、少なからず存在する。

そういう人びともいいことはしている。彼らのおかげで、ちんばとかめっかちとか、当人に対して罵ることが、少なくとも公的には不可能になったのはよいことだ。だが、そんな罵りを口にする者は、昔から心なき者としてうとんじられてきたのである。また、相手を「めくらさん」と呼んでも、差別感情などいささかも持たずにそうしている場合は、むかしからあったのである。

私がもし目の見えぬ障害を持っていたとしたら、よろこんで「めくら」と呼ばれたい。「目に問題のあるおかた」と呼ばれたって、目の見えぬ事実に変わりはないし、私を「めくら」と呼ぶ人物が私をまったく差別せずにそうしている場合があり、「視覚障害者」と呼ぶ人物が私に何の愛情も共感ももたずにそうしている場合があることを、「めくら」の私は承知しているのだ。私が目が見えぬので人に手間をかけたとすれば、「あんたはめくらだから」と率直に言ってもらいたい。「あなたは視覚に問題がある(visually challenged)から」なんて言ってほしくない。

差別の問題はむずかしい。エスカレートすれば、文章の上手下手を指摘することさえ、問題視されかねない。美人という言葉もむろん使えない。それは不美人の存在を前提し、両者を区別、つまり差別しているからである。そんな息苦しい世の中になることをみなさんは望んでいるのだろうか。少なくとも私は、もう沢山である。

8

仕事

机に向いたくない病気

O社の歴史シリーズに短い読物を書く約束をして、期限が来ても横着をきめこんでいたら、編集者ならぬカメラマンのご来訪で、泡喰ってしまった。

何でも私の担当部分はオールカラーページで、写真が二十枚近くはいるのだとのこと。それは知らぬではなかったが、写真は編集部で適当になさるがよろしい、本文は本文で勝手にやらせていただくときめこんでいたのに、写真取材にも私のリードが必要らしい。カメラマン氏の来訪の日時を通告されて、にわかにあわてた。何しろ原稿が書けていない。頭のなかの草稿にあわせて、写真取材の対象をリストにしてみるが、浮ぶのは何とも貧弱なプランばかり。ままよ、一日いっしょに動き廻れば何とかなろうと、もう一度横着をきめこんでW氏の来訪日を迎えた。

W氏は人当りのいい質朴な好青年で、これですっかり私は安心した。私の貧弱なプランにも異議は唱えず、今回は日程の狂いで撮影が出来ないので近く再訪する、それまで原稿をよろしく、原稿を読まないと撮影に当ってイメージが湧かずに困るとのこと。ふたつ返事で送り出し、それからまた怠けた。

怠けたというのではない。結構忙しく、時間も作れなかったのだが、それ以前に、最近私にとりついている机に向いたくない病気が、頑固に自己主張するのである。机に向いたくない病気とはパラフレーズすると、布団にもぐりこんで本を読んでいたい病気である。

私は原稿書くだけでメシは喰えない。総計四ヵ所で、種々雑多な稼ぎをして辛うじて生計を立てている。その稼ぎには机に向うことを要求する種類のものもある。その労働、文字通りの労働を終えたあと、むしょうに横になりたい。横になると活字中毒だから本に手が行く。とまあ、しいておどけて見せずとも、五十の坂を越えて、私はまた書生みたいにやたらに勉強したくなっているのである。それとて楽しみにみちた勉強ではない。棺桶までの一本道を見据えた上での、気の詰る勉強である。

だが、それは私が生きていることと同義だ。その時間をたかが売文ごときに削られねばならぬとは。クソッ、という活字にはしにくいせりふが喉までせりあがる（というのは真赤な嘘で、とっくに音声に化している）。

しかし、こんなことを読まれたら、O社の編集者から殺される。原稿料ほしくて注文にとびついておいて、期限を一カ月もオーバーしながら電話口ではノラリクラリ、そのうえ、クソッとは何ごとだ、と腕まくりされかねない。大手の編集者というのは大したもので、今回のように言語道断のおくらせかたをしても、けっして電話では声を荒らげない。でも私とて、その穏やかな声音とは裏腹に、受話器からげんこつがとび出して来そうな気配は十分感じているのである。

要するに私は売文に向いていないのだ。こんなところで泣言いっても仕方ないが、つくづくそう思う。読物じゃないか。楽に、面白おかしく書けばいいじゃないか。ところがそれが出来ぬ。そうしたい気持は山々なのに、いざペンをとると、以前書いたことの二番煎じはやりたくない。書き出すとアイデアが湧いて来て、それを追いかけて深みにはまる。とうてい読物にはなってくれない。

主題は九州の士族反乱、枚数は二十枚。主題は一応マスターしているつもりだし、枚数は短かいし、何の苦労もいらぬと思ったのが大まちがい。士族反乱を二十枚でどうしようというのだ。カメラマンW氏の助言を容れて、神風連と熊本民権党にしぼるとしても、さてこの二例でどう九州の士族反乱を代表させるか。下手な思案よりまず書いて見ることなのに、三分の一でストップしたところで、ついにWカメラマンの再訪日となった。

さて、気持のいいW青年と、神風連・熊本民権党の遺跡を廻った一日は楽しかった。彼はすごくハードな日程をこなさねばならず、そのため埼玉から新型のフォルクスワーゲンで乗りつけている。私は自分では運転できぬくせに、人の車、とくにその助手席に乗せてもらうのが大好き。車もちの友人たちは近頃、私の下心を読んで私の眼から視線をそらすほどだ。それが「先生、今日はお忙しいのにすみませんね」などといわれて、秋晴れの熊本郊外を走り廻ってもらえるのだから、もう、嬉しい、嬉しい。

写真取材には私なりの心労もあった。私が穏健中正な郷土史家で、しかも「先生」であったなら、何の苦労もないのだが、私は当地熊本で「先生」であったことは一度もなく、またなりたいとも思わない。どこの馬の骨か知れず、取材させても何を書くかわからない危なっかしい男と思われている。そのうえ近頃はやたらと人と絶縁したい病いが昂じ、絶縁したあいてに向って、今日だけは助《す》けてくれともいいにくいのである。でも、最低やらねばならぬ前交渉だけはやっておいた。

まず神風連資料館。ここは神風連烈士の列墓のある神社だが、資料館は近年出来たばかりで私も初見であった。ここで驚いたのは、カメラマンというものの重装備であり、仕事のハードさである。ついで、丁丑感旧之碑のある小峯墓地、熊本協同隊集結の地である保田窪神社、神風連討入り現場の熊本城二の丸、熊本城を眼下に見下す花岡山と廻るうちに、私はやっと気のいいW青年の正体がのみこめて来た。

これは大変な男だ。カメラマンには違いないが、それだけであってたまるものか。なに、写真をとらせて帰せばいいさと思っていたのが大まちがい。いちいち、写真と私の文章のコレスポンダンスを確かめて来るのである。その文章が三分の一しか出来ていない。なけなしの三分の一を読ませた時の彼の表情とセリフをビデオで皆さんに見せたかった。三分の一つかって私はほんの枕の部分しか書けていない。「これで七枚使ったんでは、先がきついですね」。O社に問い合わせたい。W青年は実は貴社の編集部員ではないのか。この男は写真とるだけじゃないよ、いかなるベテランの編集者もかなわないほどの編集的視点で、このカラー八ページを見渡してるよ。

こんな男よこすなら、最初からそういってくれ。私は心地よい落し穴に落ちた気分だった。カメラマンすら、これだけ仕事にはまりこんでいる。原稿料もらう仕事だぞ、負けてたまるか、クソッ（またしてもクソッ）。

発憤したせいかどうか、W青年を送り出した数日後、原稿は書き上った。仕上りは知らない。多分、W君の仕事に負けただろうなあ。あるいは彼もボヤいているかも知れぬ。あのオッサンが原稿全部見せてくれなかったから、オレも今回の仕事は自信ないよ。

出したい本

「出したい本」といっても、すでにいくつか予約がとどこおっていて、それを仕上げぬうちは、新しい仕事の構想も立ってくれない。もの書きがこんな風に、予約や注文に縛られているというのは、ほんとうは情けないことだ。理想をいえば、誰の注文も受けずとも、どうしてもやりたい仕事があって、いざ完成に漕ぎつけたとき、いくつか本屋を持ち廻った末、やっと陽の目を見るというのが、もの書きの本来のありようだろう。歴史に残るような仕事は、そういう風になされて来たはずだ。

私みたいな大家ならぬ小家が、先々の仕事まで本屋と約束が出来ているというのは、ありがたいというべきか、滑稽というべきか。いつかは編集者諸君の知らぬうち、新しい原稿数百枚を書きためて、あっと云わせたい。そんな子どもじみた欲望から云えば、今後の予定をすっかりさらけ出すのも楽しみのない話だ。しかし、自分の心おぼえまでに云うと、これから三、四年の間に、次のような仕事の進めかたが出来ればと思う。

ひとつは、共同体論を中心視座においた人類史の理論形成。そのためにモノグラフを一本一本、書きためて行くこと。もうひとつは、文学をいわゆる文芸批評家的な教条から解放するような、世界解読としての文学批評を、実地にいくつかやって行くこと。私は文芸批評を書く人間とは認められていないが、そういう論文がいくつか完成すれば、これまで書いた小川国夫論、フォークナー論、カルペンティエール論とあわせ、一本を編みたく考えている。

にわか講義屋

近頃、にわかに講義屋になってしまった。博多で一回、知り合いのお寺で二回、自宅で一回、都合月に四回、年齢も職業もさまざまな相手に話をする。論題は文化諸学全般にわたっていて、われながらホラめいてくるが、それでも聴いてくれる相手がいるのだから仕方がない。

講義案を作るのに忙しくて、売文稼業などやっているヒマがなくなった。私としては、文章を売るより話を売った方が気が楽だ。自分の課題にうながされて勉強をし、その勉強の結果を人にわかてば、それが金になる。これより結構なことが世の中にあろうか。そのうち罰でもあたるのではないか。

江戸時代、民間の儒者はこうして暮らしを立てていたはずだが、私はまだ、それで暮らしを立てるところまではいかない。しかし、売文という苦痛と屈辱にみちた仕事を、その分だけ減らせるのは、何といってもありがたいことだ。世の中、棄てる神あれば拾う神あり。

わが誇大妄想

去年は本を三冊出した。一冊は『女子学生、渡辺京二に会いに行く』という、面映いタイトル。これは津田塾の三砂ちづる先生がご自分のゼミ生を熊本へ率いて来られ、さるお寺で二日間話し合ったのが本になったもの。すべては三砂先生と、亜紀書房の足立恵美さんの計らいで進行したもので、私はただ例によってとりとめもなく喋り散らしただけであった。わざわざ熊本まで来られたので、一行を一夕馴染みのイタリアンレストランへご招待したのが楽しかった。

もう一冊は『未踏の野を過ぎて』と題して、ここ数年新聞・雑誌に書いたものや講演を集めて一冊にした。たまたま世相を論じたものをまとめた形になって、小言幸兵衛に化した気分で、後味はよろしくない。もうこんな文章は書くまいと思ったことである。出版は福岡市の弦書房で、これで私の本を四冊も出して下さった。

さらにもう一冊は『細部にやどる夢—私と西洋文学』といって、副題にもある通り西洋文学について書いた文章をまとめた。私は文芸評論家でも大学の外国文学部の先生でもないから、ただ少年以来のヨーロッパ文学への愛を語っただけである。これも福岡市の石風社から出してもらった。社主の福元満治さんとはもう四十年を越す知り合いだが、本を出してもらうのはこれが初めて。また次の本を出してくれないかな、などと虫の好いことを考えている。

以上に加えて、去年の暮れから今年初めにかけて、旧著が三冊復刊された。『私の世界文学案内』（ちくま学芸文庫）、『熊本県人』（言視舎）、『ドストエフスキイの政治思想』（洋泉社）である。いずれも、これまた四十年にわたるつきあいの小川哲生さんの肝入りである。小川さんは去年『わたしはこんな本を作ってきた』という著書を出された筋金入りの編集者だ。

私は本を出すたびに、この世にゴミをふやしている気がしてならない。そんなら出すなと叱られそうだが、それは私の世渡りだから仕方がない。私は文を売るしか、世渡りの術《すべ》を知らぬのである。はたち代、肺病あがりの身でどうやって世渡りすればよいのか途方に暮れて、自分の書いた文章が金になればよいのにと溜息をついていたことがある。八十越して、文章でメシが喰えるようになったとは実に滑稽だ。しかし、本屋に行くと本の洪水で、これはもう公害だわいと思う。その公害の一端を担っているのかと思うと尻が落ち着かない。私の本などこの洪水の中で目につきはしないのだが、たまに自分の名を見つけるとギョッとして逃げ出したくなる。してみると、自分の顔を売っている芸人諸君はずいぶんしんどい思いしているはずだ。それとも、あの人たちは神経の出来が違うのかな。

私は世の片隅にかくれ棲んでいたい。文を書くのは生きていて呼吸するのとおなじで、自分のエゴのいとなみにすぎない。しかし、その文を売って暮している以上、商売はある程度繁昌してくれないと困る。実に矛盾である。自分はかくれていて、本だけ売れてくれれば、これが一番よろしい。

といって生きている以上、書きたいことはいくらでもある。現にある月刊誌で六年も続いている連載にケリをつけねばならず、しかしそれにはあと三年はかかりそうだ。これは一種のキリシタン史で、和辻哲郎さんへの恩返しのつもりで始めたら、とんでもない長丁場になってしまった。ほかにやっておきたい仕事がいくつかある。私がそんなことをしないでも、世の中にいささかの損失もないと承知はしているが、自分の執念をなだめるためにもう少し本を書きたい。それにしてもいつまで仕事ができるつもりなのか。持って生まれた誇大妄想は死ぬまで癒らないのだ。

ファンタジーめいた記憶

『逝きし世の面影』という私の本に賞を下さるということで、米子まで旅をしたのは、いまではファンタジーめいた不思議な記憶になっている。もともと裏日本というのは私の知らぬところだった。もちろん米子は初めてだったし、もう二度と訪ねる折はあるまい。

地方の心ある方々が、己の住む土地に根を下ろし、しかも世界を見渡した学芸の小宇宙をつくり出してゆこうという趣旨の企てであったようだから、賞をお受けするにもなにか親密な安心感があった。わずか一泊であったが、心のこもったおもてなしをいただいたことも忘れられない。

だが何と言っても、ひとつの驚異として記憶にとどまるのは今井書店である。米子の何倍かの人口をもつ熊本にもこんな大きな本屋さんはない。大きいだけではない。様々な展示や会議室の施設など、書籍文化を地域の人々に根づかせようとする意欲と工夫が溢れている。しかも品揃えの質が高い。私は『日夏耿之介全集』を書棚に見つけた。第三巻を開くと、かの『明治大正詩史』がおさめられているではないか。むろん即座に求めた。旧制中学校三年のころ耽読したこの本と、こんな旅先で再会しようとは。

こんなファンタスティックな書店をもち、「ブックインとっとり」のようなユニークな企画を続けておられる人びとには、幸いがきっと訪れることだろう。いや、もうすでに訪れているに違いない。

大佛次郎賞を受賞して

この度思いもかけず大佛次郎賞をいただくことになった。受賞自体はたまたまのことであり、また世事のひとつであるから、ありがたいことではあっても、私が生きて書いているという事実に、何かをつけ加えるものではない。ただ、大佛次郎の名は嬉しかった。

私はこの名前にずっと尊敬の念を抱いてきた。というのは、この人が『詩人』『地霊』において、ロシア社会革命党（ＳＲ）の活動を取りあげ、『ブゥランジェ将軍の悲劇』『パナマ事件』『ドレフュス事件』によって、一九世紀末のフランスにおける、共和派と国粋派の闘争を描き、その末にかの大作『パリ燃ゆ』に行きついたことを、日本の近代文学者には極めて希有な道程として、かねて珍重する思いがあったからである。

受賞作『黒船前夜』（洋泉社）について言えば、一八世紀末葉から一九世紀初頭の日露交渉史、さらに松前藩とアイヌを巻きこむいわゆる北方史について、このような著作をものする羽目になろうとは、夢にも思わなかった。ただ、ゴローヴニンについては以前『新潮45』に書いたことがあり、もう一度ちゃんと書き直したいとは考えていた。

一昨年、地元の新聞から連載を頼まれたとき、いろいろ考えた末、日本・ロシア・アイヌの北方三国志を書きましょうと答えたのは、いかなる天魔に魅入られてのことだったか。やはりゴローヴニンの『日本幽囚記』についての、積年の思いがあったからだとしか言いようがない。いわゆる北方史についても、一読者としてではあるが、それまで持続した関心を抱いてはいた。

それにしても、話の結末をゴローヴニンに持ってゆくためには、一方のロシアではエルマクのシベリア侵入から、一方の日本では松前氏の渡島《おしま》征覇から、さらにアイヌに至っては縄文時代から説き起さねばならぬ。みな少しずつは囓ってはいるが、知らぬことの方が多い。かくて得意の俄か勉強が始まる。これまでの研究業績もあらまし承知せねばならぬし、文献を積みあげて一冊ずつ撃破してゆく。短期集中決戦で、これも私の得手のうちだから、べつに辛苦とも感じない。

勝負は、文献を読み進めるうちに、これまで描かれてきた世界と違うものが見えてくるかどうかにある。それが見えてこなければ、新しく本を一冊書く意味はない。言い換えれば、これまで形成されてきた像を一変するようなエピソードに、出会うか出会わないかである。エピソードは続々と出て来た。勝負はきまった。つまり、書けるのである。

私の前に浮かび上ってきたのは、北方での開国の機運とその挫折が、五〇年後のペリーによる開国と、いかに様相を異にするものだったかという事実だろう。また、松前藩を出先とし、アイヌというクッションを置いてロシアと対峙した「鎖国」のありようが、後年の近代国民国家どうしの「万国対峙状況」と、まったく異なるおおらかさで包まれていた事実だろう。さらには、幕府官僚の儒学的普遍主義がロシア人の一八世紀的合理主義と響きあう有様が見えてきたし、アイヌが我が道を往く様子も目に浮かんだ。あとは書くだけである。これは楽な仕事だった。

読むのはちょっとひと仕事だったが、書く方は新聞連載ではあるし、平易であろうと努めさえすればよいので、特に渋滞したおぼえはない。こんなに楽に書いて、賞などいただいてよいものか。ただタイトルには窮した。『熊本日日新聞』の松下純一郎氏の提案に従ったけれど、あとで服部之聰さんに『黒船前後』という著書があるのを思い出した。紛らわしいが仕方がない。

私は去年ちょうど八〇歳になった。足が弱り目のかすむのは当たり前としても、頼みのアタマ、もともと自慢にもならぬ程度のアタマにガタが来そうなのは脅威だ。人名がすぐ出て来ないのは久しいことで、べつに驚きもしないが、ごくごく親しい、それも長年つきあっている人間の名前が出てこない時が、ごく最近になって何度かあった。さすがに姓まで忘れはせぬが、名の方が出てこないのである。そろそろアタマの耐用年数がくるよという、紛れもない警告である。

こうなれば、どちらが先に駈けつくかの競争だ。アタマが使用に耐える間に、いま連載中の『バテレンの世紀』のほか、あとふたつ長い物語を書きたい。妄執には違いない。それでも、妄執から解放されるには、書き続けるしかないのである。

「編集者」は要らない

昨年、私は十二年ぶりに本を出した。もちろん、出してやろうという奇特な出版社があればこその話で、出版・編集にたずさわられた方々に対しては、ひたすら感謝の念を抱きこそすれ、他意を含む筋合いはあるはずもない。いや、今度の本に限らず、私のこれまでの著作のすべては、利得を度外視した出版人・編集者の厚意あればこそ、片隅なりとこの世に現れることができたのである。

だから、こんなことを言えば罰あたりのそしりは免れないのだが、実は、編集者を介さずに著書を世に出すことができたらというのが、私の久しき夢であり願望なのだ。夢はもちろん現実の産物である。本を出すたびに、編集者の口出しと戦わねばならぬという現実の経験が、そしてその不快さを何とかして回避したいという思いが、十二年にわたって著書を出し渋っていた理由のひとつ、それも小さくはないひとつではなかったか。

ある本を書きおろした時のこと、送付した原稿を抱えて現われた編集者に私は度肝を抜かれた。原稿にはびっしりと付箋が貼りめぐらされていたのである。それほど欠陥だらけの原稿を私は送ったのだろうか。こみあげる不快を抑えながら相手の言い分を聞くと、何のことはない。要するにこの人は、自分の気に入るように私の文章を変更したいのである。

例えば年代や人名の誤記であるとか、事実の誤認であれば、ご注意はもっともであり、著者としても助かる。ところが、数十枚の付箋の貼付箇所はそういう性質のものではなく、この箇所は全体から浮いているので削除した方がいいとか、ここの表現は穏当ではないとか、つまりこの御仁は私の添削教師、もしくは共同製作者のつもりなのである。

相当激烈なやりとりの末に、彼の要求は全部撤回させることができたが、その時の彼のせりふが振っていた。「渡辺さんのように言えば、編集者はすることがなくなるじゃありませんか」。

その通りと私は言いたかった。おなじようなせりふは別な時、別な編集者からも聞いた。「要するにあなたは、文句言わずに、原稿を書かれた通り活字にすればよいと言うのですね」。その通りと、この時も私は答えたかった。一体彼らは編集者というものを何だと思っているのだろう。編集者などいなくても著述に何の不自由もなく、すぐれた著作が書籍の体裁をとって世に行われる上で何の不都合もないのは、少しでも歴史を振り返れば明らかなことではないか。

私はプロの編集者を前後併せて五年ほどやったことがある。いや、少年の日から私は編集のよろこびを知っていた。大連という異郷の街で、旧制中学の四年生のとき、『詩と真実』という回覧雑誌を出した。以来、プロの編集者になる前に、私は仲間と何回も雑誌を出してはつぶして来ていた。書き手の才能を発見すること、その人に十分な力量を発揮した文章を書いてもらうこと、その文章を最も適した組みかたで活字化すること、雑誌であるならば、様々な書き手の様々な文章を排列することで、ひとつのアンサンブルを創りあげること――そういう編集のよろこびを、二十代の私は十二分に味わっていた。

しかし、人の文章に手を入れるなど、考えてみたこともなかった。第一、それをチェックしようと思わなかった。拙なりといえど、表現は表現である。それが本源的に個のいとなみである以上、表現は他者のチェックを許さぬ何ものかである。宗匠から手を入れられて恥じぬ歌人や俳人の世界を私は軽侮していた。

こういう若き日の思いに、ロマン派的な天才観念の未熟な反映を見出すのは容易だ。また、私が編集にたずさわった雑誌が、一九五〇年代のサークル誌や文学運動誌であったという事情も、個の表現の無条件的尊重という私の思いこみの来歴を語っているだろう。

ところが、一九七〇年代から接触することになった編集者という種属は、私などの思いこみとは全く正反対に、著者の表現に介入し、それをチェックし修正し補修することをもって、おのれの腕の見せどころと心得ているらしい。したがって、受け取った原稿に挟みこむ付箋が多ければ多いほど、彼は敏腕であり有能なのである。

七〇年代のある日、私は東京の喫茶店で、総合雑誌の編集者に原稿を渡したことがあった。彼は私の目の前で原稿を一読し、ご趣旨はかくかくしかじかですなとのたもうた。私は一驚した。六〇年代の前半、私はさる書評紙の編集部にいたが、伊藤整・平野謙といった大家はむろんのこと、当時売り出し中の磯田光一・桶谷秀昭といった若手が相手であっても、受け取った原稿を目の前で一読する勇気はなかった。お書きの趣旨はこうこうですなどと言おうものなら、確実に阿呆と思われて、二度と相手にしてもらえなかったことだろう。

相手の目の前で原稿を読むというのは、出来が悪ければ突き返す、あるいは手入れを要求するということだ。相手への不信であると同時に、自分自身への不信でもある。相手への敬意と信頼があればこそ依頼した原稿ではないか。依頼した以上、原稿は無条件に受け取り、一字一句変更しないというのが私の編集者魂だった。当時私が在籍した書評紙では、それは常識であったと思う。書き手というものは語句の誤用も含め、全表現について自ら責任を負うのである。はたから口出しは無用なのだ。

ところが前記の経験を知人の編集者に話してみたら、原稿を受け取ったらその場で読めと自分も教育されたという。この人は私よりひと廻り歳下である。つまり私の考える編集者など、とっくに前代の遺物となり果てていたのだ。

むろん、著述を産業的な製品、つまりは一個の商品とみなすような社会変化が、その間《かん》生じたのであることは言うまでもない。とにかく今日の編集者は、著者は馬であって自分はそれを乗りこなす騎手だと心得ている。書き方から何から、全部教えこむつもりなのである。私個人としては、そういう編集者先生はいらない。いらないというより、おつきあいをほんとうに御免蒙りたい。

しかし問題はまだ先にある。本を出す際に最も頭が痛いのは表記の問題である。それも仮名遣いや用字の問題だけではない。表記の統一というのがまた厄介である。あるところでは「出来る」と書き、あるところでは「できる」と書くのがよろしくないという。よろしくない理由を聞くと、みっともないという。初校ゲラをこんなことで一面真赤にされると、腹の底から怒りがこみあげてくる。

要するにこれは、製品の品質を均質かつなめらかに管理しようとする産業主義の発想である。歪みや不揃いやでこぼこがいやなのである。今の編集者はこういう品質管理に血道をあげている。どこでどういう教育を受けてきたのか知らぬが、ある規則に従って表記をいちいちチェックし、初校ゲラを赤だらけにする。そのくせ誤植や脱落はどんどん見逃す。

さらに一歩進んで、彼らは語句に干渉する。無知を棚上げして、自分の知らぬ表現を誤りとみなす。偽装という言葉のあることを知らぬから勝手に擬装と直す。閑人《ひまじん》という言葉を知らぬので「閑な人」とこれも勝手に「訂正」する。もっとも花田清輝は夜郎自大と書いたのを野郎自体と直されたそうだから、そういう困った編集者は五〇年代からいたらしい。

しかし、日本語の多様な表現を切り捨てて、もっとも教科書的あるいは標準的表現に統一し単純化しようとするセンスは、今日に至ってほとんどの編集者に共有されている。要するに新聞社のデスクの感覚で、規格化された語句以外を排除しようとするのである。私が本を出すのがほとほといやになるのも故なきことではない。

ここまで書いて私は心痛まないではない。しがない私のようなもの書きをひいきにしてくれた編集者諸兄を、私は心なくも傷つけたろうか。願わくば、私のまことに私的な鬱憤にも、それなりの根拠がないではないのを読みとって、ご寛恕賜らんことを。

9

書評

石牟礼道子『潮の日録』

石牟礼氏はふつう水俣病患者の苦患を訴えた記録作家として世に知られているはずだ。だが彼女の『苦海浄土』や『天の魚』を読んだ人は、そこに描き出された不知火海の世界のあまりにあざやかな生命感におどろかされ、彼女が天成のことばの魔術師、すなわち詩人であることを痛感したにちがいない。彼女が描き出すのは海や野やそこにすむ生きものと人間とが、交流し照らしあうような深い生命感である。人類がこのような生を失おうとしていることへのおそれが、彼女の作品に鎮魂と祈りのしらべをあたえる。

『潮の日録』は、このような独特な彼女の詩人的世界がどのようにして形成されたかという秘密を語る、彼女の初期作品集である。作品といっても、雑誌などに発表された記録・報告のたぐいから、ほとんど日記・メモといったような断章にいたるまで採録されているが、それだけに彼女の赤裸々な内面と感受性が、読むものに強烈な印象をあたえずにはおかないだろう。

十九歳のときに書かれた「タデ子の記」という小品がある。戦災孤児をひろってきて育てる話であるが、彼女の魂はこの世の生命のありかたのひとつひとつに、深い痛みをおぼえずにはいられないのだ。

自殺した弟のことを書いた「おとうと」を読んでも、著者の不幸への感受性のするどさにはおどろかされる。本書の主要部分をなす「愛情論」「とんとん村」「氏族の野宴」などの章に描かれているのは、このような日本の底辺労働大衆の不幸と悲しみである。

だが、彼女の感受性は、彼らの生活のなかのユーモアを見のがさない。中身の重さにかかわらずこの本を楽しく読めるのは、このユーモアと、かすかな光やひびきに目をこらし耳をすますような、すきとおった美しい文体のせいだ。

福島次郎『淫月』

福島さんもとうとうここまで来たかと思う。七十五歳にしてこのみずみずしさ、生の一瞬の輝きと哀しみへの深い凝視、現実を突き抜けて異界に遊ぶ自在。おのれにとってごまかしようのない真実に執して来た作家の到達した、確固とした物語の世界がここにある。

『現車《うつつぐるま》』で熊本下町の庶民の哀歓を描く作家として出発した福島さんは、やがて同性愛という特異な世界を描く作家として知られるようになった。福島さんは高校教師であったから、ホモセクシャルという自己の真実を表現するには相当な勇気が必要だったに違いない。だが私はこれらの作品を単なる男色の話としては読まなかった。

それは思想とか教養といった知的構築物を一切無化し漂白した肉体の物語だった。肉体とは性欲の意味ではない。知識や観念と無関係に、身体にもとづく感覚と情念しか信じない世界がそこにあった。だから私はこの人の小説がひいきであった。

このたびの作品集もテーマはみな男色である。この人の男色の世界は禁断の耽美といったおどろおどろしいものではない。この世でもっとも根源的でなつかしい風景へのやるせない思慕なのである。しかしこのたびはおどろくべき要素が加わっている。これはすべてもののけの物語なのだ。

旅先で男の子と同衾したときにその場を照らし出した螢、それはこの男の子の亡き母の魂ではなかったか。一夜窓にぶつかって死んでいた蛾、それは自分が抱く気になれずに帰した学生の正体ではなかったか。焼失したアトリエから姿を消した版画家は、焼け跡で月を見上げていた猫に化身したのではあるまいか。

男色自体がひとつの異界だが、その異界はこの世に接するもうひとつの大きな異界への通り路なのだ。かくして福島さんは『日本霊異記』から上田秋成にいたるあやかしの伝統につながった。そして物語はなつかしくも冷たい寂光にあふれた。

福島次郎『華燭』

今年（二〇〇六年）の二月に物故された福島次郎さんは、六十歳を越えたころから格段に進境を示した珍しい作家である。『バスタオル』『蝶のかたみ』はそれぞれ芥川賞候補になり、『淫月』もまた世評高かった。しかし私は次郎さんの最上の作は『華燭』であると、それが「文学界」一九九九年七月号に載ったときから信じていた。その作がこのたび本になった。私はただひたすらに嬉しい。

南国の小都市で高校教師をしている主人公は、男しか性愛の対象にできない性向の持ち主である。思春期のころは悩みもしたが、いまはそういう人間として生きてゆくしかないと思っている。そういう彼の前に篤という少年が現われた。全身が赤っぽく輝いている頑健な少年で、間違っても美少年ではない。彼は漁師か道路工夫のようなタイプの男にしか魅かれないのだ。篤は彼の愛人になる。小さな食堂の息子で、親は彼のことを息子に目をかけてくれる奇特な教師としか思っていない。

篤が成人し結婚して彼のもとを去ると、弟の透が彼の愛人となった。透もやがて結婚の日を迎え、彼は媒酌人を仰せつかる。この一家とこんな奇妙な絆で結ばれてしまったおかしさを自嘲してもいいが、この絆がなければ、彼の輝くような生の充溢もなかったのだ。

男同士の愛といっても、性愛の仕組みは男女の場合と変らない。主人公と二人の少年の間には、情痴めいたいざこざも起こる。そこもうまく描けてはいるが、私が感心するのはその点ではない。男しか愛せない業の切なさにうたれるのでもない。この小説に溢れているのは、倫理とも知識とも世間とも関係なく、「そのままプリミティヴな形で存在している」生命の輝きであって、それが何とも鮮烈なのだ。ここまで来れば、男色なんぞ目ではない。砂利取り舟を操る篤から叱りとばされながら、主人公は「海の男の情婦にでもなったような陶酔感に襲われる」。この突き抜けた表現に私はうなった。

併載されている『霜月紅』もまた佳篇である。人は何らかの形で自分の生の主題を生き通すと語っている次郎さんに、ほんとにそうなんだよな、と私はうなづきたい。

松浦豊敏『争議屋心得』

1

松浦豊敏さんの評論集『争議屋心得』が葦書房から出る。このいささか物騒な書名は、ある政治セクトの要請で書かれたストライキ論の表題からとられている。松浦さんは、はげしい合理化の嵐にさらされた砂糖業界の労働組合運動のオルグとして、この十年間にかずかずの工場閉鎖反対闘争をはじめとする、およそ考えられうるかぎりの苛烈な労働運動の火線をくぐりぬけて来た人であり、全国砂糖労協の議長として、分裂期における労働者の左翼反対派的結集を模索して来た人である。彼のストライキ論がたまたまある政治セクトの必要と合致したというのは、気まぐれな政治的変動の季節のみに生じうるおとぎ噺めいたエピソードだった。

私がそのセクトとの関係をひやかすと、彼はあの大きな体を一瞬揉むようにして弁解した。「いや、私はただ造反有理という一点であいつらとつながっているだけなんですよ」。私はこの五年歳上の、何がなし自分の兄のような感じのする友人の、こういうはにかみをいつも好ましいものに思って来た。私がその政治セクトと彼の関係にそぐわぬ感じをもったのは、彼がどういう種類の労働運動家であるのかということを、自分なりになっとく出来ていたからだった。労働運動の闘士などという肩書のついた人間にろくな奴がいたためしはない。思考能力もなければ度胸すらなく、ただただハッタリと無知で人をおどかす味をおぼえたような野郎ばかりで、その自慢の種である闘争経験なるものもたかが知れている。私は松浦さんをそういう労働運動家の範疇に入れて考えたことは一度もない。

松浦さんは一九六〇年ごろまでは、政治運動とか労働運動とかにかかわりをもたぬ一個の詩を書く人間であった。彼は谷川健一、高浜幸敏の両氏と『物質』という同人誌を出していて、表向きは有能な砂糖会社の営業マンで、六三年ごろ高浜氏を通じて知り合った私は彼から何度か高級な料亭などでごちそうされたことがある。高浜氏とおなじ熊本県の松橋町出身で、郷里の中学を出るとすぐ中国の太原に渡り、兵隊にとられて死にそこなった人という紹介であった。中学生の頃は喧嘩の強さで近隣になりひびき、おまけにすでに女郎の買いみちも知っていたという話だったが、当の松浦さんは、高倉健のような風貌の淡白でおだやかな人物で、この人の中でそういう若年のころの無頼と、ヴァレリイやランボオを原語で愛読するという知性とがどんなふうに結びついているのか、いたく私は興味をそそられた。

その松浦さんがあれよあれよという間に労働運動に深入りし、とうとう会社をやめて全国組織の議長になってしまった。もう四十も近くなってからの話である。ヴァレリイを読む労働運動家などというのは言葉のシャレにすぎない。そんな冗談で彼の労働運動、いや労働者運動にいたる道すじがこれっぽっちでも明らかになるわけがない。ただ私は、熊本市に帰って小さな雑誌を出したおかげで、彼がひとつの闘争を終えるたびに書きしるしていたエッセイを読むことができた。それらを読むことによって、私は彼がどういう労働運動家なのか腑に落ちることができた。彼には「『人神』の死」という自分の戦場経験をキリーロフ論に結びつけたすぐれたエッセイがあるが（『物質』三号）、その中で彼は、死と膚接した戦場の悲惨が「精神の社会的湿度」を奪いつくす、ある透明な経験としてあらわれたことをきわめて明晰に語っている。この経験が「全て善し」というキリーロフ的自由に結びつく。このエッセイはそういう生死一如的なニヒリズムから一挙に反転して、キリーロフの自由を「生殖不能の単性の思想」としりぞけ、生産のもつゆたかな共同的感覚へ飛躍する。彼はこのようにしてニヒリズムから労働者運動への螺旋階段を回ったのだ。

彼のストライキ報告は感傷をまじえぬ率直な事実の記録であるとともに、一兵士としての経験を敗戦後の猥雑な社会の中に生きながら内面的に処理しなければならなかった誠実な詩人が、ひたすら労働者の存在感覚を自立させることだけをめざした諸闘争のなかで、どのような下層民衆の存在様式をうちたてようとしたかという、したたかな思考の軌跡である。いわゆる反戦労働運動とか七〇年代の左派労働運動とかのかけごえを一切信じて来なかった私も、『争議屋心得』に収められるストライキ記録が、大正行動隊以後のわが国の労働者運動のもっとも尖端的で深部の課題を担うものであり、労働者の闘争がこのようなジャーナリズムの照射を浴びぬ一隅で真に闘争として闘われたことを示すものであることを主張するのには何のためらいもおぼえない。

私は沖永良部島での闘争を終えて桟橋で労働者と別れた時の思いを語った彼の言葉をおぼえている。「自分は彼らにとって去る者でしかなかった」と、それはいうのだった。自分をそういうふうに感じる彼は、私にとってたった一人の信じうる労働運動家だった。彼はいま労働運動からひとまず身をひいて熊本に隠れた形である。ひまなままに彼は私たちにケンカの手ほどきをしてくれる。去年の暮、私たちがチッソ本社に坐りこんだ時、彼は微動だにせずケンカ指南の本領を発揮してくれた。彼の脇にいて私は心やすらかだった。彼が日本でもっとも有能な実戦指揮者の一人であることを私はうたがわない。しかし同時に私は彼の美しいエッセイ、たとえば私の雑誌に書いてくれた「奄美」三部作のような独自な触手をもった文章を書く彼の魂をもっと深く信じている。評論集『争議屋心得』がこのすぐれた思索者を世に知らせるとともに、また彼のたゆまぬ文筆的労役の第一歩となることを切にいのりたい。

2

ストライキという言葉が人の魂をあやしくゆすぶったような時代がかつてあった。何よりもそれには飢えと抑圧の痛切なひびきがあったし、人々はそれに触発されてこの世ならぬ解放の幻さえ幻覚することができた。そういう古典的な時代が遠く去ったのはいつだったのか。のどかな歳時記の題目になりさがった今日のストライキの、どこに人間の想像力をかき立てる余地が残っているだろう。

しかし、ここにひとりの詩人がいて、ストライキの初発の地点にかえり、絶息寸前の幻に息をふきこもうとした。中国戦線で死にそこなって、戦後は砂糖会社に勤めて詩など書いていた彼が、砂糖労働組合の全国組織を指導するようになったのは、彼自身関係した奄美大島への製糖工場導入が、この貧しい島々に対する本土資本の収奪と差別を強化したことを知ったからである。安い労賃とひきかえに島人の独立生産者としての精神的豊さは破滅しかけていた。彼は島に初めて労働組合を作った。

六十二年の原料自由化以来、製糖業界は深刻な不況にさらされつづけている。組合はきびしい合理化と闘わねばならなかった。工場閉鎖、ストライキ、ロックアウト、工場占拠、機動隊導入というふうに闘争は激化した。大単産の連合組織や政党はこぎたない妥協策をもって収拾にのり出し、組合が闘う意志をすてぬことを知ると、ののしったあげく見捨てた。製糖労働者たちはいわば労働運動の孤児となり、ゲリラ化して闘いを続けた。第一部をなすストライキ報告は、各地における血のにじむような闘争の記録である。

しかし、それはたんなる記録というより、今日ストライキがいかなる意味において復権しうるかという問いに対する、汗をもってあがなった回答である。著者は、資本に奪われた労働者の生産感覚を奪回するものとしてストライキを提起する。商品生産をとめることが生産者としての唯一の行為であるという逆説は、会社をつぶして流民となるのかどうかという問いにまで深化する。闘争共同体という大正炭鉱以来の幻想的課題がふたたび出現する。

ストライキはたんなる幻想ではなく、仮借ない現実の勝負である。ひたすら労働者の闘う意志を突出させることをめざした著者のストライキ論は、いかにして勝負に勝つかという徹底した方法論によって裏づけられている。集中の『争議屋心得』は最高のストライキ作戦要務令というべきだろう。

第二部の奄美に関するエッセイの美しさについてはふれる余裕がない。生産のただなかに生きている南島の人々への著者の共感は、第一部のストライキ論の基礎をなしている。もともと詩人である著者の文体は、特異なイメージの衝撃力でみたされている。なかでも『奄美・台風の島』はほとんど戦後書かれた最高の散文のひとつである。

藤川治水『子ども漫画論』

漫画ブームの昨今である。思えば大学生が漫画を読むと週刊誌が騒ぎ立てたのがブームのきっかけだったようだが、新書判コミックスが本屋の店先を占領し、白土三平の劇画が新宿アートシアターで大当たりをとり、「平凡パンチ」が漫画月刊誌「ガロ」の人気の秘密を特集するといったぐあいに事態が進行してくると、この風景自体が手塚治虫の空想科学漫画の幻想的ひとこまであるかのような妙な気持ちが起こらないでもない。

戦後、漫画ブームは何度かあった。今回のブームの特徴はなんといってもおとなが子ども漫画をにわかにむさぼり読み始めたという点にある。おとなが子どもの玩具をとりあげたという見方もあるが、実はおとなが子どもの精神文化の網にからめとられたのではないのか。このことの意味は分析にあたいする。だとすれば漫画評論家という人種が生ずるのも理の当然である。

しかし藤川治水はそういう即席の漫画評論家ではない。彼の漫画論には十数年の年期が入っている。だれも見向きもしないころから、彼は子ども漫画という戦後文化のもっともユニークなジャンルのひとつに注目し、粗末なガリ版誌に「鉄腕アトム論」をはじめとする論稿を発表し続けてきた。『子ども漫画論』はそういう彼のじみな蓄積の集成であり開花なのである。

藤川治水は中学教師を職業としている。しかし本書は決して教師が見た子ども漫画というきゅうくつな視点に限定されてはいない。冒険漫画は俗悪、生活漫画なら条件付きで読ませてもいいといった教育界主流の漫画観に苦しめられてきた彼は、漫画に対してにわかにものわかりがよくなった最近のおとなたちを信用してはいない。彼は漫画の教育的意味をあげつらおうとはせぬ。そういう見方では漫画を読む子どもの意識世界に参与することはできぬことをよく知っているからだ。彼は本書で何よりも彼自身が発見した子ども漫画のおもしろさ、その中にひめられている意味について語ってあきないのだ。

「漫画とは芸術の枠内にはいるかどうか、かろうじて入れるにしたって、最後尾にぶらさがっているシロ物でしかなかった。さらに少年向きの雑誌や週刊誌に登場している作品であれば、なおさらに冷酷な取り扱いを受けてきた。だから、その後衛であるがゆえに、後衛兵的起爆エネルギーの潜在していることが見失われてきた」。

藤川はここで紅衛兵との語呂合わせによって、後衛の復権を試みている。後衛のエネルギーとは、反優等生タイプの子どもの活力と野性にほかならぬ。つまり彼が子ども漫画にひきつけられるのは、笑いをもって現実に挑戦する行動性と、その中で独自なくふうを生みだしていく、知性とを発見するからなのだ。「鉄腕アトム」にみちみちている落書き精神（たとえばヒョウタンツギ）、「忍者武芸帳」をいろどる野獣の生命力に彼が拍手を送るのもそのためである。

ロボット漫画、忍者漫画、お化け漫画、この三つが藤川によって選ばれた子ども漫画の精髄である。荒唐無稽の代表のようなこれらの漫画から、彼は高度な批評性をとりだしてみせる。手塚治虫からはロボットと人間の対立、そしてそれを越えて高鳴るインタナショナリズムの希求を、白土三平からは巨大な権力機構を冷静に計算し、それに立ち向かう工作者（忍者）のイメージを、そして水木しげるからは肉体的不具を逆手にとる現実批判を。時として安易な解釈や飛躍に陥ることはあっても、子どもを熱狂させる「俗悪マンガ」の真の意味をその高い達成を、ここまで具体的に分析するのは彼以外のだれにも不可能だと思わずにはおれない。

藤川はもともと映画批評家であり、そこを出発点として探偵小説、大衆小説、ＳＦ、漫画などの大衆芸術を総合的に統括するような批評の歩みを示してきた。本書にはそういう彼の広い視野と周到な資料収集がよく生かされており、子ども漫画という未踏の分野に入れられた最初の鍬としての重みを加えている。このような仕事が熊本在住の人間によって果たされたことの意味は、いくら評価してもしすぎることはなかろう。

満を持して放たれる矢があるとすれば、この作などまさにそれか。

私は作者を二十代から知っていた。『昧爽《まいそう》』という雑誌を出して小説を書いていた。むろん「純文学」である。その後の『暗河《くらごう》』に書いた小説も芥川賞の第一次候補になった。当然作家になる人と思いこんでいたのに、祖父の収集した美術品や武具をもとに美術館を創設し、それにかまけたかどうかは知らぬが、いっかな小説を書こうとしない。

もう五十の坂を越しただろうにとやきもきしている私の目の前に現れたのが、何と『身は修羅の野に』と題する時代小説。意外の感にうたれはしたものの、生まれ育ったのは二天一流ゆかりの家、若き日江戸文学研究者になるはずだった学識と併せて、読みごたえある武道小説に仕上がっているのには驚いた。それから六年も人を待たせて、やっと出現したのがこの第二作である。

文章の品格と切れ味、描写の的確さ、せりふ廻しのうまさ、それに何よりも物語を仕組む構想力、どれをとっても抜群で、まさに武道小説作者としての地位はこの一作で確立されたといってよかろう。後半の展開がややあっけなく、尻すぼまりの感はあるものの、それも前半の仕掛けがとてつもなく面白く、迫力があまりに圧倒的であるからだ。

巨人武蔵の広大で両義的な精神宇宙の暗部を引き継ぐ怪老人無月の挑戦を、武蔵の正系の弟子寺尾信行が受けて立つという趣向だが、全編を通じて原城の悲劇の余韻が鳴り響き、人と歴史のかかわりを問う重層的な物語構造が浮かびあがる。時代小説もここまで思想的主題を担えるようになったのか。

物語の終末で、武蔵の対極にあるはずの無月が、まさに武蔵そのものの風貌と化して現れるのは戦慄的かつ啓示的である。世界は正負両極を超えたある絶対的総体なのだという、作者の見きわめが造形された一瞬だった。

岩岡中正『転換期の俳句と思想』

俳句というとき、詩聖芭蕉は別として、秋桜子、誓子、波郷など、いたずらに昭和以降の現代俳句の旗手のみ頭にうかび、虚子を筆頭とする伝統俳句に関しては、宗匠を家元とする因襲的な非芸術の世界として、一顧だにせぬというのが、少なくとも私のような戦後世代の常識ではなかったか。

岩岡氏はこういう常識を鮮やかに切り崩す。現代俳句は近代人の自我拡張の世界であり、そういう近代のパラダイム自体が行き詰まり、転換を求められているのが現代である。自然や他者との豊かな関係性を断ち切って来た近代人の世界に対して、虚子以下の伝統俳句は客観写生という方法によって、小さな自我を超えて、大いなる存在との豊かな関係性を回復し、その中で自我を生かし、真に自由になる途を切り開いて来た。

まさに伝統俳句復権の主張であり、悪名高い花鳥諷詠にまったく新しい光を当てて、今日のパラダイム転換に沿った積極的な意味を読みとってゆく著者の営みに、私は大いに啓発され刺激されるところがあった。

むろん岩岡氏が振るっているのは大鉈である。この大鉈的切り口は、岩岡氏がイギリスロマン派の政治思想を専門とする熊大法学部教授であることに、必然的に由来するものかもしれない。つまり氏は伝統俳句を、何よりも現代思想の枠組みの転換と結びつけて再評価したいのである。この切り口はいうまでもなく非常に新鮮だ。

しかし同時に、氏は『ホトトギス』系の有数の俳人であり、県内の伝統ある俳誌『阿蘇』を主宰する実作者である。私は氏が振るう大鉈以上に、虚子をはじめとする花鳥諷詠句についての、斬新かつ繊細な鑑賞に教えられた。先輩俳人藤崎久をの句境の深化を丁寧に追った論考も、氏の実作者としての見識と実力をよく示している。

氏は俳句は共同性の文芸だという。同じような主張は戦後間もなく山本健吉によってもなされたが、氏の主張は共同性の再創造という現代的課題を背負っている分、単に座の文芸と言うだけではすまない難問も抱えているように思えた。

岩岡中正『虚子と現代』

高浜虚子が近代俳壇の大物中の大物であるのは、誰もが知っている。だが、どこがえらいのかと問われたら、さあと頭をかしげるのが関の山だろう。内心、『ホトトギス』という巨大結社を作りあげた俳壇ボスというだけじゃないか、と思っているからだ。

近代文学の洗礼を受けた身とすれば、どうしても中村草田男、石田波郷、山口誓子といった反虚子派のほうがなじみやすい。創造の主体たる自我がはっきり表出されていて、小説や詩に通じる近代的な不安や苦悩が主題となっているからだ。それに較べると、伝統的な季題を墨守し、没主観を唱える虚子の花鳥諷詠論は、ただ近代を拒否して、俳句の特殊日本的性格を守り抜くというだけのもののように思えて、それじゃ生花や茶道とおんなじじゃないかと、しらけがちなのである。

反虚子派の句は近代的自我の不安にさいなまれるが、伝統派の句は「安心《あんじん》」をもたらしてくれるといわれても、文学は宗教じゃないんだから、べつにそんなものを与えてくれなくったって結構と思ってしまう。

ところが著者は、こういった思いこみを、一八〇度転換させてしまう。虚子は非近代もしくは前近代なのじゃなくて、脱近代・超近代なのだ、近代が分断した世界の全体性・関係性を回復する方向性を秘めたポストモダニストだというのだ。私は著者とはポストモダンの用語法を異にしているが、虚子が近代の世界像・自我像を超えてゆく上での、巨大な先達だという点では、すっかり説得されてしまった。画期的な虚子像の創造である。

しかし、近代の超克というのは、昭和軍国主義のスローガンでもあった。著者はこの点もよく自覚していて、近代の申し子たる子規から、脱近代の虚子へという流れを逆にたどって、子規の近代を再評価してみせる。つまり、近代を超えるとは、近代の原点へ還ることであるからだ。この点も、とてもすぐれた視点だと思う。著者は『ホトトギス』派の著名な俳人であり、かつ英国ロマン派の政治思想の研究者である。この二重性が、まったく新しい創造的な虚子像を生ませたのであろう。

岩岡中正・伊藤洋典編『「地域公共圏」の政治学』

かつては「公共」とは公権力としての国家に関わる言葉であった。今では、市民が生活実践を通して築きあげるものとして、「公共」という概念がよみがえりつつある、と編者たちは言う。

むろんそれは単なる概念の再構築ではない。「公共」とは市民がその中で生きる空間であらねばならない。編者たちはそれを端的に「地域」と措定する。編者たちのめざす「公共」とは、現代社会の混迷の根源にある近代的個人像、言い換えれば人と自然、人と人との断絶したありかたを乗りこえ、あらたな共同を模索する試みであり、それゆえに「公共圏」でなければならないのだ。

従来の公私の概念を超えて、個の共同という新たな空間を「地域」として創造しようという提案は、たしかな哲学で裏づけられている。岩岡氏の「神話の回復と新しい知」と、伊藤氏の「公共空間としての『地域』」は、それぞれの視点から「公共圏」という耳なれぬ考え方を説きあかす好論文である。

岩岡氏は石牟礼道子氏の新作能『不知火』を分析し、さらに石牟礼氏自身と対談するという形で、氏らが説く新たな「公共」が近代批判にほかならぬことを明示する。氏によれば石牟礼文学の本質は「近代の認識論やひろく近代知によって失われた全体性、複雑性、関係性、多様性、内発性、つまりは脱近代の知の創出」をめざすところにあり、その意味で今日の世界的なパラダイム転換を主導するものである。

氏はまた、『不知火』の言葉が官能的な身体性を帯びていることを、「あしのうら、かそかに痛き今生の名残かな」という句を挙げて指摘する。まさに「ホトトギス」派の著名な俳人でもある氏ならではの指摘だろう。この身体性というのも、脱近代の重要な手がかりなのである。石牟礼氏の祈りの根底に深い孤立と絶望があることを見とどける氏は、決して安易な姿勢で脱近代を説いているわけではない。

伊藤氏の論文はハンナ・アレントの研究者にふさわしく、フッサール以来の生活世界の哲学的考察を踏まえて、「人と人、人と事物とがそれぞれ不可欠なものとして結び合う関係」「身体を軸として結び合う世界」を、「公共圏」の根もとにあるイメージとして提示する。氏が地域の景観をとくにとりあげるのも、氏の言う「公共圏」が学者先生の概念遊びではなく、自分が日々そこに生きねばならぬ生活圏という痛切な自覚と希求の表現であることを語っているだろう。

しかし、このような「公共圏」としての地域という提唱が、従来の地方自治とか地域自立といった論議と噛み合うには、ずいぶんと道のりが要るようだ。由布院町興しで知られる中谷健太郎氏、一村一品運動で有名な前大分県知事平松守彦氏とのインタビューを読むと溜息も出る。あらゆるものを商品化する高度消費社会の流れを拒否しては、地域が食ってゆくことはむずかしい。

なお本書は熊本大学共同研究プロジェクトの研究報告で、他に四篇の論文が含まれている。

辻信太郎『スコール！　デンマーク』

スコールとは乾盃の意。デンマークでは宴会の間、雰囲気が盛り上がると、誰かがグラスをとってスコールと声をかけ、一同眼を見合わせつつ盃を乾す。つまり宴はスコールの連続のうちに進行するわけだ。

熊本市役所職員の著者は三〇歳のとき、国際ロータリー財団が主催する「グループ研究交換」に応募して、一カ月間デンマークを訪れた。一九九〇年のことで、本書はその旅行記である。

初めてヨーロッパを体験する感動、それもフランスとかイタリアとか、定番の観光地ではなく、デンマークという地味な小国の物珍しさ、ステイ先での交歓や失敗、仲間とのささやかなトラブルやホームシック等々が、しっかりしてしかも暢やかな文章で、ことこまやかに述べられていて、一気に読まされてしまう。しかし、海外旅行記というのは一般にそういうものだろう。

よろしいのは、著者の人柄が素直で善意にとみ、しかも知的好奇心が活発なので、デンマークの人たちも思わず心を開いて、国籍を越えた心の触れあいが生まれていることだ。感動的だが、多くの若者が海外を訪れる今日、そういった感動も珍しくはあるまい。

しかし、この人はある用意をもってヨーロッパを訪れている。そこが並の旅行記と違う。町並みや自然を見て、どうしてこういう美しいものが出来上がったのか考える。つまり事前にそれだけの勉強をしているのだ。農機具の博物館を訪れて、昔の農具には男女用の別があることを知って感動する。イリイチの『ジェンダー』を読んでいたからだ。そういう問題意識をもっているので、並の旅行記にはない深度が生まれた。

何といっても、わくわくするのはロンドンの古書店探訪だ。お目当てはクラナッハの画集である。日本ではまだ出版されていない。ついに三軒目で見つかって、私は著者とともに凱歌をあげる。さらにはナショナル・ギャラリー訪問。著者には、西洋絵画について並々ならぬ造詣がある。だからこそこの美術館の真価がわかる。

そういえばこの本には、著者が中学生以来好きなブリューゲルの絵の旋律が、美しく鳴り響いている。幸せで熱い旅行記である。

松本健一『ドストエフスキイと日本人』

ある異邦の文学者や思想家が、ひとつの国の知的風土に受けいれられ、根をおろして行く経路をたどってみることは、結構知的興奮をよびおこす作業である。そういう受容過程にはかならず一国の文明のバイアスがうかびあがるはずであり、それを叙述することはそのまま、その国の精神史をある断面で示すことにほかならぬからである。

それはその受容史の叙述者がことさらな精神史的視角をもたず、ただ丹念に紹介、論評、影響の事実をひろいあげているだけでもおのずとそうなる性質のものであって、私はその種のかなり平凡な叙述からもさまざまな示唆を受けて来たおぼえがある。ましてこの本の扱うのはドストエフスキイの受容史である。そのタイトルはまさに刺激的というほかはない。

著者はこの本をたんなる受容の事実的記述と読まれるのは不本意であろう。だが私には、二葉亭、魯庵、嵯峨の舎御室、高安月郊、依田学海など、明治の文人たちの反応がいちばんおもしろかった。二葉亭や魯庵などの有名なケースのほかに、そこには私などの知らぬこまかい事実が丹念にひろわれていて、私はおのずと想像の翅がひろがるのをおぼえた。

この時期にはドストエフスキイについて日本人はまだ何の先入主ももっていないわけで、そういう定見も知ったかぶりもないところでは、もっともすなおな感受性が働くものである。つまりその感受性の働きかたのうちには、それぞれの文明に固有な思想的主題の差異あるいは相似が端的に露出しているはずであって、かねてゲルツェンと北一輝の共通点や、ドストエフスキイとわが国の農本主義者たちの対比に思いをひそめて来た私としては、著者がこれまで明治期の思想史についてたくわえて来た力量を駆使して、これら明治期文人の反応の思想史的な含意を縦横に論じてくれていたらという思いを禁じ得なかった。

無いものをねだってもしかたあるまい。著者の意図は、ドストエフスキイの受容史のなかに「近代日本の宿痾」を「剔抉」することにあるからである。もっとひらたくいえば、日本人があれほどドストエフスキイに「耽溺」し、それを文学の「極北」と信じたことのなかには、国家の強権のもとで近代的自我の問題ととりくまねばならなかった日本知識人の悲劇があらわれていると著者はいいたいので、一巻の半ば近くが昭和期の〝政治と文学〟ふうな論点をめぐってさかれているのでわかるように、著者の関心はもっぱら、社会と個人という図式的対立において作用するドストエフスキイの「毒」の定量、ないしその服用法に集中している観がある。

私はその諸章を読みすすむうちに、ほとんど一行ごとに私の考えるところとおよそ逆のことが云われているのに呆然とした。私はプロレタリア文学運動の弾圧が昭和十年代の文芸復興の原因だったとか、平野との論争において中野はレーニンに比定できるとかいうのは、大嘘であると信じる。こういう大嘘をひっくり返すことに、少なくとも昭和三十年代以降の思想的進歩があったと考えている私は、若い著者の思考がかくもマナリズム濃厚であることにおどろかぬわけにはいかぬ。アポロ的対ディオニソス的、「地下室の思想」対「復活願望」だって？　われわれは昭和何年代に生きているのか。こういう亡霊のような図式や、ジイドのような全然ドストエフスキイのわからぬ男などにたよらずに、も一度自分の眼でドストエフスキイを読んでみたらどうか。それが読めていないで、「と日本人」もへったくれもあるまい。

「あとがき」によれば、この本は著者の二十代前半の若書きのよしである。それを考慮すれば文献の博捜ぶりなどたいしたものといってよい。才気もお釣りのくるくらいある。だが著者はあえてこの若書きを公刊して世に問うた。私が歯に衣を着せぬゆえんである。

鎌田慧『死に絶えた風景』

今日の経済大国日本の繁栄の基底には、それを支える差別された民の存在がある。これは当世の進歩派左翼が歌いなれた定り文句であり、格別どうということもない薄っぺらな認識にすぎない。

悲惨な底辺的現実を恣意的に拾い集め、高度成長のかげの犠牲などと歌い上げるていのルポルタージュには、実のところ私はあきあきしている。差別と収奪の二重構造などという、講座派以来の日本資本制認識の現代的再版についても同様である。

「日本資本主義の深層から」という副題をもつ本書は、このような定型的認識を基本的に止揚していない点で、正直にいって私に根深い違和感をおぼえさせる。しかし、その違和感にこだわらないとすれば、本書は北九州工業地帯の底辺労働者の実態を構造的にとらえようとした出色の労作といえる。内容は労働下宿、港湾労働者、筑豊閉山炭住を中心とした記録から成立ち、それらを通じて照準は、その上にそそり立つ八幡製鉄所にぴたりとあてられている。

本書の何よりもすぐれた点は、筆者が現地に長期間滞在し、実地に各種の下層労働に従事した結果生れた記録だということである。もちろん実地の体験といっても、それはジャーナリストが成心あって試みた体験であり、意地悪くいえば〝○○潜入記〟ふうな趣が感じられないでもない。しかしともかくも一定期間そこで観察対象と生活をともにすることによって、この記録には、他のルポルタージュには見られない独自な描線が現れることになった。ある距離をおいて高みから見おろす、行きずりの観察者の視点ではなく、観察対象が自分とおなじ平面までせり上がって来て、きわめて日常的な接触の位相が妙ななまなましさで現れて来るという感じである。

たとえば「絶望の部屋」という章がある。近代大工業の典型である八幡製鉄所を基底で支えている労働下宿に潜入したレポートで、七〇年代の今日、八幡という先進的工業地帯にこういうタコ部屋現代版が存在する事実を、その身で体験した証言として提出したことの意味は大きい。さらに著者は、この労働下宿が飯場とは違って「(労働者を) 収容しておくだけが目的ではなく、需要家側の変動の激しい注文に即応して、供給するのが目的の労働力プール機関」であり、「私設職安であると同時に、強制労働収容所」であることを明らかにした上で、それが八幡製鉄と特殊な相互依存関係で発達した歴史的淵源をつき、その原型を囚人労働の監視制度に求めている。

だがこのルポルタージュを魅力あるものにしているのは、かならずしも上述のような気鋭の解析ではなく(その解析自体にはかなり問題が含まれていると私は考える)、かえって、労働下宿に潜入した年若い著者を、ルポライターとは知らずに、こんなところに迷いこんで来た、いたいけない青年として遇する労働者たちとのふれあいの叙述である。「わたし」を含む三人の高炉掃除人が、東田六号高炉の炉頂で休憩を楽しむところなど、私には特に好ましく思える。眼下にはラジオ体操をしているワイシャツ姿の職員たちが小さく見えている。自分たちとはまったく別世界である。「隣りに腰かけていた大高さん」

がペッと唾をとばす……。

　私が先に独特の描線といったのは、こういう零距離的な観察位置から浮び上がるきわめて日常的な生活者の位相のことであり、底辺労働者の存在感覚は、深刻な悲惨の中より、むしろこういったさりげない日常性の中に露出している。「黒い紐帯」という失業坑夫たちの若松への出稼ぎ労働を扱った章では、著者はルポライターというより、筑豊・洞海の下層民の世界へのあてのない旅に出た、一人の孤独な流浪者の相貌を帯びている。このよるべないナイーブな魂のありかたが、本書がしたり顔した底辺ルポに堕することを根底から救っていると思う。

「黒い紐帯」の中の失業坑夫が新しく職場を求めて炭坑を見学に来る話は感動的である。暗い坑底を歩いているうちに、長い炭車の列が来る。びっくりするほどの敏捷さで壁ぎわに寄った彼らは、炭車が通り過ぎたあと、口ぐちに「六〇だ」といいあう。みな数えていたのだと著者は書く。こういう情景を忘れずに記録する著者は、表層的な事実の底深くよこたわる下層民の存在にとどく手がかりをつかんだのである。それは、本書がそうだというのではないが、新日本製鉄が今日の隆盛のかげにいかに封建的関係を温存し、筑豊の失業坑夫に対しいかに過酷な棄民政策が行われているかといったことを、センチメンタルな良心調で歌うのより、はるかに重要なことである。なぜなら、後者は見ずとも聞かずとも、知れわたった常識にすぎぬからである。

渡邊昌美『巡礼の道』

アズテクやインカの異族たちに、スペインのコンキスタドールが突撃するときに、サンチャゴというときの声をあげること、それがわが国の万歳にあたる言葉であるらしいことは、私も承知していた。ところが、それがスペイン・ガリシア地方の聖地サンチャゴ・デ・コンポステラに由来し、しかもこの地が中世の大巡礼ルートの終点であることを、私は本書ではじめて知ったのである。

これはもちろん私の無知であるから、嬉しげに吹聴したって始まらない。ただ、私がこの小冊子から学んだことは多かった。本書は、聖地サンチャゴに至る四つの巡礼の道を、実際に当時の巡礼になったつもりで辿ってみるという趣向をとっているが、筆者はいたるところで道草を喰っていて、十二使徒のひとりヤコブのスペイン伝道伝説、聖ヤコブ信仰とシャルルマーニュのスペイン遠征、さらには、それと『ロランの歌』のかかわり、聖遺物の創作と争奪など、中世の信仰空間にかかわる事象が、万華鏡のように繰りひろげられている。

こう話が拡がっては、肝心の巡礼の話がやや手薄になったのもやむをえないが、筆者の意図は、巡礼の道を手がかりに中世の精神世界を再現することにあったのに相違なく、私のようにひとつの話から無限に夢想をふくらます癖のある人間には、こういう話の拡がりかたもまことに好ましい。聖地サンチャゴにはキリスト教以前の信仰の古層があるのではないか、という示唆など、ハイネの『追放された神々』を読んだばかりの私には、きわめてスリリングだった。

それにしても、最近の西洋史学の精密化にはまったく驚かされる。細かいことばかりやってという批判もあろうが、私などには、こんなふうに西洋中世が拡大鏡にかけられるというのは、大変ありがたいことなのである。説きかたも専門家にありがちな手前勝手でなく、読者の疑問を予知して、痒いところに手が届いている。しかも行文、すこぶる流麗である。

『宮崎滔天全集』第五巻

『宮崎滔天全集』全五巻が完成した。第四巻が出たのは昭和四十八年の十一月であるから、第五巻の刊行まで三年の空白があったことになる。当時私は『評伝宮崎滔天』の執筆にかかっていて、この第五巻の刊行が待ち遠しくてならなかった。

第五巻は八百頁に近い大冊である。にもかかわらず定価は二千六百円と、当初のまま据えおかれている。何でもないことのようだが、このひとことに『全集』刊行にあたっての、版元の心意気がうかがわれる。全集発行となればどんな場合でも、編者と編集者の労苦は大変なものであろうけれど、特に生前職業的なものかきと見なされることのなかった滔天のような場合、その行動の軌跡をふくめて全貌を提示するような全集を編むことは、これまた別種の労役といっていい。特に第五巻を手にして、そこに投入されている編者と編集者の労働量に、私は肉体的といっていい快感をおぼえた。

第五巻の見どころは、シャム関係の論稿をはじめ滔天のもっとも初期の文章が収録されているのもさることながら、滔天の生涯に関するさまざまな基礎資料が提示されている点にある。書簡は二二八通が収められている。宛先は彼の交遊関係からみてやや偏っているようにも思えるが、それは事柄の性質からいってしかたがあるまい。滔天宛の書簡のうち重要なものが収録されていればいうことはないのだが、これは望蜀の言か。築地宜雄の『宮崎滔天』は甥の手になる伝記的資料で、革命評論社前後についての貴重な証言をふくむ。私はたまたま草稿コピーを読む便を与えられたが、これまでは一般の眼にふれることのなかったものである。

特筆すべきは近藤秀樹氏による『年譜稿』である。滔天の生涯にいて今日知りうる事実を網羅して八十頁に及ぶ。そのある部分はほとんど日録である。それでいて近藤氏は「資料の索度になお精粗あり、なかんずく中国に所在するはずの資料にはまったく及んでいない」という理由で、題して『稿』とする。こういう人を〈研究者〉と呼ぶことに私はまったく異議がない。この年譜のいいところは随所に「参考資料」として、文書や回想談をさしはさんでいることにある。その数は実に五十に及ぶ。すなわちこれは形を変えた一個の「伝」であり、そのまま作品と呼んでよい。

その他、『革命評論』発送名簿、『三十三年之夢』註釈、さらに巻末の人名索引もふくめて、第五巻収録の資料群から拡がるものはひとつの空間である。思想・情念その他もろもろの混沌としての意識空間、明治二十年代から大正末年にかけてある種の日本人たちが生み落した右翼反対派の意識空間である。この空間をありきたりの用語で規定することは困難ではない。困難なのはこの空間の拡がりを実感し、その実感を論理のことばで捉えなおすことにある。

たとえばくだらないことながら私は『革命評論』購読者名簿の次の一行に異様な印象を受けた。大連伊勢町西広場角、水野吉太郎。ここはほとんど私が育った町であって、その角なるところには映画館があった。むろんこれは明治三十九年、つまり日露戦役翌年の大連である。そこにいかなる建物があったか知る由はないが、とにかく水野という男がいて『革命評論』をとっていた。ここから拡がる想念は、好事的というよりほとんど思想的である。

水野というのはくだらない男だったのかも知れない。だが事柄はそういうことを超えている。ここには大陸から日本にかけて張りわたされた意識の空間があって、その性質を確定すべく私に呼びかけてやまない。『全集』第五巻は滔天その人の生涯についてというより、むしろ滔天が象徴として立っているそのような意識空間に、なまなましく私を喚起したのである。

私にとってそのような空間の性質を問うことは、ほとんど滔天の生の意味を問うことにひとしい。だが、その問に対する答は伝記的資料にみちみちた第五巻にはなくて、第一巻から第四巻に収められた、滔天の主要著述のテクストのうちに潜んでいるのである。『滔天全集』全五巻の意義は、従来『三十三年之夢』一編によって代表されていた滔天という行動家の、思考する人としてのかくれた本領を、テクストの公開によって提示したところにある。

思考する人として滔天はもちろん一流ではない。だが、この人は誠実でしなやかな感性のもちぬしでおまけに異色な文才があった。文才というのは不思議ないきもので一流の抽象力をもたぬ人でもかなりの深みまで連れて行く。滔天は鋭敏な自省の能力もさることながら、この文才という自らのうちの怪物にうながされて、右翼的な根拠にもとづく反国家志向というおのれの思想的主題に、くりかえしくりかえし登攀を試みねばならなかったのだといえる。近代文学史はこのような滔天を、異相の文士として再発見しなければなるまい。

滔天が象徴として立つ意識空間とは、むろん草莽のそれである。彼が出自した地方的空間からいって、それは九州草莽というふうに限定してもいい。九州の維新史には、筑前の平野国臣、筑後の真木和泉、古松簡二、肥後の河上彦斎という草莽の回路がある。私はここで草莽という用語を故村上一郎氏の定義において用いるが、その純粋型は豊後の神官・百姓たちによる御許山義挙にもっとも明瞭にあらわれている。

明治十年の役において、この九州草莽の理念を代表したのは中津隊と協同隊であった。彼らについては、十年の役直前に豊後から肥後にかけて起った農民騒擾と、連合しなかったうかつさが責められているけれども、そんなことは何の問題でもない。この農民騒擾の本質は共同体的要求にあって、中津隊や協同隊の草莽意識はもともとその要求の性質を理解することができた。現実の組織上の失敗よりこの理論上の可能性のほうが重要なので、ただ現実の課題は滔天のような彼らの相続人の手に、ゆだねられざるをえなかったというだけのことである。

滔天が生きた時代には、草莽はすでに浪人と呼び名を変えていた。いうまでもなくこれは変質を意味する。滔天はその変質の結果をまともに蒙って苦しんだ人である。彼の生きかたは表面は浪人の典型だったかも知れないが、内部ではつねに浪人に対する異和の思いがわだかまっていた。十九歳で上京したとき、彼は背に刀を二本負っていたと伝えられる。つまり彼は強烈な浪人のイメージにおいてその生涯を出発したわけであるが、草莽の志を浪人という形姿でしか表出できない明治的空間の枷に、彼はけっして反噬しなかったわけではない。

浪人という右翼的空間は彼の出自によって宿命づけられていた。彼と玄洋社その他の右翼的人脈との交渉は、『全集』第五巻の諸資料も語るように、にわかに切り捨てることのできぬ具体性をもっている。

だが彼がたとえば玄洋社系右翼と浪人的空間をともにしながら、その国家志向に対し異端的であったのは、彼の原初的前提である草莽革命へのパトスが、福岡士族の〝草莽〟意識などとは根っから異質な、日本共同体農民の千年王国的幻想にむかって垂れていたからである。

『全集』全五巻は、そのような彼の主題が彼の行動者としての生に、いかなる迂路と演戯を要求したか、残りなく告げている。今回私ははじめて彼の書簡集を読みえて、晩年の大宇宙教入信後の手紙が予想以上に悲惨なのに、ややおどろく思いをした。だが、それもよし。この悲惨の意味を私はすでに了解していたはずだ。ただ私は、『全集』第五巻にのせられた彼の晩年の弱々しい写真にはまいった。若年の日の気品はすでにない。五十二年の生は彼に十分苛酷だったのだ。

西木正明『其の逝く処を知らず』

おもしろくて、一晩で読みあげるのは請け合いだ。戦争中、軍部と結託し、阿片売買を仕切って「阿片王」と呼ばれた男の伝記、いや伝記の形をとった小説なのだから、おもしろくないはずがないのである。

しかも舞台は魔都上海。不夜城のごときダンスホールでの恋のさや当て、藍衣社あいての暗殺合戦。たった一回の船荷で、今日の物価でいって数千億の金が動き、数百億の手数料が転がり込む、そのとほうもなさ。つまりこの里見甫《はじめ》という男は、中支派遣軍と汪兆銘政権の台所をまかなう影の存在として重きをなしていたわけだ。

だから、話はただおもしろいではすまぬ。いやが応でも、この男がやったことはいったい何なのかと、考えこまぬわけにはいかない。そこで著者はいいわけを用意している。常識的にいうと、里見のやったことは善行とはいいがたい。しかし、その一生はまことに爽快きわまりないものだった。その爽快さを伝えたくて、この書を書いたという次第だ。

たしかにこの男は型破りの魅力をもっている。福岡修猷館時代の成績はどん尻、ただし柔道は無敵。

上海東亜同文書院時代の成績も劣等、学業そっちのけで紅灯の巷を遊びまわった。要するに世間の規矩に納まらぬ器量があって、その用いどころがないのである。

もともと玄洋社の系譜に連なる家柄の出だから、大陸に夢を託そうという気になったのは自然だが、夢といっても、五族協和という関東軍の宣伝文句や、日中の共存共栄といったマヌーヴァーを真に受けたという程度の素朴さを出ない。出世欲も金銭欲もなく、権力志向は皆無。

しかし、度胸があって信義に厚く、恬淡かつ純情な人柄なものだから、商社員や新聞記者をやっているうちに、だんだん顔が売れ、何となく上海の麻薬王にまでのしあがってしまった。

男純情、ひき受けたの一言。とにかくそんな男なのだ。それで中国人からも信用された。しかもこの男、戦後の生き方がいい。おなじような前身から戦後政界の黒幕となった児玉某などと違い、世捨て人として無名の後半生を貫いた。

この本は今は絶滅したタイプのはみだし男を描いてたしかに爽やかだが、問題の阿片作戦についても、進歩的な道徳史観がいうような単純な悪行ではなく、重慶政府との虚々実々のかけ引きを伴う、複雑怪奇なしろものだったことを教えてくれる。

いいだ　もも『大衆文化状況を超えるもの』

ひとくちにいって、これはきわめて政論的に書かれた思想状況論である。文化政策論といえばより実態に近いとも考えられる。

大衆文化状況下の芸術、近代化論と知識人の転向、遺産継承と革命的創造の関係──といった表題のならぶ第二部についてだけそれがいえるのではない。かなりきめこまかな労作である第一部「丸山真男論序説」にしろ、丸山学の学問的な到達なり思想的な核心なりが問題にされるわけではなく、結局のところイデオローグとしての丸山の、その時々の文化戦線上での役割りが著者の関心の的なのである。

文化戦線などというものが虚像にすぎないという前提をもつ者にとっては、これはばかばかしいかぎりだ。私にとって丸山が大切な学者であるのは、彼が日本人の支配─被支配の構造を思惟様式の面から明らかにしたかぎりにおいてであって、大日本帝国の実在よりも戦後民主主義の虚妄にかけるといった彼の時務的な発言のためではない。いいだ・ももを支配しているモチーフは、林健太郎・竹山道雄などのニューライトの攻撃から丸山をまもることであり、さらに統一戦線内の僚友として丸山の不徹底さを批判することである。だが、大日本帝国と戦後についての丸山の発言などは、しょせん「危険な思想家」をめぐる左右両翼のつまらない議論と同水準のものにすぎないのだ。

いいだの考えでは、安保闘争ののち池田内閣が成立してから、高度成長政策と福祉国家論のかげで、いかなる強制もなしに思想的転向が進行している。それは庶民のレベルでいえば、かつての太陽族がマイホームづくりにいそしみ、「性生活の知恵」や「私は二歳」にうつつを抜かしていることをさし、イデオローグの水準でいえばかつての平和主義の闘将である清水幾太郎や桑原武夫が、日本の近代化を手ばなしで称賛し、体制側に移行したことをさしている。

このような〝頽廃〟の中で、かつての常東農民組合の大学生オルグ、いまは構改左派の文化政策ブレーンであるいいだ・ももは、革命意識一点ばりの竹ヤリ戦術でなく、独占資本の技術的高度化に応じた精妙な組織戦術で、巨人の粘土の足をねらおうというわけだ。

この手の文化状況論としてはかんどころも鋭く、包丁さばきもあざやか、そのうえ博学さにも欠けていないが、状況を切る視軸自体の錯誤はどうしようもない。たとえば日曜大工にいそしむ父親は、はたして埋没と拡散と無力の象徴なのか。一片の疑念もなく語られる文化運動というカテゴリーは、はたして現実の大衆の動向に達しうるものなのか。いわば現実主義的な空論というユーモラスな印象の生じる理由は、この辺の無反省さにあるようである。

中島健蔵『現代文化論』

私は中島健蔵を見たことがある。もう十年も前、新日本文学会の第何回かの大会でのことだ。議長団席の彼はみごとな仏頂面で終始沈黙を守っていた。当時彼は新日本文学会の代表者だった。左翼文学団体の代表というには彼はいささか場ちがいの感があった。眼下に展開される政治的文学青年たちの甲論乙駁をながめやりながら、彼はただ何かにひたすら耐えているように見えた。全く進歩的善意というのはつらいものである。私も何かその時愚劣なことを口にし、議長席の彼から苦虫をかみつぶしたような顔で一べつされたことをおぼえている。

もともと彼は小林秀雄や三好達治と同じ辰野門下の毛並みのいい仏文学者である。その彼がジイドやヴァレリーを口にせず、手当たりしだいに進歩的諸団体の役員をひきうけはじめたのはどういう一念によるのか。この問いは私が見た中島健蔵が仏頂面をしながら終日新日文大会のヒナ壇にすわりつくした理由を問うことにひとしい。「現代文化論」に収められた時事に関するエッセーや、青野季吉・高見順についての回想を読むとその間の事情がよくわかる。「暗い運命のはじまり」「昭和十年代の苦悩」などの標題を見てもわかるように、このエッセー集をつらぬいている主調低音は、戦争に傷ついたひとりの知識人の〝ふたたび誤ちをくりかえすな〟という警告である。ファシズムと軍国主義の復活する足音が、彼の耳もとからはなれず、今やそれはまがうことなき津波の前兆のようにとどろきわたるらしいのだ。

軍国主義の下にかぶった「仮面」が「肉づきの面」になったという悔恨を彼はくりかえし述べている。その苦痛をふたたびなめたくないという一念が、彼をしてたとえ相手が何であれ、反戦・民主主義擁護の旗印さえあればはせ参じようという衝動につきやるのだろう。野坂参三を賛美した一文など、そういう老いの一徹がいかなる愚劣に到達するか、戦後二十年の苦闘の中にたおれた青年たちへのいかなる裏切りに帰結するかということを、まざまざと示している。現在における思想的・政治的決断は、戦争を知識人としてやりすごしたような経験の上にたつ進歩主義的良識によってはけっして下すことはできない。そのためには進歩的善意の自己否定が必要であり、大衆の存在のしかたとその戦争経験の把握、さらにはハンガリー革命から安保闘争をふくむ戦後史の何ものをもおそれぬ批判が必要なのである。

本書には他に中国紀行や国木田独歩論や音楽美術論がふくまれており、独歩論は著者の柔軟な感覚が示されていてたのしい。

C・ジョンソン『尾崎・ゾルゲ事件』

尾崎秀実がスパイであったことは今日ではもう動かぬ事実である。彼は赤軍第四部の諜報工作員であるゾルゲの協力者であり、彼が近衛内閣の政策プランナーあるいは満鉄調査部の客員としての地位を利用して収集した情報は、ゾルゲの手によって逐一ソビエトへ送られていた。その中には日本政府の対米英戦決定という重大な事項がふくまれており、ゾルゲ・グループが史上最高の成功を収めた諜報団のひとつと評される上で尾崎の働きはおよそ決定的であった。

しかし、中国問題研究の第一人者として、あるいは内閣総理の最高ブレーンとして洋々たる前途をひかえていた人間が、金のためでも栄達のためでもなく、ひとつの思想的選択として国家の最高機密を売るに至ったのは何のためだったのか。アメリカの少壮政治学者である著者は、尾崎の生涯をたどる中でこの問いへさまざまな角度から近づこうとしている。

ジョンソンの理論的構図では、中国民族解放闘争への共感が彼の生涯の礎石に据えられ、それが日中戦争によって挫折することによって、逆説的な東亜共同体の主張へ転回し、そのための政治的選択としてスパイ行為が生じたということになる。日本の敗戦を通じて日・中・ソの社会主義的三角同盟を基礎とするアジア共同体を形成するというのが尾崎の死を賭した企図といわれるが、この孤独な陰謀には「日中戦争という悲劇の縮図」（ジョンソン）のみならず、昭和前半期を貫く思想的テーマの劇的な結節点が示されているといえよう。

尾崎の生涯はその時代において最高度に政治的人間であろうとした、ある孤独な陰謀家の物語りである。今日の目で見れば、歴史という怪物を動かすテコの支点に立ったつもりでいた人物が実はその波動に翻弄されたこびとにすぎないという事情、すなわち日本知識人のワクの外に立つかに見えて実は彼ら特有の錯覚をまぬかれていなかったという事実は否定し難く、たとえば社会主義ロシアの無条件的防衛というスターリン的呪縛のばからしさなど、舌打ちしたい思いをおさえがたい。しかし尾崎は状況に対し独力で責任をもとうとする孤独さにおいて、当時のあらゆる知識人をぬいていた。その孤独において尾崎はわずかにわれわれ現代に生きる者に通じている。

本書は思想的分析においてはじゅうぶんなものとは言い難いが、尾崎の政治的生涯を初めて包括的に調べ上げたものとして、貴重な礎石の意味をもっている。

日沼倫太郎『純文学と大衆文学の間』

著者の日沼倫太郎は、私の考えによれば、多かれ少なかれ書生っぽさの抜けない文芸批評家の中でも、絶対とか生の背理性とかという大ダンビラといつまでも縁を切らない、いい意味での青くささを特徴としてきた批評家でした。その彼がこともあろうに大衆文学を自分の批評の材料にせねばならなかった機縁は、実に「純文学健在」と題する一文にあったのだから皮肉です。

彼は、批評家が現代小説と読者大衆の新らしい結びつきなどというもっともらしいスローガンの下に、水上勉、松本清張らの大衆作家に色目を使いはじめたことに不満でした。彼は純文学と大衆文学をきびしく区別し、その根拠として、人間の内部には芸術への欲求と娯楽への欲求があり、同一個人中に共存するその二つの志向性にそれぞれ対応するのが純文学と大衆文学だという奥野健男説（実は吉本隆明説）に賛意を表しました。またそれが実は欲望の構造にとどまらぬ「存在一般の構造」に由来すること、絶対に向かおうとする形而上学的欲求が純文学を生み、現実のわい雑に向かおうとする現実的欲求が大衆文学を生むこと、つまり純文学は時間の劇であり大衆文学は空間の劇であって、その間には価値の高下はないこと、この分裂は人間存在の背理性にその根源をもっていることを主張しました。まさに彼の実存主義的特色の躍如とする正論といってよく、これが本書の第一部をなしています。

ところで彼の大衆文学に対するまことに原理的な裁断は、今はなき十返肇の反撃などもあって、途中から微妙な変化を見せます。最初は大衆文学など純文学には縁なき衆生だというところにアクセントがあったのに、あとではこのふたつは全然別物なのだから、大衆文学にないものねだりをするのはよそうじゃないか、といったぐあいに調子が変わってきたのです。

第三、四部をなす、「大衆文学のジャンル」「流行作家のイメージ」の大部分は、本来、存在論的文学を志向する彼にとって書く必要のなかったものです。むろん彼の中には純文芸評論家と大衆文学愛好家が共存しているわけですが、愛好家はあくまでアマチュアであって「批評」を書くわけではありません。彼はこれまでの大衆小説批評が読者心理や社会風潮の分析に終始していることに不満を表明し、大衆小説批評が文芸批評として成立するや否やという問いを発していますが、この第三、四部で彼が示した大衆小説評や作家訪問記は、社会心理の分析や作品背景の解説ではあっても、また技術の上下をあげつらう月旦ではあっても、断じてそれ自体作品としての文学批評ではない。

柴田錬三郎訪問記の中で、彼は「どうしてそんなものを書くのか」などと批評家が柴田に向かっていうのは不当というものだとたしなめています。生活というものは書生が考えるほど単純ではないというわけです。まことにごもっともでありますが、おなじ声が自分にあげられた時、日沼氏ははたしておなじことばを自分のためにくりかえしうるでしょうか。世すぎの道をあげつらう考えは私にはありません。根からの大衆文学好きである私は、著者の大衆文学品さだめをおもしろく読み、平野謙ばりのねれた手腕に感心もしたのですが、ただこれをほんとうの作品論として読むことだけはできませんでした。

やむなくであれ、好きがこうじてであれ、大衆文学をとりあげるからには、やはり山本周五郎や大佛次郎の作品と、それこそまぎれもない「作品」と格闘してみるべきだったでしょう。そうすれば正論ではあるがやや単純な第一部の議論は、もっと多様な矛盾をはらみ、深まったものと思われます。

あとがき

自分の書いて来たもののうちから短文ばかり抜いて『短章集』といったものを編みたいと、かなり前から思っていたが、弦書房の小野静男さんのご好意で実現の運びになって、ありがたく嬉しい。以下編纂の方針について書く。

これまで出した著書に洩れたもの、つまり初めて本に収録するものを主とするが、すでに著書に収めたものも若干再録した。それはふた通りあって、ひとつは一九八三年に葦書房から出した『ことばの射程』から十七篇を抄録した。これは「毎日新聞」西部版に連載した「ことばの射程」と「視点」を併せたもので、私としては愛着のある本だったが、その後再刊されず今日に至っている。私の著書で再刊されていないのは、これと『地方という鏡』の二冊だけである。連載であるから、「前回は」とか「次回は」などという言葉が出て来るが、それはそのままにした。

もうひとつは、九つのパートに分けたので、それぞれのパートの軸となるような文章をいくつか再録した。書評はこれまでもかなり書いて来たが、主要なものは既刊著書に収録しているので、未収録のものだけ集めた。石牟礼道子さんの『潮の日録』紹介は、このあいだ出した『もうひとつのこの世——石牟礼道子の宇宙』に当然収録すべきだったのに、見落してしまった。

結果として、一九六〇年代に書いた若書きをかなり収めることにもなった。小野さんはそれでこの本に幅が出たとおっしゃる。本当にそうなら嬉しい。当時私は無名だったので、掲載誌紙が「日本読書新聞」だったり、「映画評論」だったりしても、いずれも投稿欄にのったのである。その頃私は女房に寄食していて、せめて小遣いくらい自分で稼ぎたく、方々にペンネームで投稿していた。

装幀の労をとって下さった柄澤齊さん、各パート扉の装画を提供して下さった石牟礼道子さんに厚く御礼申しあげたい。

二〇一三年八月

著者識

初出一覧（＊印は既刊著書に収録）

1　交感

万象の訪れ　「アンブロシア」三一号（二〇一一年四月刊）
＊木蓮の約束　「アンブロシア」一九号（二〇〇七年四月刊）
樹々の約束　「日本経済新聞」二〇一三年五月五日
＊まなざしと時　真宗寺仏教青年会「同心」二三号、一九八三年刊
＊晴れた日に　「毎日新聞」一九七八年一二月一日
＊犬猫のおしえ　「大阪日日新聞」二〇〇一年一〇月二四日、他各紙
＊偏執　「毎日新聞」一九七八年一〇月六日
＊犬と猫　「毎日新聞」一九七八年一二月八日
お犬様と私　書きおろし
＊いとし子の夭折　「東京新聞」二〇〇一年一二月二〇日、他各紙
＊死生観を問われて　「山陽新聞」二〇〇一年一一月二八日、他各紙
宇宙に友はいるか　「アンブロシア」三三号（二〇一一年一二月刊）
＊自分の家　「毎日新聞」一九七八年一〇月一三日
＊男の鼻鬚　「毎日新聞」一九七八年一〇月二七日

2　回想

連嶺の夢想　「文藝春秋スペシャル」二〇一二年秋号
＊大連への帰還　「熊本日日新聞」一九七七年七月二日

夢の大連　「緑友会だより」二〇〇九年秋号
六〇年前後を法政で過ごして　「法政」五五六号（二〇〇三年七・八月号）
法政の思い出　「法政大学社会学部同窓会報」二〇一一年七月一日
故旧忘れ得べき　『闘病者の青春―再春荘療養者の記録』（一九九〇年刊）

3　師友

恥を知る人　『久本三多』（葦書房、一九九五年六月刊）
本田啓吉さんを悼む　「熊本日日新聞」二〇〇六年四月一五日
義の人の思い出　『本田啓吉先生遺稿・追悼文集』二〇〇七年四月刊
おなじフロントで　『編集者小川哲生の本』（言視舎）付録、二〇一一年五月刊
次元の深み　『吉本隆明ライブ集1・アジア的ということ』（弓立社）二〇〇一年刊
熱田猛の死を悲しむ　「新日本文学」一九五八年二月号
熱田猛遺作集『朝霧の中から』　西日本新聞二〇〇三年五月一六日

4　書物その他

＊命のリズムを読む　「環」一四号、二〇〇三年七月刊
＊本との別れ　原題「わがライブラリ」＝「月刊エディター」一九七七年三月号
白昼夢　「究」（ミネルヴァ書房）二〇一二年一〇月号
わが「愛蔵書」　「東京新聞」二〇〇七年一二月二日
私の本棚　「産経新聞」二〇〇七年一〇月七日
本の虫日記　「論座」二〇〇七年一月号

イリイチ『生きる意味』『生きる希望』　『心に残る藤原書店の本』二〇一〇年三月刊
ファンタジーの神話性　「初茜」（熊本子どもの本研究会）二〇一一年一月刊
私の一冊・ディケンズ『大いなる遺産』　「子どもの本研究会会報」二四五号、二〇〇四年一月二〇日刊
高田衛『八犬伝の世界』　「文藝春秋」二〇一〇年三月刊「六十歳になったら読み返したい四一冊」
笠松宏『徳政令』　『二〇一〇年私が選んだこの一冊』河合塾、二〇一〇年刊
栗原康『共生の生態学』　『二〇一一年私が選んだこの一冊』河合塾、二〇一一年刊
臼井隆一郎『コーヒーが廻り世界史が廻る』　『二〇一二年私が選んだこの一冊』河合塾、二〇一二年刊
白川静『漢字』　『二〇一三年私が選んだこの一冊』河合塾、二〇一三年刊
林語堂『支那のユーモア』　『図書』二〇〇八年臨時増刊、一一月刊
私の収穫　「朝日新聞」二〇一〇年六月三日〜六月二五日
*バヴァリアの狂王　「毎日新聞」一九八一年三月五日
私の鍵穴　「くまもと映画手帖」一九八三年七月号
『野火』と戦争の現実　「映画評論」一九六〇年五月号
ふたりの少年兵　「映画評論」一九六〇年八月号
「草むす屍」は何を描いたか　「日本読書新聞」一九六二年九月三日号
*焼きもの音痴　「陶磁郎」二四号、二〇〇二年一一月刊
いわゆる名訳とは　「アンブロシア」三〇号、二〇一〇年一二月刊
わかって欲しいことひとつ　真宗寺仏教青年会「同心」一九八二年一二月刊

5　わが主題

*小さきものの死　「炎の眼」一一号、一九六一年一二月刊

*蕩児の帰郷　「毎日新聞」一九八〇年一〇月九日
*聖戦の行方　「毎日新聞」一九八〇年二月七日
*ふたつの経済　「毎日新聞」一九八〇年一一月六日
*人類史と経済　「毎日新聞」一九八〇年一二月四日

6　地方

*歴史と文学のあいだ　「熊本日日新聞」一九七七年一月八日
*隠されたもの　「毎日新聞」一九七八年一二月一五日
*ふたつの〈世界〉　「毎日新聞」一九八〇年九月四日
何もかも御縁　「出水文化」四九号、一九八二年五月刊
地方文化の落城　「読売新聞」熊本県版、一九六七年一月二二日
地方文化について　「熊本日日新聞」一九六六年一一月三日
*よそもの万歳　「毎日新聞」一九七八年一二月二二日
新たな知的伝統の創造を　「西日本新聞」一九七五年一月二一日
虚体としての地方　『生命のみなもとから』熊日情報文化センター、一九八一年一一月刊

7　世間

かよわき葦　「環」49号、二〇一二年四月刊
地震・台風、何者ぞ　「俳句界」二〇一二年八月号
鈍感な言葉たち　「正論」二〇〇九年一〇月号
ああ、いやだいやだ　「アンブロシア」二四号、二〇〇八年一二月刊

＊薄く軽く　「毎日新聞」一九七九年一二月六日
＊耳の衰弱　「毎日新聞」一九八一年五月八日
＊不思議な電話　「毎日新聞」一九七九年一月三一日
＊反語の終焉　「毎日新聞」一九八二年七月八日
投票しない私　「アンブロシア」三二号、二〇一一年八月刊
私が「めくら」なら　「アンブロシア」三四号、二〇一二年四月刊

8　仕事

机に向いたくない病気　「TBS調査時報」一九七六年一一月号
出したい本　「出版ニュース」一九八〇年五月下旬号
にわか講義屋　「西日本新聞」一九八一年一月五日夕刊
わが誇大妄想　「文教研の栞」二〇一二年夏
ファンタジーめいた記憶　「ブックインとっとり地方文化功労賞二〇年の歩み」二〇〇七年一〇月刊
大佛次郎賞を受賞して　「機」（藤原書店）二〇一一年三月号
「編集者」は要らない　「一冊の本」一九九九年四月号

9　書評

石牟礼道子『潮の日録』　「週刊現代」一九七五年二月一三日号
福島次郎『淫月』　「熊本日日新聞」二〇〇五年九月二五日
福島次郎『華燭』　「熊本日日新聞」二〇〇六年九月三日

松浦豊敏『争議屋心得』1　「葦書房編集室だより」2号、一九七三年
〃　2　「西日本新聞」一九七三年七月九日
藤川治水『子ども漫画論』　「熊本日日新聞」一九六七年三月一九日
島田真祐『二天の影』　「熊本日日新聞」二〇〇三年八月一七日
岩岡中正『転換期の俳句と思想』　「熊本日日新聞」二〇〇二年六月二五日
岩岡中正『虚子と現代』　「熊本日日新聞」二〇一一年二月一三日
岩岡中正・伊藤洋典編『「地域公共圏」の政治学』　「熊本日日新聞」二〇〇四年九月二五日
辻信太郎『スコール！　デンマーク』　「熊本日日新聞」二〇一二年一月八日
松本健一『ドストエフスキイと日本人』　「週刊読書人」一九七五年八月四日号
鎌田慧『死に絶えた風景』　「朝日ジャーナル」一九七二年二月一八日号
渡邊昌美『巡礼の道』　「月刊エディター」一九八〇年五月号
『宮崎滔天全集』第五巻　「週刊読書人」一九七六年一一月一日
西木正明『其の逝く処を知らず』　「エコノミスト」二〇〇一年九月二五日号
いいだ　もも『大衆文化状況を超えるもの』　「熊本日日新聞」一九六六年ごろ
中島健蔵『現代文化論』　「熊本日日新聞」一九六六年ごろ
C・ジョンソン『尾崎・ゾルゲ事件』　「熊本日日新聞」一九六六年三月四日
日沼倫太郎『純文学と大衆文学の間』　「熊本日日新聞」一九六六年（月日不詳）

〈著者略歴〉

渡辺京二（わたなべ・きょうじ）
一九三〇年、京都市生まれ。熊本市在住。
日本近代史家。
主な著書『北一輝』（毎日出版文化賞、朝日新聞社）、『評伝宮崎滔天』（書肆心水）、『神風連とその時代』『なぜいま人類史か』『日本近世の起源』（以上、洋泉社）、『逝きし世の面影』（和辻哲郎文化賞、平凡社）、『渡辺京二評論集成』全四巻（葦書房）、『江戸という幻景』『近代をどう超えるか』『アーリイモダンの夢』『未踏の野を過ぎて』『もうひとつのこの世——石牟礼道子の宇宙』（以上、弦書房）、『黒船前夜——ロシア・アイヌ・日本の三国志』（大佛次郎賞、洋泉社）、『維新の夢』『民衆という幻像』（以上、ちくま学芸文庫）、『細部にやどる夢——私と西洋文学』（石風社）など。

万象《ばんしょう》の訪《おとず》れ——わが思索

二〇一三年十一月一日発行

著　者　渡辺京二《わたなべきょうじ》
発行者　小野静男
発行所　株式会社　弦書房
〒810-0041
福岡市中央区大名二—二—四三—三〇一
電　話　〇九二・七二六・九八八五
ＦＡＸ　〇九二・七二六・九八八六

印刷
製本　シナノ書籍印刷株式会社

落丁・乱丁の本はお取り替えします。

ISBN978-4-86329-094-5　C0095

◆弦書房の本

もうひとつのこの世
石牟礼道子の宇宙

渡辺京二　現世と併存するもうひとつの現世＝人間に生きる根拠を与える、もうひとつのこの世、とは何か。〈石牟礼文学〉の豊かさときわだつ特異性はどこにあるのか。その世界を著者独自の視点から明快に解きあかす石牟礼道子論を集成。〈四六判・２３２頁〉２３１０円

江戸という幻景

渡辺京二　人びとが残した記録・日記・紀行文の精査から浮かび上がるのびやかな江戸人の心性。近代への内省を促す幻景がここにある。西洋人の見聞録を基に江戸の日本を再現した『逝きし世の面影』著者の評論集。〈四六判・２６４頁〉【7刷】２５２０円

未踏の野を過ぎて

渡辺京二　現代とはなぜこんなにも棲みにくいのか。近現代がかかえる歪みを鋭く分析、変貌する世相の本質をつかみ生き方の支柱を示す。東日本大震災にふれた「無常こそわが友」、「老いとは自分になれることだ」他30編。〈四六判・２３２頁〉【2刷】２１００円

アーリイモダンの夢

渡辺京二　西洋近代文明とは何であったのか。「世界史は成立するか」「カオスとしての維新」他ハーン論、イリイチ論、石牟礼道子論など30編を収録。前近代の可能性を探り、近代への批判を重ねる評論集。〈四六判・２８８頁〉２５２０円

近代をどう超えるか
渡辺京二対談集

江戸文明からグローバリズムまで、知の最前線の7人と現代が直面する課題を徹底討論。近代を超える様々な可能性を模索する。【対談者】榊原英資、中野三敏、大嶋仁、有馬学、岩岡中正、武田修志、森崎茂【2刷】〈四六判・２０８頁〉１８９０円